武装メイド
に
魔法は要らない。
II

「できますよ。
わたしと、マリナさんの二人なら。
……そうでしょう⁉」
エリザベート・
ドラクリア・バラスタイン
マリナの主人にして、辺境伯の少女。
「民を幸せにする」という、
強欲ともいえる理想を秘める。

仲村マリナ
魂魄人形《ゴーレム》として転生し、武装戦闘メイドとなった少女。
魔導式ではなく、かつていた世界の武器
――異世界の武器《メイド・イン・ファンタジア》を使用する。
「そうだな。
あのアンデッドにオレたちが
どれだけ欲張りか教えてやろう」

INDEX

武装メイドに魔法は要らないⅡ

忍野佐輔

ファンタジア文庫

3153

口絵・本文イラスト　大熊まい

武装メイドに魔法は要らない。II

Author
Oshino Sasuke

Illustration
Okuma Mai

夜は、妖精種《フェアリア》の時間である。

それは此処《ここ》、ブリタリカ王国においても変わらぬ摂理だ。

世界法則の残滓《ざんし》である妖精種は、観測によって事象を確定する人類種を好まない。ごく一部の獣人種《ゼリアン》を除き、ヒトが活動レベルを落とす夜は妖精種にとって心地好《よ》い世界だ。

——故に、

その〝夜〟への乱入者があれば、相応の対応というものがある。

「くそッ！　もっと速度を出せ！」

荒々しく、幻獣の鳥足が駆け抜ける。

ブリタリカ王国マグドニージャ領、港町ティラーナの外れ。

その荒野を、五台の馬車が土埃《つちぼこり》を巻き上げながら駆けていた。

荷台の幌《ほろ》には商会旗が掲げられ、彼らがガラン大公が認めた隊商《キャラバン》であることを示している。となれば、彼らを襲うことは大公への宣戦布告に等しい。王国の者が——いや他国の者であろうとも彼らに害を為《な》すことはあり得ぬこと。

つまり、彼らを追い立てる者は人類種ではない。

隊商を追い立てるのは、一頭一頭が牛よりも巨大な狼《おおかみ》の群れだった。

妖精種によって魂魄《こんぱく》を傷つけられ、肉体が変質した存在――――つまり魔獣である。

「――チッ、なんだって街道に妖精番犬《クゥ・シー》が。妖精除《よ》けがあるんじゃないのか！」

先頭の馬車で手綱を握る御者は毒づく。

既に二台が魔獣の餌食《えじき》となっていた。

御者は手綱を叩《たた》き全力で魔獣から逃げる。

だが、荷馬車を牽《ひ》く二足型の幻獣は既に限界だ。

魔力消費を無視した全力疾走により、幻獣の身体《からだ》にラ、グ、が走る。今にもただの幻影《ホロ》に戻ってしまいそうだった。幻獣は積層された魔導式によって生物の形を成したもの。肉体的な疲れは知らずとも魔力が尽きればそれまでだ。

「若旦那ッ！」

たまらず、御者は背後の客車へ叫ぶ。

「アレを使わせてください！　このままじゃ、」

「申し訳ないけれど、許可できない」

客車から聞こえてきたのは青年の声だった。

薄暗い客車の中に浮かび上がる白い影。近年ルシャワール帝国で流行しているという真っ白なスーツは、闇夜の中でも異彩を放っている。加えてその頭髪は蒼天《そうてん》のごとく青く、流体操作に長《た》けた魔導士を思わせる。

しかし何より目を引くのは、顔の右半分を覆う黒い眼帯だ。よくよく見れば眼帯には魔導陣が刻まれており、見る者が見ればそれが封印用の術式であると知れるだろう。

青髪の青年は右眼《みぎめ》の眼帯を押さえて苦々しく微笑《ほほえ》む。

「ここで魔力探知されるのは良くない。もう少し町から離れてからだ」

「しかし――」

「大丈夫、すぐにペトリナが来てくれる」

「かもしれませんが――ッ⁉」

言いかけ、御者は息を呑《の》んだ。

前方の林から、新たな妖精番犬の群れが飛び出してきたのだ。妖精番犬は集団で狩りをする。つまり、嵌《は》められたのだ。

群れの一頭が、御者目がけて飛びかかる。

御者は顎門《あぎと》の中に生々しい赤色を見た。

喰《く》われる。

思わず目をつぶり――しかし、覚悟した痛みはいつまで経《た》っても訪れなかった。

生きていることを疑問に思い、御者は瞳を開く。

月光のような銀糸が、目の前を流れた。

「お待たせして申し訳ありません」

声の方向を見やる。

いつの間にか馬車に併走していた幻獣。その鞍上《あんじょう》で銀髪《ブロンド》の少女が微笑んでいた。

少女が纏《まと》うは身分を示す貴族服。であれば右手に構える槍《やり》は貴族の証《あかし》、魔導武具か。

それは魔獣の血に滑《ぬめ》る銀の手槍。竜の骨格標本をそのまま武器に加工したような槍は、確かに尋常ならざる武器に相応《ふさわ》しい異様な空気を纏っている。

少女は跨《また》がっていた幻獣から「よっ」とひと息に御者台へと飛び移る。

「間一髪でしたね。えっと、アンダーシャフト商会の方で間違いありませんか？」

「あんたは……」

「〝バーバラ少佐〟と。そう名乗るよう言われております」

「なるほど」

答えたのは客車で事態を見守っていた眼帯の青年だった。

「では君が『断罪の劫火《ごうか》』を退けたという鍬《くわ》振り伯爵――あ、いや、すまない」

自身の失言に口を押さえた青年に、銀髪の少女は「構いません」と微笑む。

「その呼び名は気に入っておりますので。ところで貴方《あなた》は？」

「ああ、僕のことは〝アンドリュー〟と。……そう名乗るように言われているよ」

「では貴方が〝若旦那〟様ですね？」

「すまないが話は後にしよう。先にその槍の固有式で彼らを追い払ってくれるかな。町の近くで我々が魔導式を使うのは面倒ごとになるが、貴族であれば言い訳が立つだろう」

「いえ、それには及びません。する必要のない言い訳は避けるべきでしょう」

銀髪の貴族は微笑みながら、青年の頼みを断った。

「ではどうする？」

「ご心配なく。当家のメイドが対応させて頂きます」

「メイド……？」

瞬間、御者を眩《まばゆ》い光と轟音《ごうおん》が襲った。

キャラバンを取り囲むように駆けていた魔獣たちが、突如として火柱に呑まれたのだ。

「魔導式……か？」

御者が断言できなかったのは、その爆発から一切の魔力を感じなかったからだ。

似たようなことを起こすものとして錬金術士たちが扱う〝炎薬〟があるが、流石《さすが》にここまでの威力は無い。御者が戸惑っている間にも魔獣たちは次々と爆散していく。その爆発が空から放たれた〝何か〟によってもたらされていると気づき、隊商たちは空を見上げた。

夜の天蓋を覆うは満天の綺羅星《きらぼし》。

――そこに、モノクロの流星を見た。

流星は幾本もの鏑矢《かぶらや》を放ち、鏑矢は魔獣へと喰らいつく。途端、爆発と共に狼の巨体が血煙と化した。隊商を守った火柱は、流星が放つ鏑矢であったらしい。

魔獣たちを爆散せしめた流星は、御者が操る馬車の荷台へふわりと降り立つ。

メイド服に身を包み、鮮血のような赤髪を純白のカチューシャで飾ったモノクロの流星。

右眼の片眼鏡《モノクル》を燃える炎に輝かせ、メイドは立ち上がる。

「お初にお目にかかります」

両手に持っていた戦棍《せんこん》のような筒を投げ捨てると、メイドはスカートをマントのように翻《ひるがえ》す。気づけば、その両手には新たな戦棍が握られていた。

メイドは戦棍を構えたまま片足を後ろに引き、膝を曲げ、恭《うやうや》しく跪礼《カーテシー》をしてみせる。

「わたくしはバラスタイン家武装戦闘メイド、仲村《なかむら》マリナと申します。

――どうぞ、以後お見知りおきを」

第四話　従者は舞い降りた

時は一週間ほど遡る。

仲村《なかむら》マリナはその昔、東欧のとある国でサーカスを見たことがある。

東側の要人暗殺任務だった。その要人は幼女に対して抑えきれないほどの情動を抱えており、そこに目をつけたニッポン統一戦線の海外支部がマリナを送り込んだのである。

マリナを引き取ったその糞《くそ》ロリコン——その要人は慈善事業と称して孤児を引き取っては犯していた——は、ご機嫌取りにと街にやってきていたサーカスへマリナを連れ出した。

そのサーカスは演出に最新技術を取り入れており、それはショーというより一種の芸術だった。焚《た》いたスモークに立体映像を映し、風に花片《はなびら》を乗せて宙を舞わせ、空中ブランコに乗った団員たちが手を組み巨大な華を形作る。それは隣で息絶えている変態を忘れて見入ってしまうほどの美しさだった。

何故《なぜ》、マリナがその時の事を思い出したかと言えば、今まさに同様の光景が眼下に広がっているからである。

しかし、その規模は段違いだ。

舞う花片の量はサーカスのテントであれば数百を埋め尽くしてあまりある。なにしろ花片が彩《いろど》るのはサーカスの舞台などではなく、一つの都市なのだ。様々な色の薔薇《ばら》の花片が空を回遊魚のように飛び回って都市を飾り、いかなる原理か虹がリボンのように舞い踊って都市を讃《たた》える。まるで都市そのものが一つの噴水芸術の彫刻のようだった。

その都市の名は『ロムルシア』。

ブリタリカ王国の王都にして、帝国が生まれるまでは汎人種圏《ヒューマニー》の中心であった都市だ。

その王都をマリナは見下ろしている。

そう、マリナは空の上にいた。

マリナが乗っているのは木造の〝鳥〟である。優にB－52爆撃機の三倍はある巨大な鳥。鶴のように長い首と翼を持ったそれは推進機関らしきものを持たないにも拘《かか》わらず、揚力を生み出すに足る速度を発揮し、更には垂直離陸とホバリングまでしてみせる。

シュラクシアーナ子爵家の至宝、航天船『シュラコシア』。

それがこの摩訶不思議《まかふしぎ》飛行物体の名前だった。

何故そんなものにマリナが乗っているかと言えば、エリザがこの国の王様に呼び出しを受けたからである。というより、ほぼ強制連行だった。エリザと一緒に畑仕事をしていた時、突然この巨大な船が現れ「シャルル七世陛下より召喚命令が出ております」という言葉と共に二人揃《そろ》って乗せられてしまった。当初は『またエリザが何者かに狙われでもしたか』と疑ったが、エリザのあまりの落ち着きぶりに毒気を抜かれてしまい、今では降って湧いた遊覧飛行を少し楽しんでいる。なにしろ生前のマリナにとって飛行機に乗る機会など空挺《くうてい》降下か東側へ仕事に向かう時くらい。気楽に上空からの景色を楽しめる機会など無かった。しかも船室の窓から見下ろすロムルシアは、つい去年まで戦争をしていた国の都とは思えないほど華やか。抑えきれない心の躍動というものもある。

しかし、

「はぁ……」

「どうしたエリザ」

マリナと同じように窓から王都を眺めていたエリザがため息を漏らした。

「お金って、有るところには有るんだなあ……って」

「んだよ、貴族の言葉とは思えねえな」

「誰かが錬金術士の工房を燃やしたり、近衛《このえ》の天馬《ペガサス》を盗んだりしなかったら、もう少し余裕もあったんだけどね…………ね？　なんでお金無いんだろうね。ね？」

やぶ蛇だった。

エリザの責めるような流し目から逃れるように、マリナは窓の外へ視線を戻す。

眼下では花片の動きが変化し、渦を巻きながら一つの巨大な華を表現していた。ラスベガスでも見られないような壮大な演出。マリナは呆《あき》れつつも自身の目を楽しませる。

と、その花片の舞が唐突に散った。

何事かと思った矢先、巨大な影がマリナの視界を横切る。

それは翠玉《すいぎょく》色の鱗《うろこ》を纏《まと》った鳥とも爬《は》虫類《ちゅうるい》とも判断のつかない生き物だった。コモドオオトカゲにコウモリのような翼が生えているとでも言えば良いか。しかもこの航天船並みの巨体。強いてそれを仲村マリナの知識で表現するならば、そう——

「ドラゴン……？」

「珍しい、ファフナー様が空を飛んでいるなんて」

マリナの呟《つぶや》きに、隣から窓を覗《のぞ》き込んだエリザが答える。

「ふぁふなー様？」「代々の国王陛下と〈主従誓約《テスタメント》〉を結んでいる〈旧界竜《エルダー・ドラゴン》〉よ。グレイトブリタリカ公・ファフナー様」「ドラゴンの、貴族……？」「うん、王家と同等の扱い。わたしも見るのは初めてだけど」

なるほど、流石《さすが》『異世界《ファンタジア》』だな。そうマリナは独りごちる。

と、

「お待たせ致しました」

二人の会話に何者かが割り込む。

声の方向を見るが、マリナはすぐにその人物を見つけられなかった。

というのも相手の顔へ視線を向けたつもりが、その位置に相手の頭が無かったのである。

視線を少し落とすと、そこに十歳にも届かなそうな童女が立っていた。

何故か顔の上半分を金色の仮面で隠し、『着ている』というより『着られている』という表現が似合うドレスに身を包んでいる。

そんなハロウィンと七五三が一緒にきたような幼女を見て、エリザが破顔した。

「あっ、リーゼちゃん。久しぶりぃ～」

途端、童女が「もう！」と怒る。

「〝ちゃん〟は止《や》めてよエリザ姉っ！　リーゼには立場ってものがあるのっ」

「はいはい、ゴメンねリーゼちゃん」

「だーかーらーっ」

ぷんすこ怒る金仮面の童女は、地団駄を踏みながら、

「ここではシュラクシアーナ子爵って呼んでって、いつも言ってるでしょ！」

「シュラクシアーナ子爵……？」

確かこの船の持ち主の名前だ。

ということは、このチビッ子がこの馬鹿でかい飛行機の持ち主なのか。

そんなマリナの視線に気づいたのだろう。『子爵』を名乗るチビッ子は可愛《かわい》い咳払《せきばら》いと共に居住まいを正し、胸に手を当て軽く一礼をしてみせる。

「お初にお目にかかります。異世界よりのお客様」

それだけで、マリナは自身の認識を改めた。

――なるほど。これは〝子爵〟と呼ぶべきだ。

堂に入った居住まいにマリナは感心する。二桁に届かないような年齢に見えるし、ハロウィンと七五三が一度にきたような格好をしてはいるが、それ以外は毎日鍬《くわ》を振っているエリザなどよりよっぽど貴族らしい。

『マリナさん？　考えてること、念話で漏れてるからね』

『おっと』

「改めて自己紹介させて頂きます。私はリーゼ・ヘルメシア・シュラクシアーナ・マイトナー。ブリタリカ王国枢密院、筆頭顧問官を拝命しております。私のことはどうぞシュラクシアーナ子爵と――シュラクシアーナ子爵と、お呼びください」

殊更に『子爵』の二文字を強調し、童女子爵は小さく微笑《ほほえ》んでみせた。

「これよりお二方には偉大にして慈悲深き我らが王、シャルル七世陛下にご拝謁いただきます。どうぞ、ご準備のほどを」

◆　◆　◆　◆

果たしてマリナが辿《たど》り着いたのは、巨大な浴場だった。

濃密な湯気で数メートル先も見通せないが、足音の響きからしてちょっとした野球場くらいはあるだろう。過去に暗殺した北の政府高官もここまで広い風呂《ふろ》は持っていなかった。何を思ってこんな広い浴場を作ろうと思ったのか。いや待て。王宮の広大さを思えば妥当なサイズ感なのかもしれない。航天船から降りてここまでは馬車で一時間ほど。馬車の速度を考えれば発着場から浴場まで4キロ以上あった。もはや王都の中心に王宮があるというよりは、王宮の一角に都があると言った方が正しい。となれば、浴場もこのサイズが自然なのかもしれない。

『というか何で風呂場に案内されてんだよ。これから身体《からだ》に塩だの生クリーム塗れって言われるんじゃねえだろうな。さては王様は山猫か？』

『なになに？　マリナさんの世界には山猫の王様がいるの？』

『いや、いないけどよ……』

少しワクワクした表情を浮かべるエリザに『今度説明する』と告げ念話を断ち切る。

答えを求めて案内役のリーゼを見ると、壁際《かべぎわ》に備えつけられていた念話器で誰かと連絡を取っているところだった。

『おい、マジで風呂場で謁見させられるんじゃねえだろうな?』

『そうかもしれない』

マリナは冗談を言ったつもりだったが、エリザの返答は大真面目なものだった。

『いやいや、どんだけ風呂好きなんだよ』

『たしかにそういう噂《うわさ》はあるけど。……陛下は少し、微妙なお立場みたいだから』

『微妙なお立場?』

「お二方、これより陛下が参られます」

念話器を置いたリーゼが告げた。思わずエリザと目を合わせる。本当に風呂場で謁見させられるらしい。そんなことを考えているうちに、湯気のベールの向こうからペタリペタリと素足の足音が聞こえてきた。……素足?

湯気のベールに映る人影。

湯気を割って現れたのは——

「やあっ！　よく来てくれたね辺境伯っ」

——筋肉もりもりマッチョの全裸男だった。

問答無用で散弾銃《スパス》を抜いた。

「待て待て待て！　ぼくはそういうんじゃないっ」

銃口を突きつけたマリナを金髪の全裸男は慌てて止める。

「浴場に婦女子三人を呼びつけ、全裸で出迎える男が一体なんだというのです？」

「全裸じゃない！　腰布を巻いているだろう！」

確かに言われてみれば腰に大きめのタオルを巻いている。全裸男から変態男くらいには評価を改めても良いかもしれない。だからと言って銃を下げる理由にはならないが。

と、

「ま、待ってマリナさん！」

マリナが構えるスパスの銃身をエリザが押さえた。

「本当に、この方は危ない人じゃないの。お願いだからそれを下ろして……」

「は……？」

顔面蒼白《そうはく》のエリザを見て思わずマリナはスパスの銃口を下げる。

それを認め、腰布マッチョマンは「それでは改めて」と微笑んだ。

「ぼくはシャルル・ラウンディア・ロビス・ド・ブリタリカ。これでも第62代ブリタリカ国王だよ」

エリザを見る。ガクガクと首を縦に振っている。

背後に控えていたリーゼは既に跪《ひざまず》いている。

これは――――、

「…………これは大変失礼致しました」

マリナは即座に跪き平伏する。こういった作法はこの世界でも同じだと聞いている。とはいえ絶対君主制が敷かれているであろう国家で国王に銃を向けたのだ。マリナは命乞いのつもりで謝罪を述べる。

「度重なるご無礼、申し開きのしようもございません。されどどうかご容赦のほどを」

「いやいや、構わないよ」

マリナの謝罪を腰布一枚の国王はヒラヒラと手を振って許した。

場合によってはエリザを連れて他国へ亡命するしかないとまで考えていたマリナは少しだけ安堵《あんど》する。ただ念のためフラッシュバンだけは袖の中に隠しておくが。

「君は異世界《ファンタジア》の戦士だと聞いている。こちらの事情なんて何も知らないだろう。さあ顔を上げてくれ。――辺境伯、君もそんなに脅《おび》えないでくれ。本当にぼくが暴漢みたいだ」

王の許しを得て、マリナとエリザは立ち上がる。

『マリナさん、後で話があるから』

『うっす』

エリザの絶対零度の念話に背すじが凍る。

対して、シャルル王は実に朗らかな声をあげた。

「いやぁ、平伏《ひれふ》されるなんて久しぶりだ！　ちょっと気分上がっちゃうね♪」

「……久しぶり？」

眉を顰《ひそ》めたマリナに「君の言いたいことは分かるよ」とシャルル王は苦笑した。

「ただ残念ながら、本当に久しぶりなんだ。最近じゃ会釈《えしゃく》すら貰《もら》えないこともあってね。いやあ、寂しい限りだよ」

あっはっは、と裸の王様は笑う。

それでマリナは得心がいった。エリザが言っていた『微妙な立場』とはこれか。

理由は分からないが、とにかくこの王様は権力を奪われて久しいのだ。それでも王の血筋には権威と正統性が宿る。それを利用したい貴族か誰かの傀儡《かいらい》として飼われているのだろう。それをシャルル王自身も理解している。故にこの態度なのだ。

となれば、浴場にエリザとマリナを呼び出した理由にも察しがつく。

浴場という外界から隔絶された密閉空間。姿は湯気で遮られ、言葉は反響して意味を成さない。互いが裸になるから武器も隠せず、盗聴も盗撮も不可能。未《いま》だにカタギでない職業の人間が使う手だ。

問題は、国王ともあろう人間がそれを自ら為《な》さねばならないことだが。

「君たちを呼んだのは他でもない。内密に頼みごとがあるんだ」

そら来た。と、マリナは内心で毒づく。

権力を失った王が内密にする『頼みごと』。絶対にロクデモナイし、下手をすればこの国の権力闘争にも巻き込まれかねない。

マリナの内心とは裏腹に、軽い口調でシャルル王は話し始める。

「実はとある人物が遠路遥々《はるばる》ルシャワール帝国からこの王都へやってくる事になっていてね。その人物の案内と護衛を頼みたいんだ」

チラリとシャルル王がこちらへ視線を向ける。オレを戦力として当てにしているらしい。という事はそれなりの荒事が想定されているのだろう。

「護衛……？　外交官でしょうか？」

エリザもその点に思い至ったのだろう。貴族の自分が出迎える必要性を踏まえて推測を述べる。しかしシャルル王は「いやいや、そんなもんじゃない」と笑って否定した。

「護衛してもらいたいのは、帝国で最も偉い人さ」

「……まさか」

シャルル七世は「そう、そのまさかだ」と肯《うなず》く。

「ルシャワール帝国皇帝——ヒロト・ラキシア・ヤマシタ・ルシャワール。

彼をこの王都まで護衛して欲しいんだ」

◆　◆　◆　◆

事情を説明しよう。

そう言ってシャルル王は腰布一枚のまま浴場の奥へと二人を案内した。元々こうしたことを想定しているのだろう。湯気の向こうには白灰石の大きなテーブルがあった。シャルル王は二人に椅子に座るよう促す。エリザは席についたがマリナは従者という立場だ。その背後に控えるように立つ。リーゼも同じようにエリザの背後に立った。

シャルル王は対面の席につくと、両肘をテーブルについて話し始めた。

「辺境伯も知っての通り、王国と帝国の休戦協定はあと三ヶ月で失効する。そして、その延長のための会議が来月行われることになっている。……ここまでは良《い》いね？」

エリザが頷《うなず》く。

そのあたりの事情はマリナも聞き及んでいた。チェルノートを襲った『炎槌《えんつい》騎士団』も、その休戦協定の延長が成される前に戦争を再開したかったのだろう。

その休戦協定について詳細を詰めるために、帝国から使者が来るというのは理解できる。

しかし、

「休戦協定の延長のために皇帝が？」

マリナの疑問をエリザが代弁する。

休戦協定は事務官レベルで話をまとめて、それを双方の国の代表が認めるのが普通の流れだろう。それは異世界であろうと人間社会で行われる戦争行為であれば似たり寄ったりのはずだ。どこにも皇帝なんて最高権力者が出てくる余地などない。

ましてや『休戦』という事ならば、いつまた戦争が再開してもおかしくないのだ。敵国の首都へ皇帝本人が出向くなど、国家を巻き込んだ自殺だろう。

それでも、というならば。

僅かだが可能性があるのは一つだけ。

マリナの思考を辿ったように、シャルル王が続ける。

「皇帝陛下はね、講和条約の締結のために来る。戦争を終わらせるために来るんだ」

「戦争を、終わらせる……」

エリザがシャルル王の言葉を繰り返す。

ゆっくりとその意味を呑《の》み込むために。

現在の休戦協定はエリザの父親が命を賭《と》して勝ち取ったものだ。そして戦争を再開させないため『炎槌騎士団』と命がけで戦ったのもエリザだ。当然、思うところはあるだろう。

「実は帝国と王室では秘密裏に交渉を進めていてね。細かい条件の摺《す》り合わせなんかはもう済んでるんだ」

「？」

「……そんな事をすれば貴族たちが黙っていないのでは？」

「もちろんだとも。だからこそ、皇帝がここへ来る必要があるのさ」

「君たちも見ただろう？　彼の威厳のある姿を」

「彼？」

「ファフナーさ」

マリナは航天船から見下ろしたドラゴンを思い出す。

どうやらあのドラゴンを利用するつもりらしいが、いまいち講和条約との繋《つな》がりが見えてこない。それはエリザも同じようで「何故《なぜ》、ファフナー様が？」と問う。

「此度《こたび》の講和は〔旧界竜〕との〔主従誓約〕を用いて行う」

「なるほど……。ではファフナー様の庇護《ひご》下《か》に、帝国も入りたいと？」

ドラゴンとの〔主従誓約〕？　それはオレとエリザが結んでるのと同じものか？

マリナには話の繋がりが見えてこないが、ひとまず沈黙を守る。

「これをもって王国と帝国は対等な同盟国となり、ファフナーの庇護対象となる。仮に貴族が帝国を攻撃すればファフナーの攻撃対象になるわけだ。もちろんそれは帝国側も同じこと。互いの国家へ永久に不可侵とする誓約。つまり――」

シャルル王は一呼吸置き、両腕を左右に広げ宣言する。

「この誓約が成されれば、ようやく汎人種圏《ヒューマニー》が統一されるわけだ」

「……一つ、お聞きしてもよろしいですか？」

「もちろん」

「何故、わたしなのでしょうか？」

「適役だと思ったからだよ」

何が疑問なのか分からないとでも言うように、シャルル王はおどけた表情を浮かべる。

「王国随一の騎士団である『炎槌騎士団』を討ち果たした君たちならば、何かあっても対処可能だろう。それに恥ずかしいことだけど信頼できる人材が少ないんだ。下手な騎士団に命じてしまえば、護衛が皇帝を暗殺するなんてことになりかねない」

「……僭越《せんえつ》ながら陛下。もしわたしが陛下のお立場であれば、わたしにかの皇帝の護衛を任せないと思います」

「何故？」

「わたしは帝国との戦争で家族を喪《うしな》っております」

沈黙が流れる。

数度、シャルル王は白灰石のテーブルを指で叩《たた》き、

「仇討《かたきう》ちを企てる、と？」

「もちろん、わたしにその意思はありません。ですが、そう見られても致し方ないかと」

「なるほど。もっともな意見だ」

途端、シャルル王が纏《まと》う空気が変わった。

マリナは思わず拳銃《スチエッキン》に手を伸ばしかける。

一瞬だけ、この裸の王様が恐ろしい猛獣に思えたのだ。

もしシャルル王がテーブルの下に手でも伸ばしていれば、拳銃を突きつけたい衝動に負けていただろう。

だが気づいた時には、シャルル王の雰囲気は柔和なものに戻っていた。

「実はね辺境伯、これは帝国側の要望でもあるんだ」

「帝国の？」

あり得ない、とばかりに返されるエリザの言葉。

しかしシャルル王は肩をすくめ「帝国の、だ」と肯定する。

「気分を悪くしたら申し訳ないんだが、先ほど辺境伯が語った懸念《けねん》については、こちら側からも帝国へ伝えてある。だが帝国は『それでも』と言ってきた」

「理由は、なんと？」

「皇帝陛下が直々にぼくへ伝えてくれたよ。『そんな未来《ルート》は視《み》えない』ってね」

シャルル王は少し癖のある金髪を手で弄《いじ》りながら、

「流石《さすが》にぼくもおかしいとは思ったさ。だから辺境伯、君の身辺を改めて洗わせてもらった。エッドフォード家の告発のとおり、君は本当に帝国のスパイなんじゃないかってね」

「そんな、違いますっ」

「もちろん知ってるよ。なにしろ君だけじゃなく町の人間も含めて調べ上げた。結果はこのテーブルよりも真っ白。面白い報告と言えばせいぜい、身体《からだ》のでかい荷役《にやく》の一人が飲み屋の女将《おかみ》へ恋文を綴《つづ》っていたくらいさ。返事は芳《かんば》しくなかったようだけどね」

身体のでかい荷役とは恐らくシュヴァルツァーの下で働いているエンゲルスの事だろう。

そんな末端の人間まで調べ上げたとなればこの国の諜報《ちょうほう》機関も中々のものだ。と同時に、シャルル王は権力は失っても目と耳はしっかり持っているという事でもある。

マリナはシャルル王への評価を一段階上げる。無論、脅威として。

「だから辺境伯に護衛役を引き受けてもらえないと結構困るのさ。実はもう皇帝一行は帝国を出発していてね。できるだけ早く辺境伯には合流してもらいたい」

「帝国側の護衛は？」

「もちろん付いているよ。基本的には彼らに任せればいい。ちょっとした魔獣程度ならば軽くあしらってくれるだろうさ」

シャルル七世は「ただね」と言う。

「皇帝陛下が王都へ辿《たど》り着けば誰も手出しはできないが、道中はそうもいかない。貴族たちに不穏な動きもあるしね。辺境伯にはそのあたりの対処を期待している」

「不穏な動き、とは？」

「君らが討ち倒した『炎槌騎士団』――そのうち二人の遺体が何者かに盗まれたんだ」

マリナの脳裏に、『炎槌騎士団』の姿が蘇《よみがえ》る。

チェルノートを襲った四人のバケモノ。

戦術核級の攻撃手段と、戦車並みの装甲、戦闘ヘリかそれ以上の機動力を持つ人間大の兵器。不意を打ってようやく三人を倒したが、それでも最後の一人『断罪の劫火《ごうか》』と呼ばれるリチャードだけは倒すことはできなかった。

マリナがここに立っているのは、エリザが最後まで諦めずに自身がすべきことを為《な》し、たまたまそれが上手《うま》くいったから。──つまりは〝奇跡〟である。

「それは……リチャード・エッドフォードの？」

「いや、違う。というか彼は生きている」

生きている。その言葉に思わず眉をひそめた。

マリナにとっては皇帝護衛などよりそちらの方が問題だ。正直、アレをもう一度倒せるとは思えない。できれば死んでいて欲しい相手である。

そして何より、鍬が延髄に突き刺さって生きているというのが信じられない。

その内心を見取ったのだろう。シャルル王は「そうか、異世界から来たのなら驚くだろうな」と苦笑した。

「貴族は首が落とされるか、心臓を潰されない限りまず死なないんだ。千年前の人魔大戦時にそういう生き物になってしまった。ちなみにぼくはちょっとした毒でも死ぬからお手柔らかに頼むよ？　まあ詳しくは今度、子爵にでも訊《き》くといい」

「あの、リチャードは今……」

「ん？　ああ、今は昏睡《こんすい》状態らしい。数年は眠ったままだろう。……まあ目を醒《さ》ましたところで貴族裁判の後に処刑台行きだ。眠っていた方が幸せかもね」

気まずそうにエリザが視線を落とす。

シャルル王は「話を戻そう」と苦笑した。

「盗まれたのは『炎槌騎士団』所属の大騎士二人の遺体だ。ガブストール・アンナローロの首と、ニコライ・ジャスティニアンの首から下。そして魔導武具【輝槍《きそう》・カインデル】。まあ騎士の遺体より魔導武具が盗まれたのが問題だね」

「犯人は？」

「分からない。遺体はそれぞれの家の墓に埋葬されていたが、掘り起こされたらしい。【輝槍】もアンナローロ家へ返却された後に盗まれたようだ」

「でも、貴族の家からどうやって……」

途端、シャルル王は「そこだよ」と身を乗り出す。

「移送中ではなく家から盗まれたというのが尋常ではない。そんな事は騎士でも無理だ。貴族の家はそれぞれが要塞そのもの。常に騎士が詰めているし、間者を阻《はば》む魔導式が幾重にも張り巡らされている。と、なればだよ辺境伯――」

シャルル王はニヤリと笑って、

「これは貴族たちによる自作自演の可能性が高い。それも〝開戦派〟のね」

「……もしかしたらなのですが、」エリザは言いにくそうに「皇帝が王都へ向かうことがバレているのでは？」

「うん。バレてるよ」

シャルル王はあっけらかんと答えた。

「王政府はもちろん、王室にも開戦派貴族の間者が紛れ込んでいてね。困ったものだよ」

「では、やはりわたしなどには……」

「だ、か、ら、既に偽《にせ》の護衛計画の情報も流してある。帝国海軍の艦隊がガラン大公と共に海路から王都を目指すという話と、シュラクシアーナ子爵の航天船で王都を目指すという話をね。どちらも王室派貴族の重鎮だ。暫《しばら》くは騙《だま》されてくれるだろう」

「リ……シュラクシアーナ子爵が？」

振り返るとリーゼは神妙な面持ちで肯《うなず》く。どこか自慢げに見えた。

「だが実際には陸路で行く」

「危なくはないですか？　時間もかかりますし、魔獣が出る地域もあります。人目にも付きやすいでしょう」

「そう、だから裏をかける」

既にあらゆる可能性は検討済みなのだろう。流れるようにシャルル王は説明する。

「皇帝陛下と護衛団は隊商《キャラバン》に扮《ふん》してガラン大公領から王都を目指してもらうことになっていてね。空路や海路は時間こそかからないが、誰の領地でもないから貴族騎士たちが自由に行動できてしまう。だが陸路は別だ。他の貴族の領地で下手なことはできない。ましてやガラン大公に睨《にら》まれたい貴族なんていないさ。つまり信頼できる貴族の領地を渡り歩くことが、遠回りだが一番安全なのさ」

他に質問は？　とでも言うようにシャルル王は左右に手を広げて首を傾《かし》げてみせる。

勿論《もちろん》、質問なら幾らでもある。マリナ自身、要人護衛の経験はあるし、逆に護衛される要人の暗殺任務もこなしてきた。今の話だけでは正直、エリザを危険な場所へ送り出すことはできない。

だが、エリザを通じてそれらを問いかけたところで何の意味があろうか。

既にエリザとマリナに選択肢はないのだ。

話を聞く限りシャルル王と帝国との話は完全にまとまっている。この王様の中ではエリザが護衛につくことは確定事項なのだ。それが馬鹿の思い込みなら良い。だが誰に頼るでもなく護衛計画の内容を滔々《とうとう》と語り、尚且《なおか》つエリザの身辺を洗った内容まで頭に入っているような男がそんな愚か者だろうか？

——この裸の王様は、その身体以外の全てが見えない。

それこそ、賢い者にしか見えない服でも纏っているかのように。

「戦力に不安があるのかな？」

「……はい」

「もちろん手ぶらで送り出したりはしないさ。これでも一国の王だからね。〔騎士甲冑《サーク》〕は無理でも、携帯用の〔魔導干渉域《フース》〕発生器くらいは貸し出せる。——そうだ」

シャルル七世はわざとらしくポンと手を叩《たた》き、

「良い機会だ。亡きお父上の形見もお返ししよう」

「まさかそれって、」

エリザの目が見開かれる。

それを満足そうにシャルル王は受け止めた。

「そう。バラスタイン家の宝槍——【万槍《ばんそう》】さ」

◆◆◆◆

その昔、エリザは父に「旧界竜は騎士でも倒せないのですか？」と訊いたことがある。

もう五年も前のこと。

わたしがまだ、ただのエリザベートだった頃の話だ。

母の、三回目の命日だった。

その日のワルキュリア城には、珍しく一族が一堂に会していた。

己《おの》が受け持つ城塞に張りついていた兄二人も、この日ばかりはワルキュリアの万里橋《ばんりきょう》を渡り帰城している。急速に拡大するルシャワール帝国への警戒は疎《おろそ》かにはできないが、冥界の渦に沈む母の魂を慰めることもまた欠かす事のできない大切なもの。無論、家臣団との貴重な会合の機会という実務的な側面もあった。だが、父ブラディーミア十三世に言わせるとそれも「ついで」らしい。

葬送祭をつつがなく葬了し重臣たちとの対帝国防衛線に関する会合も終えてしまえば、後は家族の時間。父の提案もあり直系の家族だけで夕食をとることになった。

父はいつものように貴族の心構えを説き、長兄グラファールはニコニコと子羊のステーキへ蜂蜜を垂らし、次兄ヴィクトルは〔千里眼《めがね》殺し〕の奥で不機嫌そうに目を細めながら歴史書を開いていた。

つまり父の話を真剣に聞いていたのはわたしだけだった。いや、今になって思えば兄二人は今さら聞くまでもなかったのだろう。既に自分の信念を心に携えていたのだ。でなければ民草を逃すためにその身を捧《ささ》げたりはすまい。

「〔旧界竜〕は騎士でも倒せないのか――か」

父は娘の問いに「ふむ」とナイフを置き、少し考えてから答える。

「――『騎士でも』と言うよりは『騎士ごときでは』と言うべきであろうな」

やっぱりそうなのか。

なにしろ〔旧界竜〕は正確には生物ではない。幻獣でも魔獣でも妖精種《フェアリア》ですらない。

簡単に言えば『世界の法則が意志と肉体を持った存在』なのだ。

歴史書にすら残っていない太古の昔、人類種が『世界の法則』に実体を与えた事で生まれたのが〔旧界竜〕だという。そんな無茶をしている以上、彼らの存在は非常に不安定だ。

放っておけばいずれ世界に溶けて元の〝法則〟に還《かえ》ってしまう。実際、過去に存在した〔旧界竜〕の多くは〝法則〟に戻ってしまったらしい。

そして〔旧界竜〕を現世に押しとどめる楔《くさび》こそが〔主従誓約〕という大魔導式なのだ。

誓約者《メンター》は、〔旧界竜〕を現世に留め置くための魔力を提供し、その代償として〔旧界竜〕は誓約者に力を貸すのである。

そうした不安定な存在ではあるが、〔旧界竜〕の力は絶大だ。

なにしろ彼らの〝力〟とは『世界の法則そのもの』と言って良い。それに対抗できるとすれば魔導武具の『固有式』くらいだろう。一つ一つが独自の法則を司《つかさど》るという意味で、〔旧界竜〕と魔導武具は似ているように思えた。つまりバラスタイン家のような親王室派を除く貴族たちがシャルル王を蔑《ないがし》ろにするのは、〔旧界竜〕など恐るるに足りないと思っているからではないかと。エリザはそう考えたのだ。

けれど、それも違うらしい。

「では何故《なぜ》、シャルル陛下はあれほどまでに他の貴族から蔑ろにされているのですか？」

「何故、とは？」

「陛下はファフナー様と『王家の領地を守る』という〔主従誓約〕を結ばれていると聞きました。他の貴族の方々は、自分たちの領地がファフナー様に溶かされても構わないのでしょうか？」

「はっ」

わたしを鼻で嗤《わら》う声がした。

それまで我関せずを決め込んでいた、次兄のヴィクトルのものだ。

次兄ヴィクトルはいつものように、眼鏡の奥からわたしを睨みつける。

「なんだ愚妹。お前は王が他の貴族を弾圧すべきだとでも思うのか？」

わたしは少しムッとして「違います」と否定した。

「でも陛下にはお力があるのに、あのような態度を取る他家の貴族の方々が、その……」

「不愉快か？」

「不思議なだけです。国王陛下は民のことを考えた政《まつりごと》をしてらっしゃいますし、あのような扱いをされる謂《いわ》れは――」

「エリザベートよ」

　エリザの言葉を、父が遮った。

「少し早いかもしれんが、良い機会だ。我々貴族について話そう」

「わたしたちについて……？」

「そうだ」

　父はナプキンで口元を拭い、その顔を父親のそれからバラスタイン領主――ブラディーミア十三世のものへと変える。

「これから話すことは、貴族全てにとっての恥――いや、我ら貴族がいかに強欲であったかという歴史だ」

◆　◆　◆　◆

結論から言えば『貴族』とは自称に過ぎない。

でなければ、『現世へ留《とど》まる魔力の対価として、王家の領地を守る』という誓約を王家と交わした〔旧界竜〕ファフナーが守るのは、王都ロムルシアと数少ない王領のみとなってしまう。そもそも今日《こんにち》では貴族の階梯《かいてい》のように扱われる『伯爵』や『子爵』といった称号は貴族を指すものではなかったという。王が治める広大な土地を『伯領』として分割し、そこを代理運営する代官の役職名が『伯爵』であったのだ。爵位の継承が王の権限で成されるのも『代官として任命し直している』という建前があるからである。今でもブリタリカ王国は建前上、封建制ではなく絶対王政による中央集権国家を成している。

――しかし実情は大きく違う。

今でも貴族たちは『代官』という立場を捨ててはいない。独立した権力者になるということは〔旧界竜〕の翼の影から出るということであり、他国の〔旧界竜〕の暴威に晒《さら》されるということでもあった。それは身の破滅を意味する。

そこで過去の伯爵たちは考えたのだ。

なら、代官のまま王の権力を全て奪えばいい――と。

『伯爵』という名の代官は、『伯領運営はその土地の者が適任』という理屈で世襲制となり、国防時の現場指揮権を拡大解釈し各伯領で独自の騎士団を創設。非常時に認められる臨時徴税を恒常化し国税とは別に二重徴収。その金で宮廷に入った騎士たちは結託し、王の権力を自身たちへ『委託』するという形で少しずつ奪っていった。

そして裁判を司る宮廷伯から王族が排された時——代官を裁ける者が消えた。

そこから先は坂を転げ落ちるようだった、と父は語った。

伯爵たちは『貴族』を名乗り特権階級として自身を正当化。貴族たちは増長し、周辺国家を勝手に併呑《へいどん》して領地と権力を拡大した。更に運の悪いことに、王家は代を重ねるうちに個魔力《オド》の生成量を減らしていった。今では王家の個魔力は平民と同等であり、〈騎士甲冑〉すら纏えない。そんな王家を貴族たちが厚遇するはずもなかった。

貴族たちにとって今の王家は、〈旧界竜〉を縛るために仕方なく飼育している人間。

残念ながら、それが今のブリタリカ王家と他の貴族たちとの関係だった。

「なるほど。ドラゴンはこの世界なりの〝核の傘〟ってわけだな」

——エリザが語った内容を、マリナはそのように喩《たと》えた。

「かくのかさ?」

「気にすんな、こっちの世界の話だ。あと一つ訊《き》きたいことがあるんだけどよ、帝国はどんな〈旧界竜〉と誓約を結んでるんだ?」

「結んでないわ」

「なんだと……？」

「だから〝開戦派〟の貴族たちは強気なんだと思う。何かあっても最後にはファフナー様に頼ればいいって。でもファフナー様が力を使えばシャルル陛下は魔力を吸われて、下手をすれば死んでしまう。父はそれを嫌って自ら打って出たんだけど……」

「なるほどな……。ま、お陰で大体事情は分かったぜ」

マリナは得心がいったとばかりに頷き、

「つまり今回の講和は、『騎士は倒せるがドラゴンに脅える帝国』と『ドラゴンを従えるが貴族に言いなりの王家』——その二つが手を組もうって話なわけだ」

「そうなの？」

一気に飛躍した話にエリザは戸惑うが、マリナは「そうさ」と鼻で笑った。

「じゃねえと帝国の『もう攻め込まないからドラゴンと誓約させてください』って話を王家が呑《の》む理由がない。あの裸の王様、要は貴族への対抗手段として帝国の軍隊を利用したいんだろ。きっと講和条約の内容に、その手の縛りが含まれてると思うぜ？」

筋は通っている。あり得ない話ではないと思った。

シャルル王の立場の弱さはエリザですら聞き及んでいるし、実際、この目でその立場の弱さを目にしたばかりだ。大貴族の中には領地拡大のために戦争を望む者も多く、帝国との休戦以降は俗に〝開戦派〟と呼ばれている。となれば〝開戦派〟を牽制《けんせい》するために王室の力を強くするというのは、それなりに意義のあることかもしれない。

「まあ、そこら辺の話は今考えても仕方ねえよ。まずは目の前の仕事を片づけようぜ」

「そうね」

言って、エリザは眼前の巨大な建造物へ視線を向ける。

途端、覆い被《かぶ》さってくるような巨大な建物に圧倒される。エリザはその豪奢《ごうしゃ》な宮殿を見上げ、隣に立つマリナも呆れたようなため息を漏らす。その大きさはチェルノート城とほぼ変わらない。

――王都ロムルシアの王宮には宝物庫が二つある。

東西に分かれた宝物庫は、どちらも王族の離宮と言っても差し支《つか》えないほど豪奢な造りをしており、実際そうした攪乱《かくらん》の意図もあるのだという。加えて西の宝物庫は地下迷宮さながらの複雑さを誇り、在庫確認に出かけた新人衛兵が遭難するのは恒例行事ですらある。

それに対して、東の宝物庫にそうした不便さはない。

むしろ中に収められたものをすぐに取り出せるようにと、管理責任者へ王の免状と共に受付カウンターで頼めば望む品がすぐに出てくるよう整備されている。

無論、そうした環境が整っているのには理由がある。

なにしろ『宝物庫』とは言っても、そこに収められているのは金銀財宝の類いではない。

地を裂き、山を砕き、海を割り、敵を屠《ほふ》るための兵器――『魔導武具』なのだ。

軍事装備品は厳重に保管しなくてはならないが、有事の際にはすぐに取り出せねば困る。

そうした事情から管理方法の合理化が進められたのだ。

されど、あまりに簡単に取り出せるようでも困る。

ここに収められている武器の数は則《すなわ》ち、そのままブリタリカ王国の軍事力であり、貴族同士の権力バランスを保つ天秤《てんびん》の錘《おもり》でもある。当然、東の宝物庫を警備する者には相応の信用と実力が求められた。

貴族の権力闘争と関わらず、王を裏切らず、魔導武具を必要とせず、どんな騎士よりも強い存在でなくてはならない。

つまり――〔旧界竜〕である。

◆　◆　◆　◆

宝物庫に来たのはエリザとマリナの二人だけだった。シャルル王は「そろそろ風呂から出ないと怪しまれるからね」と言って、魔導武具を引き渡す免状を渡すなり浴場の奥へ消えてしまった。リーゼも護衛計画の詳細を詰めると言って航天船へ戻っている。

巨人種《ギガンツ》のために作られたとしか思えないど巨大な扉をエリザは開く。その先に広がっていたのは、魔導灯ではなく蝋燭《ろうそく》で照らされた薄暗いホールだった。調度品も無いだだっ広い空間は、場合によっては数個騎士団が集結するが故のものだろう。

ホールの奥には王立図書館のそれにも似た受付カウンターが横一列に並んでいたが、そのほとんどには『受付時間外』の札が掛けられていた。

エリザは開いているカウンターを探し、

「ほう」


途端、聞こえたのは腹に響くような低い声。

「これは随分と懐《なつ》かしい個魔力《オド》だな」

受付カウンターに、眼鏡をかけた老紳士が腰掛けていた。

老紳士は受付の椅子にゆったりと体重を預け、老眼鏡の奥からこちらを覗いていた。白髪を丁寧になでつけ、黒衣に身を包んだ姿は執事にも見える。

老紳士は左手に持っていた分厚い装丁の本に栞《しおり》を挟んで、カウンターに置いた。

それから老眼鏡の位置を直し、エリザを見て旧知の人物に会ったかのように微笑《ほほえ》む。

まるで、長く会っていなかった孫や姪《めい》っ子を歓迎するような優しい笑み。

しかしエリザの方には老紳士の姿に記憶はない。

対して老紳士は喜びを隠さず、高揚に満ちた声を溢《こぼ》す。

「今代の『ドラクリア』は遂《つい》に誓約を思い出したか。アイツも浮かばれるだろう」

「誓約？」

エリザが首をひねると、老紳士は意外そうな顔で、

「我が友との誓約だ。『バラスタイン』を継ぎ、『ドラクリア』を名乗る者よ」

やはりよく分からない。

エリザが言葉の接《つ》ぎ穂《ほ》を探して「えっと――」と呟くと、老紳士は興味深そうに眉をひそめる。

「――いや、なるほど。誓約を思い出したわけでもなく、それだけの個魔力を……。

『血の流れは魂を運ぶ』と言うが、君こそ完成形のドラクリアというわけだ」

そう優しく老紳士は微笑む。

どうやら向こうは、面識はなくともエリザのことを知っているようだ。

長く辺境伯を担《にな》っていた父ならばともかく、エリザが辺境伯を継いだのはつい先月のことだ。エリザの名は公文書に載ることすら珍しい。どこで知ったのだろうか。

『んだよ、エリザ。知り合いか？』

エリザの背後に控えるマリナが、念話で怪訝《けげん》そうに問う。

『ううん。――もしかしたら父の知り合いかも』

エリザは確認すべく「ところで貴方《あなた》は？」と問う。

すると老紳士は薄く微笑み、

「おや、〔旧界竜〕に会うのは初めてかな？」

「〔旧界竜〕……？」

「ああ。儂《わし》が〔旧界竜〕、ファフナーだ」

エリザは今朝方、航天船から見た翠玉《すいぎょく》色の巨体を思い出す。

だが、どうにも目の前の老紳士と、あの竜の姿が結びつかない。

ファフナーと名乗る老紳士は「その反応は久しぶりだ」と苦笑した。

「普段はこうして汎人種《ヒューマニー》の姿をとっている。今日は『存在を印象づけろ』と頼まれた故に空も飛んでみせたが――どれ、証拠というほどではないが」

言って、老紳士は左手の手袋を外す。

現れたのは、翠玉色の鱗に覆われた掌《てのひら》だった。

「まあ、これだけでは蜥蜴人種《リザードマン》と変わらんがね。流石《さすが》に本来の姿に戻るのは骨が折れる故、勘弁願いたい。それに今代のブリタリカ王は特に個魔力が少なくてな。下手に魔力を消費すると、うっかり殺してしまいかねん」

そう肩をすくめて、ファフナーと名乗る老紳士は手袋をはめなおす。

どうにも嘘《うそ》を吐《つ》いているようには見えない。

それに、とエリザは思い出していた。

〔旧界竜〕は多くの能力を有するが、その内の一つに自己変成能力があると聞いたことがあった。場合によっては自然現象へとその身を変え、大陸を沈めるほどの嵐となって襲うこともできたという。ならば汎人種に姿を変えるくらい造作もないだろう。

ならこの人が七大竜《エルダー・セブン》の一人。〔旧界竜〕、グレイトブリタリカ公『ファフナー』……。

「儂も歳《とし》でな――正直、ここで本を読んでいる方が好みなのだ」

戦慄するエリザの前で、ファフナーは疲れたような笑みを浮かべる。

確かに武器庫の警備責任者はファフナーが務めていると聞いていたが、こんな受付で会うとは思っていなかった。

エリザは恐縮しつつ「その――公爵閣下、」と呼びかける。

途端、ファフナーは「ふ、」と小さく吹き出した。

「そう畏《かしこ》まるな。気負わず『ファフナー』と呼んでくれて構わんよ。無論、どうしてもというなら汎人種貴族らしく公爵閣下でも構わんが？」

「では……ファフナー、様」

エリザは緊張で乱れた呼吸を整えてから用件を告げる。

「わたしはエリザベート・ドラクリア・バラスタイン。若輩の身ではありますが、辺境伯を名乗らせて頂いております。このたびは前辺境伯が所有していた魔導武具を受け取りたく参上致しました」

「ああ、シャルルから聞いておるよ」

ファフナーは受付の背後の棚へと手を伸ばす。既に用意してくれていたようだ。

「さて。これが『万槍』だ」

ファフナーは小振りな棺《ひつぎ》をカウンターの上に置き、その蓋を開く。

まるで竜の骨格標本を無理やりに槍《やり》の形へと収めたようだった。

柄は人間の背骨のようにゴツゴツと伸びており、その穂先は竜の頭蓋骨を上から押しつぶして平たくしたような形をしている。竜の鼻先から額にかけてのラインには鋭利な刃がついていて、反対側は竜の牙が鋸《のこぎり》のように並んでいた。斬り裂く時には鼻筋を、傷を開く時には顎を使うと父が語っていたのをエリザは憶《おぼ》えている。

それは確かにエリザの父、ブラディーミア十三世が最期《さいご》の出陣で掲げていたものだ。

「固有式の使い方は知っているかな?」

ファフナーの問いに「いえ……」と首を横に振った。エリザは【万槍】どころか練習用の魔導武具にすら触れたことがない。剣術鍛錬はミシェエラが哀《かな》しそうな顔をするので、なんとなく避けていたのだ。

「では試しに使ってみるかね？」

「王宮内での魔導武具の使用は禁じられているはずでは……」

「近衛《このえ》の訓練場ならば良かろう。儂が言えば開けてくれる。まあ、後でシャルルに小言を言われるかもしれんがな」

「そんな、その、よろしいのですか？　そこまでして頂く理由が、」

エリザが戸惑っていると、ファフナーは「構わんよ」と笑った。

「儂も、久しぶりに友人の勇姿を見たいのだ」

◆　◆　◆　◆

バラスタイン家の至宝――【万槍】。

その槍の名は喪《うしな》われて久しいが、それでも固有式だけは受け継がれてきた。

固有式の名は〔増殖〕――担い手の個魔力を喰《く》らい、槍自身の複製体を顕現させる固有式である。複製された槍は担い手の思考に沿って宙を舞い敵へ襲いかかる。また担い手の魔力の総量次第で複製できる槍の数は膨大なものとなり、過去の『ドラクリア』の中には万を超える槍を複製し、それをもって蟲人種《アラクネイト》の軍を串刺しにせしめたとされる。

故に、【万槍】。

その名の通り一槍で万軍に匹敵する魔導武具である。

しかし――、

「なるほど、酷《ひど》いな」

ファフナーの落胆したような声に、エリザは思わず身を硬くする。

近衛の訓練場にやってきたエリザが生み出せた【万槍】の複製体はたった一つであった。

万槍の話を聞いて『でけえフレシェット弾で絨毯《じゅうたん》爆撃ができるってことか⁉』とよく

分からない喜び方をしていたマリナも、気まずそうにエリザから視線を逸《そ》らしている。

それでも何か言わなければと思ったのだろう。ポン、とエリザの肩に手をおいて、

「ま、まあエリザ！　そんなに気を落とすなよ。カッコイイじゃねえか、槍の眼《め》が光って

さ。これを明かりにすれば夕食の時も蝋燭の数を気にしなくて済むだろ」

「マリナさん。気を遣ってくれたのは判《わか》るけど色々と恥ずかしいからヤメテ」

「しかし不思議だ」

対してファフナーは哀れむというよりも怪訝そうに首を傾《かし》げる。

「お嬢さんの個魔力量は膨大だ。並みの騎士の数十倍はあるだろう。だというのに一本しか槍を生み出せないばかりか、宙へ浮かせることすら危ういというのはな……」

ファフナーは「そうだ」と、指を鳴らす。

「お嬢さん、この槍の名を呼びたまえ。それで多少は変わるだろう」

「名前……？」

意味が分からず聞き返したエリザに、ファフナーは驚く。

「名を知らぬ、と？　では、この槍が誰であるのかも知らぬのか？」

「……知りません。爵位を継承予定だった次兄《ヴィクトル》なら聞いていたかもしれませんが」

思わず目を伏せる。

正直、『これで名実ともに辺境伯になれる』と内心でははしゃいでいたのだ。

別に戦いたいわけではない。けれど魔導武具があれば、領民に何かあった時に自分で護《まも》ることもできると嬉《うれ》しく思ったのも事実。父が掲げていた武器を手にしたという誇らしさもあった。だが、現実には固有式も使えず【万槍】のことを何も知らない。

ジワリと、惨《みじ》めさが足元から這《は》い上がってくる。

そんなエリザの内心を察したのだろう。ファフナーはすぐに「いやすまない」と謝罪を口にした。

「継承者が他にいたのであれば仕方がない。【万槍】について詳しく知る者もいなかったのだろう。――よろしい、では僭越《せんえつ》ながらこのファフナーが語らせて頂こう」

ファフナーはエリザから【万槍】を受け取り、傷みが無いか確かめるかのように丁寧に眺めながら語り始める。

「この槍は少々特殊な経緯で生まれていてね。――とある〔旧界竜〕が、ある男と〔主従誓約〕を結び、武器へとその身を変じさせたものなのだよ」

そこからしてエリザには初耳だった。

エリザの驚きをよそに、ファフナーは槍を優しく撫《な》でながら続ける。

「その〔旧界竜〕とは儂の古い友人でね。そして我が友と契約を結んだのは『ブラディーミア』という、少々夢見がちな青年だった」

「初代様と会ったことがあるのですか？」

ブラディーミアはまだブリタリカ王国が小さかった頃、バラスタインを建国した英雄だとされている。驚くエリザに「儂を誰だと思っている。人魔大戦では共に魔人種《シャイターン》を屠《ほふ》ったこともあるとも」少し自慢げな顔をして、ファフナーは万槍を棺の中へ戻す。

「実はな。この槍となった〔旧界竜〕は汎人種――いや、人類種そのものを信用していなかった。我が友が信じていたのは、青年ブラディーミアただ一人だったのだ。

——故に、我が友は固有式の使用に三つの制約を設けた」

ファフナーの人差し指が空を指した。

「ひとつ、ブラディーミアの血を引いていること」

二つ目の指が立つ。

「ふたつ、当代の〝ドラクリア〟であること」

そして三つ目の指が立った。

「みっつ、誓約を果たすために槍を振るうこと。——これらの条件を満たすことで、この槍はその能力を十全に発揮することができる」

「誓約って一体なんですか？」

父からそんな話を聞いたことがない。

しかし、エリザの問いにファフナーは「さてな」と言って虚空《こくう》を眺めてしまう。

はぐらかされたように感じ、エリザは思わず眉をひそめた。

途端、ファフナーが苦笑する。

「そんな顔をするな。意地悪をしているわけではない。本当に知らないのだ」

ファフナーは手に持った槍を見下ろし、

「……まあ、我が友が結びそうな誓約に心当たりはあるがね。だとしても、それは君ら一族が思い出すべきことだ。それが彼女への〝誠意〟というものだろう」

「父は知っていたのでしょうか」

「いや、知らんだろうさ。儂《わし》が知る限りこの槍の能力を十全に引き出せたのは初代ブラディーミアただ一人。――ま、奴《やつ》では個魔力が少なすぎて最終的な誓約を果たすには至らなかったようだがね」

「どうして分かるんですか？」

「誓約が果たされていれば、我が友はここにはおらんからさ」

そうして薄い笑みを浮かべ、ファフナーは万槍を優しく撫でる。

何度も『我が友』と言うくらいだから、きっと大切な人――いや竜だったのだろう。

槍を何度も撫でる老竜の瞳は、一体何を映しているのだろうか。

「案ずることはない、若きドラクリア」

ファフナーの声は、まるで孫を慈《いつく》しむ老人のように優しい。

「一つだけとは言え、お嬢さんは〔増殖〕で複製槍を生み出せている。あとは『何故《なぜ》生み出せたのか？』を知れば良いだけだ。答えは、その胸の内に隠されている」

それにな、と。ファフナーは眼鏡の奥からエリザの瞳を覗《のぞ》き込み、

「この槍の本来の力は〔増殖〕程度ではない。――なにしろ〔旧界竜〕を材料にしているのだ。この槍の全力とは、つまり〔旧界竜〕の力を振るうことにも等しい」

息を吞《の》む。

〔旧界竜〕の力――それは、世界の法則そのものだ。

魔導式のように一時的に自然現象を再現するのでも、魔導武具の固有式のように自身の法則を押しつけて現実をねじ曲げるのでもない。そんな詐欺のような方法ではなく、〔旧界竜〕が力を振るえば、力に合わせて世界の方が変革される。故に〔旧界竜〕の力は今では軽々しく振るわれる事はない。振るわれてはいけないのだ。

そんな力を、わたしが手にして良いのだろうか。

「ひとつ、言っておこう」

ファフナーはエリザの肩に手を置き、その耳元へ口を近づけて囁《ささや》く。

「この槍に秘められた力があることは我が王ですら知らない。――恐らく、歴代のドラクリアも知らなかっただろう。儂も教える気にならんかったからな」

「……どうして、わたしには教えてくれるんですか？」

「なんということはない――『男は惚《ほ》れた女に弱い』というだけの話だ」

ファファナーはどこか自嘲するような声で、

「お嬢さんからは我が友の個魔力を感じる。

きっと君こそが我が友《かのじょ》と、あのいけ好かない男が望んだ未来だったのだろう。

君で無理ならもう誰にも果たせない。これが最後の機会。――そう思ったのだよ」

優しい竜の吐息が離れていく。

振り返れば、ファフナーはもう仕事は終わったとばかりにこちらに背を向けて宝物庫の方へ歩み去っていくところだった。

「もし君に守りたいものがあるのなら、思い出すことだ」

ファフナーは背を向けたまま、こちらへ手を振りながら去っていく。

「ドラクリアという名の、本当の意味をな」

◆◆◆◆

そして、時は現在に戻る。

マリナはパンツァーファウスト3で焼き払った魔獣を見やり、小さく息を吐《つ》く。

護衛依頼を受けてからは嵐のような一週間だった。

リーゼから護衛計画書を受け取り、王都で打ち合わせを済ませたのが五日前。隊商に偽装した皇帝一行の出発を聞き届けたのが四日前。合流予定のガラン大公領の港町ティラーナに到着したのが昨日。そして皇帝一行が魔獣による襲撃を受けていると聞いたのは、つい三時間前の話だ。

不幸中の幸いにして、その時マリナはリーゼと共に航天船に乗っていた。

護衛計画での緊急事態が起きた際の符牒《ふちょう》を聞くためである。既に聞かされていた符牒が間者の手に渡った事が判明した事で、急遽《きゅうきょ》、新たな符牒が用意されたのだ。符牒が漏《ろう》洩《えい》したと聞いた時は呆《あき》れたものだが、何がどう役に立つか分からないものだ。マリナは航天船を皇帝一行の上空まで飛ばして貰《もら》い、魔導士が使う〔飛空式〕とやらが内包された魔導具をパラシュート代わりに高々度降下低高度開傘降下《HALO》をかましたのである。

「ありがとう辺境伯、助かったよ」

「礼には及びません、陛下。こちらこそ合流が遅くなってしまい申し訳ありません」

「構わないよ。こうして助けに来てくれたわけだからね」

周囲を警戒するマリナの背後で、青髪の青年がエリザへ礼を告げる。

どうやら彼が、ルシャワール皇帝――ヒロト・ラキシア・ヤマシタ・ルシャワールその人らしい。青髪に眼帯に白スーツ。忍ぶ気があるのかと疑いたくなるほど派手な服装だが、まあ少なくとも皇帝には見えないから良いのだろう。

まあ、こっちも人のこと言えないしな、とマリナは内心で肩をすくめる。

なにしろエリザに至っては、普段から着ている執務服そのままなのだ。一応、上からフード付きの外套《がいとう》を羽織ってはいるが、知る者が見れば一発でエリザとバレるだろう。

では何故、エリザはいつもの執務服なのか。

それは単に、エリザが他に服を持っていいなかったからである。

シャルル王からもリーゼからも服を貸し出すという話はなかった。何でも王都に存在する衣服全てに位置確認の魔導式が仕掛けられているとかで、極秘の護衛計画において貸し出すわけにはいかなかったらしい。〔魔導干渉域〕発生器を貸し出してくれたのは、全ての魔導式を破壊する〔魔導干渉域〕に発信機など付けようがないからか。ともあれエリザは農作業着との二択で悩まされる事となり、結局は執務服を選んだのだった。

――と、

「皆様、ご歓談中に失礼致します」

異変に気づき、マリナは周囲へ聞こえるよう宣言する。

「新しいお客様です。恐らく、先ほどの方々のご友人かと」

後方１００メートル。街道を進む五台の馬車を追って、新たな魔獣が駆けてきていた。

数はおよそ二十から三十頭。恐らくあれが群れの本丸で、先ほど倒した十頭は、単なる足止めとして潜んでいたのだろう。

マリナはパンツァーファウスト3を捨て、スカートを翻《ひるがえ》し新たな武器を抜く。

狼《おおかみ》の魔獣は数が多く、動きも素早い。対戦車ランチャーを一発ずつ撃っていては埒《らち》が明かない。また同時に、以前『魔獣使い《ビーストテイマー》』のダリウスが操っていた魔獣のように〔騎士甲冑〕を纏《まと》っているわけではない。つまり、銃弾が通じるのだ。

であれば威力よりも連射力が欲しい。

〔魂魄人形《ゴーレム》〕の片手で取り回しが可能で、かつ、威力と連射力を両立した武器。

と、なれば――

マリナはスカートを翻し〝ソレ〟を両手に構えた。

マリナが選んだ武器はAA－12。

32発の散弾《ショットシェル》を、毎分300発の速度で連射する全自動散弾銃《フルオート・ショットガン》である。

「害獣駆除は庭師の仕事ですが、致し方ありませんね」

途端、先行してきた魔獣が左右からマリナへと飛びかかる。ヒグマの如《ごと》き巨体の狼。その顎門《あぎと》は、一口でマリナの上半身を千切り取る事も可能だろう。――それで？

その顎門へ銃口を突きつけ、マリナは引き金を絞る。

装塡されているのは12ゲージ一粒弾《スラッグ》。

別名〝熊撃ち弾〟とも呼ばれるそれは散弾銃の弾でありながら散弾ではない。本来、威力が分散する散弾を一つにまとめ、重機関銃の弾よりも巨大な直径18・5㎜の弾丸と成したもの。マリナが引き金を引いていたのは三秒にも満たない時間だったが、その間にAA－12は十数発もの一粒弾を魔獣へ叩《たた》き込む。

結果、巨大な狼は頭部の上半分を破砕され、荒野にゴロゴロと転がっていった。

威力は充分。こうして一、二頭ずつ襲ってくる分には何の心配もないだろう。このまま追いつかれない程度に魔獣を追い払い続けるだけでも、

視界の端で、何かがチカリと光った。

「伏せろエリザッ！」

「え？　きゃっ――」

瞬間、轟音《ごうおん》と共に閃光《せんこう》が馬車を襲った。

光の後に襲ってきた衝撃波から護《まも》るべく、マリナはエリザへ覆い被《かぶ》さる。

護衛たちも即座に皇帝を護ろうとその身を盾にした。閃光と轟音の原因が分からずとも脅威には違いない。ここで呆然《ぼうぜん》とするような者は護衛も従者も務まらない。

幸いにして衝撃波は馬車を少し浮き上がらせる程度だった。榴弾《りゅうだん》や〔爆裂式〕のよう

に破片や火が飛んでくることもない。

　では、何があの閃光と轟音を生み出したのか。

「おい、後ろの馬車は何処《どこ》に行った……？」

　先に身を起こしたらしい護衛の呟きに、全員がその視線の先、最後方の馬車を見た。

　いや、馬車があったはずの場所、と言った方が正確だろう。

　そこには何も無かった。

　あるのは何かが落下したようなクレーター状の痕跡のみ。馬車も幻獣も護衛も魔獣すらも、何もかもが消失していた。

「後列四番、何があった。五番はどうした!?」

　護衛の一人が念信具――エリザ曰《いわ》く無線のようなものらしい――でまだ残っている後方の馬車へ問う。

『光です大尉殿！　空から光の柱が、』

　念信具の声はそこで途絶える。

　何故なら再び空から落ちてきた閃光が、馬車を乗員ごと蒸発させたからだった。

　再び突風。

　有機物が気体へ変じ、爆発にも似た突風を周囲に巻き起こす。その突風に乗って、誰かの指がマリナの片眼鏡《モノクル》を掠《かす》めて夜の闇に消えた。

マリナたちは閃光が、光の柱が落ちてきた夜空を見上げる。

月は未《いま》だ中天には届かず、星々の光が強く瞬《またた》く夜空。

そこに人影が浮いていた。

月明かりにその身を白銀に輝かせ、空に浮く人間。

そんなものがあるとすれば——

「王国騎士か！」

騎士が構える。その手には長大な槍《やり》があった。

その槍の先端がチカリと光り、

「左へ！」

マリナの言葉に御者役の護衛が慌てて手綱を引く。

間一髪、落ちてきた光の柱は馬車の右側を焼いていった。

数人の護衛の衣服に火が点《つ》き、慌てて脱ぎ捨てる。

無論、直撃ではない。それどころか馬車から数メートルは離れていた。数メートルの大気の層を突き破って馬車の荷台を焦がし、護衛の服を焼いたのだ。見れば、閃光が落とされた地面が星明かりに照らされキラキラと瞬いている。溶けた土が硝子《ガラス》化しているのか。

「陛下ぁ！」

護衛が青髪の皇帝へ振り返る。

「〝レイルバウ〟と〔干渉炸裂矢〕の使用許可を！　このままではッ」

「辺境伯、一つ頼みがある」

護衛の言葉には返答せず、青髪の皇帝はエリザへと向き直った。

「これまでは貴族に見つからぬよう戦闘は控えてきた。だが既に町からも遠く離れている。であれば、あとは君に許可が貰えれば憂いなく力を振るえるのだが。どうだろうか」

「かまいません陛下、よろしくお願いします」

「全ての装備と魔導式の使用を許可する。存分にやれ、大尉」

「ありがとうございます！　──総員、〔干渉炸裂矢〕準備。まずは騎士を空から落とす。分隊魔導士は〔陽光操作〕で矢を隠せ」

「矢？」

思わず聞き返す。そんなもので騎士が倒せるわけが。

しかし護衛たちはマリナの戸惑いに気づく様子もなく、荷台の木箱の中身を取り出す。

そして、護衛たちが荷台から取り出した〝ソレ〟を見て、マリナは愕然《がくぜん》とした。

「それは、なんです？」

片眼鏡の奥の瞳を大きく見開き、護衛たちが『弓』と称して構える武器を睨《にら》みつける。

それは黒々とした直方体の金属に、握りのある取っ手がついた武具だった。

一見して戦棍《せんこん》にも見えるソレは、マリナが構える散弾銃と酷似している。

どう見てもそれは、

「銃、ですか？」

マリナの問いに護衛の一人が首を傾《かし》げる。

「これは〝レイルバウ〟だ。王国の公用語で喩《たと》えるなら電磁投射弓といったところだな」

アンタのもそうだろう。そんな視線を護衛はマリナへ向ける。

マリナは騎士と魔獣が迫ってきていることも忘れ、青髪の皇帝――ヒロト・ラキシア・ヤマシタ・ルシャワールへ視線を向けた。

「皇帝陛下、まさか貴方《あなた》は、」

「そうだよ。〔魂魄人形《ゴーレム》〕のメイドさん」

青髪の皇帝、ヒロトが革手袋を外してみせる。

そこにあったのは、白木で出来た人形の掌《てのひら》であった。

コイツ〔魂魄人形〕だ。

しかも恐らくは、オレと同じ世界で死んだ人間――、

「なるほど、陛下は山下様《やましたさま》……というわけですね」

「そして君は仲村さんというわけだ」ヒロトは革手袋をはめ直し微笑《ほほえ》む。「僕もニッポン人と会うのは百五十年ぶりだよ。話したいことが山ほどある」

マリナは馬車へ迫りつつあった魔獣をＡＡ－12で粉砕し、

「故郷の話は後ほど。それよりも陛下、護衛の方々は何を？」

「〔魔導干渉域〕を発現させる近接信管付きの矢と、それに施す光学迷彩を準備していると言えば伝わるかい？」

「……なるほど、それで王国の騎士を倒してきたわけですね」

「はは、これだけじゃ無理さ」

つまり他にも隠し球があるということだった。大尉と呼ばれていた護衛が使用許可を求めたのも、敵国内で手の内を晒《さら》す危険を考慮したからだろう。まったく油断ならない。

「放てぇッ」

号令と共に放たれる無数の鏃《やじり》。

それらが〔魔導干渉域〕を内包する蓄魔石《ちくませき》を用いた弾頭というなら、矢そのものは騎士本人には何の痛痒《つうよう》も与えない。だが、彼らが跨《また》がる幻獣や空を舞うための〔飛空式〕はそうもいかない。矢が内包する〔魔導干渉域〕により魔導式を分解してしまえば、騎士は空を飛ぶ術《すべ》を喪《うしな》うことになる。まずは地上に落とし機動力を奪う。それはマリナがかつて『炎槌騎士団』に対し行った戦術と同じ。

だが――

「な……！」

放たれた鏃は全て、騎士が放つ閃光に撃ち落とされた。

先ほどのような巨大な光の柱ではない。細く、鞭《むち》がしなるような軌跡を描く光が放たれた鏃を迎撃。膨大な熱量によって鏃は魔導式を発現させる間もなく蒸発していく。

「陽光操作で隠された矢が何故《なぜ》見える……」

「敵騎士の魔導武具、判明しました！」

大尉の呟きに、先ほどからずっと何らかの魔導具を操作していた護衛の一人が叫ぶ。

「【輝槍《きそう》・カインデル】――固有式は〈凝集光手〉および〈短未来予知〉です！」

「なるほど。予知による迎撃か」

「ご存じなのですか、アレを」

マリナの問いにヒロトは「ああ」と頷《うなず》き、

「光柱も光鞭《こうべん》も、有り体に言えば大出力のレーザーのようなものさ。魔導士が使う〈凝集陽光式〉に近い。威力はケタ違いだけどね」

「……あれほどハッキリ見えるものがレーザーだと？」

「光柱の軌跡に放電現象が見えた。つまりレーザーが空中の塵《ちり》に当たって見える散乱光ではなく、照射された大気成分が即座に電離した結果見えるプラズマ光なんじゃないかな」

そんなアホな話があってたまるか。そんな罵倒をグッと堪《こら》える。

ヒロトの言葉が正しければ、大気圧下で焦点も合わせていない分子まで相転移させるほどの出力という事だ。生前に見た米軍のレーザー砲にしたって、せいぜいが機関砲の代用品であってあんな爆撃のような威力ではなかった。【輝槍】などという控えめな名前ではなく、『荷電粒子槍』とか『ガンマ線バースト槍』とかに改名しておけと思う。

まあネーミングの事はどうでもいい。

それよりも今どうするか、だ。

触れたもの全てを瞬時に蒸発させる光柱と、遠距離攻撃全てを予知して迎撃する光鞭。

そのどちらもマリナ単独では対処不可能だ。いや、正確にはマリナとエリザの二人きりであれば逃げ切る算段はつく。騎士も相討ち覚悟の上ではあるが倒せなくはない。

だが、皇帝を護衛しながらというのは無理だ。

それはここにいる皇帝の護衛たちも同じことだろう。選択肢は多くはない。

『エリザ』

『わかってる』

みなまで言うなとマリナを制し、エリザは「陛下」と声をあげた。

【万槍】を握り締めて自身の手の震えを隠し、エリザは提案する。

「わたしどもが囮《おとり》になります。どうかお先にお逃げください」

だが、

「いや、それには及ばない」

青髪の皇帝は、夜空を見上げ不敵に笑った。

「彼女が間に合った」

つられ、マリナも見上げる。

いつの間にか中天に至った満月に、今まさに大出力のレーザーを放つべく槍を構える騎士の影が映っている。一刻の猶予もない。

――騎士の隣を、その大きな鳥の影が通り過ぎた。

「…………は？」

マリナは呆気《あっけ》に取られ、情けない声を漏らす。

なにしろ巨鳥が通り過ぎたと思った次の瞬間には、騎士の首が落ちていた。

ぽーんと、蹴られたボールのように落ちる騎士の頭部。その後を追う騎士の身体《からだ》。コントロールを失った【輝槍】からレーザーが放たれるも、光柱は馬車を大きく逸《そ》れて遠くに延びる河へ落ちる。途端、膨大な熱量を受けた何万トンもの水が瞬間的に気体へと相転移。一気に一七〇〇倍もの体積に膨れ上がった水蒸気は爆弾でも落ちたかのような衝撃波を生み、河の近くを駆けていた魔獣たちを夜闇の向こうへと吹き飛ばした。

「なんだ、あれは……」

水蒸気のベールの中を落ちていく騎士の身体を眺め、マリナは知らず戸惑いを溢《こぼ》す。

それほどにあっけなかった。

戦車並みの装甲と、戦術核並みの攻撃力と、戦闘機並みの機動力を持つバケモノ。それが一瞬で無力化されたのだ。安堵《あんど》より驚きが先に立つ。マリナとてただで殺されるつもりは無かったし、針穴に糸を通すような綱渡りが必要ではあったが、倒す方法も考えていた。だが、あんなに簡単に倒せるものでもないはずだ。

夜空を影が舞う。

騎士を倒したであろう巨鳥は、馬車の上を旋回した後、ふわりと馬車に降り立つ。

一言で表すなら、それは翼の生えた人間だった。

まず目を引くのは腰から左右へ伸びた鷹《たか》のような翼。両脚は鳥のもので、三叉《さんさ》に分かれた指先にはククリナイフが如き凶悪な鉤爪《かぎづめ》が伸びている。その代わり腰から上は人とそう変わらない。強いて言えば、本来であれば人の耳がある位置に飾り羽根が伸びている程度だ。翼と両脚を無視すれば、くりっとした瞳と短めのポニーテールが可愛《かわい》らしい人間の少女と言えなくもない。その身に執事服に似たものを纏《まと》っているのは、商人を偽装していた皇帝を護衛するためか。ただ――、

なんだあのデカい刀。

マリナとしては少女に翼が生えていることよりも、その背中の武器が気になった。

恐らくはソレで騎士の首を落としたのだろう。少女はその背に長大な日本刀らしきものを背負っていた。少女自身の身長も１８０cmに届きそうだが、刀の柄《つか》はその頭より更に大きく飛び出している。刀の全長は2メートル――七尺を優に超える。マリナは日本刀に詳しくはないが『野太刀』というやつだろうか。

『エリザ、あいつは……』

『翼人種《ハーピー》……ね』

エリザも驚きを隠せないようだった。

『そっか、獣人種《ゼリアン》の首長連合国は国家規模で傭兵《ようへい》を出しているから、帝国に翼人種や他の

獣人種が居てもおかしくはないのね。けれど……』

「お待たせしたっす、陛下」

マリナとエリザの戸惑いを無視して、翼人の少女は朗らかに少年のような声をあげた。

ヒタキのような可愛らしい笑顔で、少女は見事な敬礼をしてみせる。

「ペトリナ・ゼ・オーキュペテー少尉、ただいま帰隊したっすよ」

「少尉、陛下に対してそのような口の利《き》き方――」

「構わない大尉。彼女はしっかり仕事をしてくれた」

色めきたつ大尉を制し、ヒロトは「ありがとう」とペトリナと名乗った少女へ微笑《ほほえ》む。

「さて、まずは次の町を目指そう。騎士を倒してしまった事に関して辺境伯と相談しなくてはならない」

「いえ陛下、まだ終わってないっすよ」

安心しきったヒロトの言葉を、ペトリナという翼人の少女は冷たく切り捨てた。

ヒロトが眉をひそめる。

「どういうことだ？」

「あの騎士、首と身体の肌の色が全然違ったんすよ。別々の人の身体を繋げたみたいに」

「別々？」

その言葉で、マリナの脳内に閃《ひらめ》くものがあった。

皇帝の護衛を要請された際に、シャルル王から聞かされた話だ。

――死んだ『炎槌騎士団』の遺体が何者かに盗まれたんだ。

――盗まれたのは『炎槌騎士団』所属の大騎士二人の遺体。

――そして魔導武具【輝槍・カインデル】。

「陛下、お伝えすべきことがございます」

同じことに思い至ったのだろう。エリザが襟を正して皇帝へ向き直る。

「実は先日、『炎槌騎士団』の大騎士二人の遺体が盗まれたとの報がありました。その際に【輝槍】も盗まれたと。あの騎士は、その、もしかすると……」

エリザの言葉に、ヒロトは「まさか」と目を見開く。

それにペトリナが「決まりっすね」と肯《うなず》いた。

「あれは〔動く死体《アンデッド》〕――しかも〔首なし騎士《デュラハン》〕っすよ」

閃光が夜空を裂いた。

あらぬ方向に向けられてはいたが、〔凝集光手〕と呼ばれる光柱に相違ない。

振り返る。

水蒸気のベールの向こうに首のない人影があった。その手には光柱を生み出す槍《やり》。首なしの人影は、足元に落ちていたサッカーボール大の物を拾い上げると首の位置に乗せる。

それは、ペトリナが落としたはずの騎士自身の首だった。

断面の繋がり具合を確かめるように、騎士は首を何度も乗せ直している。うっかり脱落させてしまったパーツを付け直すかのように。

事態が呑《の》み込めず、マリナはエリザへ念話を飛ばす。

『エリザ、……〔首なし騎士〕ってのは何だ?』

『〔動く死体《アンデッド》〕っていう死体を魔導式で動かしている存在よ。その中でも騎士の死体を使ったものを〔首なし騎士〕って呼んで区別してる』

『なんで?』

『騎士の〔動く死体《アンデッド》〕は、遺体に刻まれた魔導陣がある限り何度でも復活するから』

『はっ、なるほど。殺しても殺しても追ってくる不死身の敵ってか』

再生を終えた〔首なし騎士〕が再び【輝槍】を腰だめに構えた。

どうやら地上から馬車を狙い撃ちする腹らしい。

大尉が舌打ちと共に檄《げき》を飛ばす
「〔干渉炸裂矢〕を撃ち続けろ!【輝槍】の威力を少しでも削《そ》いで、」

その言葉が戸惑いと共に止まる。

騎士が【輝槍】から放った光柱。地面と平行に放たれたそれは、しかし全くの見当外れの場所へ向けられていたのだ。「奴《やつ》め、実は死に体か？」と護衛の一人が安堵の声を溢したのも束《つか》の間、

——光柱が、横薙《よこな》ぎに振るわれた。

皇帝の護衛たちが声もなく死を受け入れた。〔飛空式〕を展開する暇もない。地上を二次元的に駆けることしかできない馬車ではあの光柱を避《よ》けることはできない。右側方を走っていた護衛の馬車が先に蒸発し、そのままマリナたちが乗る馬車を白く染め上げ——

バチンッ、という音と共に光が消え失《う》せた。

光柱は跡形もなく消え去り、荒野に静寂が戻る。

見ればマリナたちが乗る馬車を境に、右側は焼け溶けて硝子化した地面が煌《きら》めき、左側は元の通りの荒野が広がっている。馬車を境に光柱が消えたのだ。

「すみません」

その謝罪はエリザのものだった。

「緊急事態でしたので〔魔導干渉域〕を使用させて頂きました」

見れば、エリザの手にはシャルル王より下賜されたブレスレットがある。携帯用の〔魔導干渉域〕発生器だ。それが〔首なし騎士〕の光柱を阻み、魔力へと還元したのだろう。

エリザが土壇場《どたんば》で機転を利かせてくれたことにマリナは安堵《あんど》する。

だが、状況が好転したわけではない。

なにしろ〔魔導干渉域〕は諸刃《もろは》の剣《つるぎ》だ。

喩《たと》えるなら大規模な電磁パルス発生器とでも言えば良いか。それを使えば敵が撃ってきたミサイルの電子回路を破壊し無力化することもできる。だが、同時に自分たちが持つ電子機器も破壊されてしまう。つまり、

「〔魔導干渉域〕だって⁉」

この世界においては味方が持つ全ての魔導具と、幻獣が破壊されることを意味する。エリザがこれまで使用を控えてきたのもそれが理由だ。

護衛が絶望を露《あら》わに叫ぶ。

「どうしてくれるんだ！〔電磁投射弓《レイルバウ》〕がぶっ壊れちまった」「それだけじゃない。幻獣まで消えてるぞ」「これでどうやって戦えって？」「これだから貴族ってやつは糞なんだよ……」「やめろお前たち、口を慎め！」

大尉の言葉を受け護衛たちは口を噤《つぐ》む。

しかし、その表情には「終わりだ」と書かれていた。

——この程度で諦めるなんて、よほど気楽な戦争をしてきたのだろうか。

マリナは護衛たちを捨て置き、周囲の状況を確認する。

水蒸気爆発で吹き飛ばされたはずの魔獣たちがこちらへ近づきつつある。〔首なし騎士〕の光柱はエリザの〔魔導干渉域〕で防げるとしても、足を失った今、魔獣から逃げ延びるのは難しい。それに足を止めていれば〔首なし騎士〕が、直接攻撃を図るかもしれない。

迎撃のための陣地構築が急務だ。

『エリザ、地図を見て近くに渓谷か、水源に近い崖が無いか調べてくれ』

『渓谷は無いけど断層ならある。北東1粁《キロ》、廃村のすぐ横』

即座に返ってくる返答に、思わず『早いな』と返す。

マリナの疑念を察したのかエリザは自嘲するように笑った。

『戦いでは役立たずだもの。せめて周辺地理くらいは頭に入れておこうと思って』

『……そんなことないぜエリザ』

マリナは最大の感謝を念話に籠《こ》める。

それはエリザなりの努力の成果だ。力不足を痛感して嘆くでもふて腐れるでもなく、『いま自分にできること』を為《な》す。メイドの主人《あるじ》としては頼りないかもしれないが、一人の人間としてこれほど信頼がおける相手はいない。

マリナはヒロトへ身体《からだ》を向け、軽く一礼。

「陛下、ご提案があります」

マリナは馬車が向かっていた方角から少し右へズレた方向を指差し、

「部隊を北東に向けてください。1キロ先の廃村で彼らを迎え撃ちます」

「貴様、突然何を――」

「待て大尉」

ヒロトは激昂《げきこう》した護衛の一人を押しとどめ、マリナへ問う。

「仲村さん、対抗策があるんだね？」

「はい、皇帝陛下」

マリナは満足げに頷いてみせた。

「もう夜も遅いことですし、あの死者にはそろそろお休み頂きましょう」

◆　◆　◆　◆

――作戦は単純だ。

まず皇帝の護衛団にマリナが召喚したアサルトライフル――『G11』を持たせ、廃村に簡易的な防御陣地を構築させる。そして廃村の家屋を盾にしつつ魔獣を崖下に拘束。その間にマリナは廃村近くの崖上へ登り、そこから〔首なし騎士〕へ攻撃を仕掛け光柱を撃たせるのだ。光柱は照射された場所へ数メートルのクレーターを生み出すほどの熱量を持つ。廃村ならば近くに水源があるだろうし、水分を含んだ崖にそんなものを照射すれば簡単に土砂崩れが起こせる。その土砂崩れで魔獣を生き埋めにするというものだ。

「見えてきたぞ！」

大尉の言葉に、マリナは魔獣へ散弾を叩《たた》き込みつつチラリと見やる。

皇帝と護衛たちを引き連れ駆ける先、石造りの家らしき影と高く聳《そび》える丘があった。エリザが言っていた廃村と断層だろう。丘は村に対して断崖を晒《さら》し、崖の高さは数十メートルはある。そして断層の割れ目からは湧き水の痕跡。条件は完璧だ。

となれば、問題はその後ということになる。

「仲村さん、本当に〔首なし騎士〕をやれるのかい？」

皇帝が不安そうに問う。マリナは既に方法を説明していたが、それでも不安は拭えないのだろう。マリナは一度だけ足を止め、逆に皇帝へ問いかける。

「ならば念には念を。帝国では〔首なし騎士〕が纏う〔騎士甲冑〕の強度について、何らかの知見がございますか？」

「もちろんだ。〔首なし騎士〕の〔騎士甲冑〕の強度は大騎士以上。君にも判《わか》るように喩えるならば、そう――」

　ヒロトは少し考え、

「軍用装甲板、つまり均質圧延装甲《RHA》換算で約２００㎜。それと同等のはずだ。ただの機関砲程度では抜けるか怪しいだろう。それでも――」

「はい、問題ありません。では手はず通りに」

「マリナさん、気をつけて」

「ああ」

　マリナは頷き返し、スカートを翻して新たな武器を生み出す。

　一見して、それはただの鉄の筒に見える。外見はパンツァーファウスト3に近いものの、更に細長い。その金属製の筒の中にはＣＣＤカメラを備えたミサイルが収められ、画像認識により上空の敵機を追尾する。

　その筒の名を『91式携帯地対空誘導弾』――通称『ハンドアロー』。

　空を舞う脅威を撃ち落とす、異世界《メイド・イン・ファンタジア》の矢である。

　マリナは断層の上へ駆け上がり、スコープで上空の騎士を狙う。

　唯一の懸念は明るさだったが、幸いにして〔首なし騎士〕は光柱を放ち続けている。お陰で周囲は昼間のように明るい。これなら夜間では使用の難しい画像認識によるロックオンも可能だ。

トリガーを引いた。

点火した固体ロケット燃料が火柱をあげ、誘導弾が飛翔《ひしょう》する。前後に四枚ずつ備えた翼で風を掴《つか》み、上空へと駆け上る。騎士もそれに気づく。〔電磁投射弓〕よりも脅威に感じたのか、槍《やり》の先端をミサイルへ向け光鞭《こうべん》ではなく光柱による迎撃を選んだ。

ミサイルはあっけなく蒸発し――そして、その射線上にあった断層へと落ちた。

途端、光柱を受けた河と同じことが起こる。断層の内に含まれていた湧き水を含む水分が一気に水蒸気となり、爆発と共に土砂崩れを引き起こした。

果たして、土砂崩れは魔獣の多くを廃村に埋葬せしめた。

未《いま》だ魔獣は残っているが、当初と比べればごく僅か。

護衛団はマリナが渡したG11を上手《うま》く使いこなしている。

実は、彼らにマリナの銃を渡すにあたって一つ問題があった。当然のことだが、彼らは空薬莢《からやっきょう》を排出する小銃を使う訓練を受けていないのである。そのままでは空薬莢を顔に受けるような間抜けを晒しかねない。そこでマリナが選んだのは、無薬莢弾《ケースレス》を使うG11だった。薬莢を持たないG11は当然、空薬莢を出さない。これならば排莢を意識した構え方、フォーメーションを習得していない護衛団でも実力を発揮できるはずと踏んだのだ。迷銃呼ばわりされることもあるG11だが、どこで役に立つか分からないものだ。あれならば護衛団だけで魔獣を排除できるだろう。

　つまり後は、空に浮かぶ動く死体《アンデッド》を埋葬するのみ。魔獣を失い、光柱も防がれ続ける状況となれば〔首なし騎士〕も槍による直接攻撃に移るだろう。その時が勝負だ。

　マリナは皇帝護衛団とエリザが待つ崖下へと駆け降り、

　――それに気づけたのは本当に偶然だった。

　こちらの無事を認めて安堵するエリザの顔の、更にその向こう側。朽ちた石造りの家屋が並ぶ通りの路地から、音も無く〝黒い影〟が這《は》い出してきていた。

　ふよふよと蠢《うごめ》く黒いナニカは、明らかに意思を持った動きでエリザや皇帝の背後に忍び寄っている。そして唐突に動きを止め、その表面を泡立たせた。まるで間合いを見定めた無人兵器が攻撃準備に入るかのような空気。

　直感する。やばい。

「エリザッ」

「え、」

　崖下に辿《たど》り着くなり、エリザの襟首を摑んで形振《なりふ》り構わず投げ飛ばす。

　間一髪だった。

マリナがエリザを投げ飛ばした直後、黒い影は一気に護衛団の足元に拡《ひろ》がった。

途端、支えを失う。

足がズブズブと黒い影へと沈んでいく。黒い影が黒い沼へと変じたようだった。足を引き抜こうと藻掻《もが》くほど、黒い沼はマリナの足に絡《から》みつき、その身を呑《の》み込んでいく。

突如として現れた底なし沼。

周囲を見回す。

「陛下！　いらっしゃいますか⁉」

「ここだ、仲村さん！」

声の方向を見れば、身体を半分ほど呑まれた皇帝の姿があった。思わず舌打ちが溢《こぼ》れる。

あれでは自力で脱出できまい。

そしてそれはマリナ自身も同じだった。腰まで呑まれた状態では、脱出どころか脚を引き抜くこともできない。黒い沼から這い出そうとついた手が、途端に沼へ沈む。引き抜こうとするも、何か強い力に引かれてそれすらできない。ただの底無し沼ではないらしい。

糞《くそ》が。

マリナは見えない敵に嵌《は》められたことに気づいて毒づく。

〔首なし騎士〕が魔導式によって生み出された存在だとすれば、魔導式を使う何者かが背後にいる。そいつにこちらの手札を読み切られていたのだ。でなければ説明がつかない。マリナたちがこの廃村に陣取って魔獣と〔首なし騎士〕を迎え撃とうと決めたのは、仲村マリナが〔首なし騎士〕を倒す手段を持っていたからだ。無ければこの廃村になど近づかず、街道をそのまま逃げていただろう。だが仲村マリナが持つ武器で『炎槌騎士団』を倒したというのは、極一部の人間しか知らない。護衛される側の皇帝ですら、ついさっきまでエリザが『炎槌騎士団』を倒したと思っていたのだ。

それを知っているのは――

「んだよ……あの王様、情報ダダ漏れじゃねえか」

「マリナさん！」

その声に振り向き、安堵《あんど》する。

不幸中の幸いかエリザは沼の外側にいた。マリナが投げ飛ばしたことで擦り傷だらけだが、沼に嵌まってはいない。

マリナの状況を認めたエリザが沼へ飛び込もうとする。

「来るな！」

「でもっ」

「オレは大丈夫だ！　伊達《だて》に人形の身体してねえ、簡単には死なねえよ」

エリザを少しでも安心させるべく、無理やり笑みを作る。

「皇帝はオレが何とかする。アレも魂魄人形なら、沼に呑み込まれた程度じゃ死なねえ」

「でも、」

「エリザは生き残って、オレたちを助ける方法を考えろ！」

とはいえエリザが持つ【万槍】は役に立たない。無茶な頼みだ。情けない。武器くらい持たせたいが、影沼は既にマリナを首まで呑み込んでいる。

もう声は出せない。

最後にと、念話を飛ばす。

『またな、エリザ』

『マリナさん！』

念話がプツリと切れる。

視界が暗転する。

◆　◆　◆　◆

そして、メイドは沼底へと消えた。

「マリナさん！　マリナさん⁉」

声も、念話さえも届かない。

「──そんな、」

呆然《ほうぜん》とするエリザの耳に、悲鳴が届く。

運良く影の沼から逃れられた護衛たちが魔獣に襲われている声だった。

魔獣は我先にと護衛たちを取り合い、その内の一人が上半身と下半身を引き千切られ、投げ捨てられる。その身体《からだ》は腹の中身を撒《ま》き散らしながら、エリザの目の前に落ちた。

「助け……」

下半身を失った男がエリザへそう呟き、事切れる。

そうだ。助けなくちゃ。

固有式を使えない【万槍】を抱えてエリザは立ち上がり、
瞬間、視界がブレた。

「なにボーッとしてるっすか⁉」

突き飛ばされたエリザは、声の主を見る。

皇帝の護衛の一人の翼人種だった。確か『ペトリナ』と呼ばれていたはず。

「このままじゃ死ぬっすよ！」

ペトリナはエリザへ飛びかかろうとしていた妖精番犬《クウ・シー》の首をひと息に斬り落とす。極東の鬼人種《オーガ》が持つような長大な太刀を振り回し、襲ってくる魔獣を次々と斬り捨てていく。

だが、魔獣は首を落とされた直後から再生を開始。繋がりきらない首をぶら下げたまま、再びペトリナへ飛びかかる。その魔獣の頭蓋へペトリナは冷静に太刀を突き刺した。

しかし、

「あ、ぐっ！」

頭を貫かれた魔獣の陰に隠れていたもう一体がペトリナへ突進し、ペトリナの身体を吹き飛ばす。ペトリナの身体は数米《メートル》もの距離を一気に飛び越え、石造りの家の壁を突き破ってその中に没した。

果たして、廃村には地獄だけが残った。

食い散らかされる護衛たちの悲鳴。噎《む》せ返るような血の臭い。五体が揃《そろ》っているのはエリザだけで、他の者は手足を——そして身体の全てを失いつつある。

ふと、エリザを夜空から照らす月光に影が落ちた。

見上げる。

そこには、眼下の惨状を光のない瞳で見る〔首なし騎士〕が浮いていた。

騎士の死体は、どこかに潜む術士に命じられるがまま【輝槍】を構える。

その先端はペトリナが吹き飛ばされた家へと向けられていた。大きく空いた壁の穴から、ふらふらと立ち上がる翼人の少女の姿が見える。危ない。エリザは咄嗟《とっさ》に〔魔導干渉域〕発生器であるブレスレットを手に取り、

ブレスレットは壊れていた。

発生器を制御する宝玉が割れている。これでは〔魔導干渉域〕は生み出せない。〔首なし騎士〕の光柱を防げない。彼女を助けるどころかまず自分の身が危ない状況だ。魔獣が他の護衛たちに意識を向けているうちに、さっさと逃げるべきで、

バチンと自分の頬を叩く。

——何をしているのだわたしは。

目の前に、今まさに死のうとしている人間がいて、何を呆然としているのか。

そんなのはエリザベート・ドラクリア・バラスタインじゃない。

仲村マリナの主人《あるじ》じゃない。

駆け出す。

上空の〔首なし騎士〕は槍を光らせ、今にも〔凝集光手〕を放とうとしている。

間に合わない。間に合ったところで、彼女を守る術《すべ》などない。

でも。

それが、どうした――ッ!?

「辺境、伯?」

【万槍】を片手に家の中へ飛び込んできたエリザを見て、ペトリナは『わけが分からない』という顔をした。それから空を見上げて、【輝槍】を構える〔首なし騎士〕を見やり、状況を理解した。

「辺境伯、いいから逃げて……」

「いやです!」

エリザは叫ぶ。

「今ここに、生きている人がいるんです! あなたが、ここにいるんです!」

その手に【万槍】を掲げる。

「わたしは、あなたが死ぬところを見たくない!」

そしてエリザの視界は白く染め上げられた。

第五話　それでも彼女は諦めない

——夢を見ていた。

わたしの、過去の夢を。

わたしが独りぼっちではなかった頃の記憶を。

家にはわたしと、父と、兄二人だけがいた。母はわたしが小さい頃に死んでしまって、それ以来は四人だけで暮らしていた。

父はいつも家訓を唱えているような人だった。

だからと言って厳しい親という感じはしなかった。わたしは父が怒ったところを見た事がないし、わたしや兄に優しく諭すように様々な話をしてくれた。

長兄は少しばかり変わっていた。

何でもかんでも蜂蜜をかけて食べる人で、みんな呆《あき》れていた。けれど童顔の長兄が「おいしいよ」と笑う顔が皆好きで、食卓には蜂蜜が必ず並んでいた。

次兄は気難しい人だった。

稽古よりも史学の勉強が好きな人で、食事にまで本を持ち込んでいた。よく父に窘《たしな》められていたけれど、実は誰よりも洞察力がある次兄の審美眼を父も頼りにしていた。いつからか、次兄のために居間にも本棚が置かれるようになった。

わたしはそんな家族が大好きだった。

それだけでなく人が好きだった。町へ降りてはパン屋のおじさんや、服屋のおばさん、農家のお爺《じい》さんに、羊飼いのお姉さんと会って、そうして見聞きしたことを父と兄二人に話すのが大好きだった。父はパン屋の心意気に感心し、長兄は農家が新しく栽培し始めた果物に興味を示し、次兄は服飾の歴史にいたく感動していた。

そんな日々が、いつまでも続いて欲しいと思っていた。

当然、いつまでも続くと無邪気に信じていた。

——戦争だった。

父も、兄も、みな戦争に行くのだ。

一番上の兄は言った。——ようやく自分の力を試せる、と。

そう言った長兄は、いの一番に死んでしまった。沢山の敵を殺して、多くの巻き添えを出しながら死んだ。けれどお陰で、多くの情報を味方にもたらした。

次兄は言った。——俺もお前も戦争に向いていない、と。

嫌だ嫌だと、歴史書を片手に戦場へ向かった次兄はそのくせ、最後の一人になるまで戦い続けた。そうして多くの時を稼ぎ、多くの人を救い、そして独り寂しく死んだ。

父は言った。──これは責務なのだ、と。

家宝の武具を携えて戦場へ赴き、多くを殺して多くを成した。休戦協定が結ばれた理由の一つは、父の功績によるものだという。

父の死を伝えに来た政府の役人は言った。──誇りなさい、と。

誇り。

それはこの哀《かな》しさを、寂しさを、不甲斐《ふがい》なさを覆い隠せるほどのものだろうか。

そんなわけがない。

結末を知っていたのなら、行かせはしなかったのに。

だというのに、末妹のわたしは最後までただ見ているだけだった。

◆　◆　◆　◆

そしてエリザは目を醒《さ》ました。

ぼんやりする頭で、更にぼんやりとした視界を眺める。眼《め》が霞《かす》んでいる以上に周囲が薄暗い。生まれたばかりの赤ん坊の世界はこんな感じなのだろうか、なんてことを考えつつ

身体《からだ》を起こそうとし、

「痛っ」

途端に後頭部を痛みが襲う。

というより後頭部が一番痛いというだけで全身が痛い。まるで身体を寝具叩《たた》きでメッタ打ちにされたよう。エリザは悪戯《いたずら》がバレてミーシャに折檻《せっかん》を受けた時のことを思い出す。父も兄もわたしを叱らないから、説教はミーシャの担当だったのだ。

と、

「目、覚めたっすか？」

囁《ささや》くようにかけられた声。

左を見やると薄闇の中に人影。よくよく眼を凝らしてみれば、腰のあたりに鷹《たか》のような翼がある。翼人種《ハーピー》だ。

瞬間、全ての記憶が蘇《よみがえ》ってきた。

皇帝の護衛、襲ってくる魔獣と〈首なし騎士《デュラハン》〉、マリナさんを呑《の》み込んだ黒い影の沼。

そしてわたしは魔獣に吹き飛ばされた翼人種の少女を助けようとして、
名は確か――

「ペトリナ……」

「良かった、なんともないみたいっすね」

「ここは――」

「シッ――」

言いかけたエリザの唇を、ペトリナの人差し指が制した。

「声を抑えてくださいっす」

「………あれからどうなったの？　〈首なし騎士〉は？」

エリザの問いにペトリナは声も出さず、ちょいちょいと薄闇の奥へと誘う。

「まずはお礼を言うっすよ。ありがとうっす」

「え？」

何故《なぜ》感謝されているのか分からない。

どちらかと言えば、エリザの方がペトリナへ感謝せねばならないように思う。魔獣に喰《く》われそうになっていたところを助けられたのだから。

「辺境伯が助けてくれたんすよ。その魔導武具で」

「え、何を？　というか、わたしが助けた？」

正直、無我夢中で何が起こったのか覚えていなかった。

ペトリナが倒れている廃屋へ飛び込んで、【万槍《ばんそう》】を空へ向けて掲げたことはうっすら覚えている。だが、そこから先はサッパリなのだ。

自分でも気づかぬ間に【万槍】を扱えるようになったのだろうか。だとしてもファフナーから聞いた【万槍】の能力に、【輝槍《きそう》】の光柱を防ぐような力は無かったはず……。

そう首を傾《かし》げるエリザを見て「まあ憶《おぼ》えてないならイイっす」とペトリナは話を変えた。

「今、自分らは倒壊した家の中にいるっす。そこから外が見えるんで、覗《のぞ》いてみてください。あ、周りに〔妖精番犬《クウ・シー》〕がウロウロしてるんで静かにっすよ？」

「何が見えるの」

「敵っすよ、敵」

息を呑み、エリザは四《よ》つん這《ば》いになって瓦礫《がれき》の隙間から射《さ》し込む光へと近づく。

そぉっと、岩の裂け目のような隙間から外を覗いた。

見えたのは廃村の中のマリナや皇帝たちが影沼に呑まれた広場。

そこに二つの人影があった。

片一方は見憶えのある〔騎士甲冑《サーク》〕を纏《まと》い、長大な槍《やり》を携えた〔首なし騎士〕。

そしてもう一人、これと言って特徴のない年若い男が立っていた。

その周囲では〔妖精番犬〕が歩き回っているが、彼を襲う様子はない。もちろん〔首なし騎士〕も同様だ。

となれば、

「あれが、敵の魔導士……？」

「いや、魔導士じゃないっすね。それどころか人類種でもないっすよ」

ペトリナがエリザの耳元で囁《ささや》く。

「足元、見てくださいっす」

満月の明かりに照らされ、男と〔首なし騎士〕の影が地面に伸びている。

——いや、違う。

男の方のソレは影ではなかった。

影に見える黒い何かが、男の足元でふよふよと蠢《うごめ》いている。

「気づいたっすか。どうやら自分たち、もっとヤバイことに巻き込まれたっぽいっすね」

「ヤバイ、こと……？」

ペトリナは「そっす」と頷《うなず》き、敵の正体を告げる。

「多分アレは——」

◆　◆　◆　◆

落ちる。落ちる。落ちる。

汚泥《おでい》よりは清らかで、けれどどこか腥《なまぐさ》い黒い水の中に溺れていく。

息をしているのかすら定《さだ》かでない闇の中で、マリナは必死に藻掻《もが》いた。

けれど、泳ぐことはできなかった。

気づけば黒い水と思い込んでいたものが夜空に、水底はアスファルトに変わっていた。

「──アスファルト？」

自身の認知に驚き、マリナは弾《はじ》けるように身を起こす。

周囲を見回す。そこは元の世界で見慣れた舗装道路だった。信号に横断歩道。視界の左右には高層ビル。どれを見てもニッポンのそれだ。唯一異なることと言えば、人の気配も車の走行音も一切しないというところだろうか。

そして、それだけでなく──

「あれは、渋谷駅《しぶやえき》か？」

大きなビルと一体化した駅舎に『渋谷駅』と書かれていた。それに普段は人混みに隠れて見えないハチ公像までよく見える。どうやらマリナは、所謂《いわゆる》『スクランブル交差点』のど真ん中に横たわっていたらしい。

立ち上がり、周囲を見渡す。

「けど渋谷ってことは、元の世界に帰ってきたわけでもねえのか」

渋谷駅とその周辺が、北軍《ホクグン》の爆撃で倒壊したのは随分と前のことだ。

だというのに渋谷駅は記憶通りの姿のまま。仮にマリナが死んだ後、元の世界で南ニッポン政府が東京都を取り戻し渋谷駅を再建したとしても、あのような姿にはならないだろう。それほど北軍の爆撃は苛烈だった。そもそも、自分の身体は〈魂魄人形《ゴーレム》〉のままで、

「仲村《なかむら》さん」

銃を抜き、声の方向へ突きつける。

「おいおいおいおいおい、待ってくれッ」

そこには突きつけられた銃口に、目を白黒させる青年が一人。

青髪に黒い眼帯、白いスーツを纏った〈魂魄人形〉。

ルシャワール帝国皇帝――ヒロト・ラキシア・ヤマシタ・ルシャワール。

「失礼致しました。皇帝陛下」

「い、いやいいんだよ仲村さん。こういう時だからね、はは……」

マリナが銃を下げると、ヒロトは苦笑いを浮かべた。

「それと皇帝陛下なんて呼ばなくていいよ。君もニッポン人だろ？」

「……ええ、」

マリナは魔獣に追われる最中《さなか》に見た〔電磁投射弓《レイルバウ》〕、レールガンもどきを思い出す。

魔導式なんて便利なものがある世界で、わざわざローレンツ力を使って鉄礫《てつつぶて》を飛ばそうなんて発想が生まれるはずがない。ましてや〔騎士甲冑《サーク》〕を貫けないほどの豆鉄砲など、誰ひとり見向きもしないだろう。そんな粗大ゴミをわざわざ作って軍隊に配備させるとしたら、別の世界の人間しかあり得ない。

つまり、コイツも〔魂魄人形〕に魂を定着させられた別世界の死者なのだ。

「仲村マリナと申します」

「山下大翔《やましたひろと》だ。山下でも大翔でも好きなように呼んでくれ」

言ってヒロトが差し出した手を、「それでは山下様と」と答えて握り返す。

ふと、ヒロトは苦笑して、

「……その話し方は素かい？　ここには僕らしかいないんだから、無理にメイド然とする必要はないんじゃないか？」

「山下様」

カチン、ときた。

別に大したことではないはずだが、思わず刺々《とげとげ》しく返してしまう。

「わたくしはあまり他人と馴《な》れ合うことを好みません。この世界でも、元の世界でも」

初対面でいきなり素を晒《さら》せなど、失礼にもほどがある。

そもそも〝無理に〟とは何だ。オレのメイドとしての振る舞いはそんなに無理があるのか。たしかにメイドとしての所作は漫画本から得た知識を基にしているから間違っているところもあるかもしれない。けれど生前そうした文化を記した本も探して読んでみて勉強もしたしこの世界に来てからもエリザの目を盗んで勉強してるんだからそこまでおかしなものでもないはずだ絶対、多分、きっと、おそらくは。

自分でも自信が無かったことに気づかされ、それを隠すようにマリナは釘《くぎ》を刺す。

「ど、同郷だからといって、最低限の礼儀は通して頂けますか？」

ヒロトは面食らったように「そ、そうかい？」と、絞り出すように答えた。

「まあ、ここから出るまでの間、仲良く頼むよ」

「ここから出る？」

ヒロトの言葉に、マリナは眉をひそめる。

「ということは、山下様はここがどこか理解されているのですか？」

「うん、恐らくは」

ヒロトは自分たちが墜《お》ちてきた空に瞬《また》く星々を眺め、呟《つぶや》く。

「ここは〔複体幻魔《ふくたいげんま》〕――いわゆる〝ドッペルゲンガー〟の腹の中だ」

◆　◆　◆　◆

「食べられちゃった、ってことですか？」

エリザの問いにペトリナは苦々しく頷く。

「あの〝影沼〟がきっと、〔複体幻魔《ドッペルゲンガー》〕の捕食器官だったんす」

マリナと皇帝を呑《の》み込んだ黒い影を二人は〝影沼〟と呼ぶことにしていた。

そしてその〝影沼〟の上には今、平民風の外見の男が佇《たたず》んでいる。

「恐らくあの男は〔複体幻魔〕が外界と接触するために作り出す人形っすね」

ペトリナは〔首なし騎士〕を従えている青年を指してそう言った。

――〔複体幻魔〕。

エリザも詳しくはないが、人類種と敵対関係にある魔人種《シャイターン》のうちの一つと聞く。多くの死者が出た戦場などで、冥界の渦へ帰れずにいた魂魄《こんぱく》が寄り集まって自我を持った存在であるとか、ないとか。

そして彼らの特徴の一つが、他者へ化けることができること。

「〔複体幻魔〕は人類種を呑み込んで、体内で消化することで姿形を真似《まね》ることができるようになるっす。ほら――」

促され、瓦礫の隙間から外を見ると〔複体幻魔〕の身体の表面がさざ波立っていた。

そのさざ波に沿って〔複体幻魔〕の表面が裏返っていく。足先から発生したさざ波が頭頂部まで至った時、そこには皇帝の護衛をしていた帝国人の姿があった。

その姿は護衛に瓜二《うりふた》つ。恐らく当人の家族でも気づけないだろう。

そうして〔複体幻魔〕は何度も自分の身体を書き換え、呑み込んだ者たちの姿を真似ていく。それだけの人間が喰《く》われてしまったのだと、悔しくて拳を握り締めた。

しかし、

「もしかしたら、まだ皇帝陛下は消化されていないかもしれないっすね」

ペトリナが呟いた。

驚き、そして僅かな期待をもって「どうして」とエリザは問う。

「呑み込まれたはずの護衛のほぼ全員に化けて確認したくせに、皇帝陛下には化けてないっす。あとメイドさんにも」

「じゃあ、マリナさ――いえ、陛下はまだ無事ということですね」

つまり、微《かす》かだが希望は残っているということだ。

どうにか協力者を見つけて、二人を〔複体幻魔〕の腹の中から救い出すことができれば。

「それはどうっすかね」

そんなエリザの希望を、ペトリナはあっさり切り捨てる。

エリザの顔がよほど悲痛そうだったのだろう。ペトリナは「そんな顔しないでください っすよ」と慌てて訂正し、

「前例が無いわけじゃないっすよ。じゃなきゃ『影の沼で人を喰らって化ける』って話も伝わってないっすからね」

「じゃあどうして、二人が無事と言えないと？」

「その伝わってる話が問題なんすよ。なんでも彼らの話じゃ……」

そしてペトリナは〔複体幻魔〕に呑まれた者が辿《たど》る末路について話し始めた。

◆ ◆ ◆ ◆

「ええ!?　この渋谷駅ってもう無くなってんのっ!?」

ヒロトは驚きの声をあげ、マリナはただ「はい」とだけ返す。

マリナが無言で肯《うなず》くと「マジか……」と衝撃を受ける。

マリナとヒロトは〔複体幻魔〕の腹へ一緒に呑み込まれたはずの護衛を探す道すがら、

互いのことを話していた。そうして分かったのは、どうやらヒロトはマリナが死んだ時よりもずっと前に死んでこちらの世界へやってきたということだった。死因も砲爆撃などではなく交通事故だという。マリナが生まれる二十年ほど前、南北ニッポンが表立って戦争をしていなかった時期の人間らしい。束《つか》の間《ま》の平和を享受していた世代というわけだ。

「それでずっと、その民兵組織に？」

「ええ。……『ニッポン統一戦線』という名前に覚えは？」

「聞いたことあるよ。やたらガタイの良《い》い作家が作ったところだろ？　たまにワイドショーのコメンテーターに代表が出てきてたよ。名前は忘れたけど」

「わたくしは幼い頃にそこに拾われて、ずっと戦闘訓練だけを受けてきました。なので山下様のように学校には通ったことがありません」

「そうか。……戦災孤児が問題になってるとはニュースでよく放送してたけど、陰でそんなことまでしてたのか。あっ、」

　分かった、という顔をしてヒロトはポンと手を叩く。

「つまりそのメイド的な振る舞いも、どこかの潜入任務の為《ため》に身につけたんだね？　なるほどなるほど。いやぁ、なんでそんなことしてるのかと思ったけどようやく理由が、」

「違います」

「これは――」マリナは少し考え「わたくしが憧れる『婦長さま』に近づきたくてしているることです」と、視線も合わさず答えた。

「婦長さまって、何？　もしかして……マンガの？」

「ええ」

「あ、わかった。アレだね？　僕も好きだよ。サンタ・マリアの名に――」

「静かに」

いきなりマリナに口を塞がれ、ヒロトが抗議の視線を向けてくる。だが別にマリナも意地悪でそうしたわけではない。もちろん先ほどから『黙れ』とは思っていたが、理由なく私情をぶつけるのはマリナの主義に反する。そういうのはたまにしかしない。

マリナはその理由を指差す。

二人が歩み進む先。

渋谷駅の入り口付近で、一人の女性がその場にしゃがみ込んでいた。

その場には何故《なぜ》か包丁やお玉などの調理器具が並べられ、女性は時折、道具を手に取って何かを調理しているように見えた。

ざくり、ざくり、ざくり、と。

「違うのっ⁉」

女性は手に取った包丁で手際《てぎわ》よく食材を処理していく。

「本当、無事に帰ってきてくれてよかった」

そう、女性は愛情と安堵《あんど》のこもった声を溢《こぼ》す。

「これでもう戦争は終わるのよね？」

応える声はない。

だが女性は何か辛《つら》い返答を聞いたかのように、寂しそうな表情を浮かべた。

「……そう、また行かなくちゃいけないのね」

やはり応える声はない。

まるで独り芝居。女性は何かの幻影を見ているのか、ことさら明るく「わかったわ」と大きく肯く。それは、とある家庭の幸せな一幕に見えた。

「それならとびきり美味《おい》しいものを作るわね。あなたが絶対に帰ってきたくなるように」

女性の身体《からだ》で陰になっている所に誰かいるのか。

そう考えてマリナは女性の背後に回り込み――

――即座に女性の後頭部を拳銃《スチェッキン》で撃ち抜いた。

なぜなら、
女性が切り刻んでいたのは、護衛の一人だったからだ。

魚を三枚におろすように護衛の腹を割いて腑分《ふわ》けしていた女性は、頭を撃ち抜かれた途端、黒い砂塵《さじん》となって消え去る。どうやら人間ではなかったらしい。マリナは少しだけ安堵する。まあ仮に人間だとしても間違ったことをしたとは思わないが。

「み、れーぬ……」

腹から溢《あふ》れる内臓で巨大な花を作っている護衛は、息も絶え絶えにそう呟いた。

これは助からない。数多《あまた》の死を見てきたマリナは即断する。この出血で意識があるだけで望外の幸運——いや不幸だ。すぐさま安楽死させるべきだろう。

だが、今は情報が少しでも欲しい。

マリナは護衛の苦痛に気づかぬフリをして「何があったのですか?」と問いかける。

「み、ミレーヌが……彼女は、僕の妻なんだ」

「奥様が?」

「死んだんだ、僕の愛《いと》しい人。でも、また会えたんだ」

護衛の口から鮮血が泡となって溢れる。

「彼女、を撃つことなんて、できない」

「ええ、知ってるわ」

声と共に、地面から先ほどの女性が生えてきた。マリナはヒロトを背後に回して拳銃を構える。だが女性はマリナを無視して、死にかけの護衛を抱きしめる。途端、護衛は夏場のアイスのようにその身を溶かし、同じように溶けはじめた女性と混じり合うようにして地面に吸い込まれていった。残されたのは彼の衣服のみ。

「彼は……一体どうなったのですか？」

「恐らく、消化されたんだ」

マリナの問いに、ヒロトは絞り出すようにそう答えた。

思い出す。

「そういえば先ほど〔複体幻魔〕の腹の中だと仰《おっしゃ》いましたね？」

「そうだ」

ヒロトは服だけになった護衛を見下ろし「パッツェル……」と呟く。それが護衛の名前なのだろう。ニッポン人らしく、ヒロトは残された衣服に手を合わせる。

「僕も初めて見たが……〔複体幻魔〕はこうして人の魂魄を喰らうんだろうさ」

〔複体幻魔〕――通称、ドッペルゲンガー。

彼らはこの世界において〔魔人種〕と呼ばれる種族であり、魂魄に欠損を抱えた人類種の成れの果てだという。崩れ壊れゆく自分の魂魄を維持するために、他者の魂魄を喰らい続けなくてはならない存在。いわば『人が魔獣となった姿』らしい。

「〈複体幻魔〉はあまり強い魔人じゃない」

ヒロトは護衛が手首にヒモで括《くく》りつけていた鉄符《てつふ》を大事そうに拾う。恐らく、この世界におけるドッグタグのようなものなのだろう。

「こうして取り込んだ人間の記憶を読み取り、その人が『もう一度会いたい故人』の幻影を見せる。そうして抵抗を諦めさせなくては他者の魂魄を喰らうことができない――と、聞いている」

「なるほど」頷き、マリナは前方の建造物を指差す。「つまりこの渋谷駅も幻影だと？」

「ああ、恐らく僕らの記憶から再現したものだろう。個々の記憶を別個に再現するより、共通の記憶を再現する方が楽だろうしね」

「ですが……消化されてしまった彼は、実際に身体を切り刻まれておりました」

「僕も驚いた。もしかすると此処《ここ》は『幻影』というよりは『模造品』なのかもしれない」

「模造品？」

「実際にこの空間に存在してるってことだ。僕らはＶＲや立体映像を見せられているわけじゃない。いわばこの渋谷駅は魔力で作り出した精巧な１／１スケールのジオラマで、さっきの女性も、魔力で作り出した泥人形《スワンプマン》といったところだろう」

「なるほど〝沼に落ちて死んだ人間と寸分違《たが》わぬ泥人形〟ですか」

まさか哲学の問題をここで実体験させられるとは思わなかった。

マリナは嘆息しつつも少しだけ安堵する。幻影や幻覚には銃弾も爆薬も効かないだろうが、そこに実際に存在するならば銃で解決できる。

少なくとも手も足も出ないということはな
「マリ姉、」

甲高い子供の声。

振り返る。

「マリ姉、やっと帰ってきてくれたんだね」

思わず片眼鏡《モノクル》の下の目を見開く。

そこには六歳ほどの小汚い服装の少年が立っていた。

マリナはその少年のことをよく知っていた。宮元《みやもと》カズキ。陸奥湾《むつわん》撤退戦で拾った戦災孤児だ。両親を失い親類に引き取られるはずだったが、その親類すらも吹き飛んでしまった少年。崩れた家屋の中で呆然《ぼうぜん》としゃがみ込んでいるのを見つけて、マリナが拠点にしていた防空壕《ぼうくうごう》に連れてきて以来の付き合い。他にもいた孤児の面倒を積極的に引き受け、彼なりに前向きに生きようと立ち上がった強い少年。

――そして水不足に喘《あえ》ぐ防空壕の中、肺炎であっけなく死んだ少年だ。

「…………なるほど、悪趣味ですね」

呑《の》み込まれた人間が『もう一度会いたい故人』の幻影を作り、抵抗を諦めさせる——か。

孤児へ歩み寄るマリナを、ヒロトは「仲村さん」と止める。

「ご心配なく」

それを制して、マリナは少年へ近づく。

「マリ姉、お水のみたい。お水ない？」

言いながら、宮元カズキの姿をした泥人形はマリナへナイフを振るった。

その手を冷静につかみ取る。

なるほど、こうしてあの護衛も殺されたのだろう。少年の手に握られていたのはマリナが誕生日プレゼントにと渡した八九式銃剣だった。我ながらもう少し何かあっただろうと後悔した思い出がある。そうした思い出を想起させるだけでなく、姿も表情も言葉も生前そっくりで、しかも害意など微塵《みじん》も感じさせない。思わずマリナも当時を思い出して「ゴメンね、明日《あした》、北軍から取ってくるから」と返してしまうほどに。

だというのに、

「うん。ボクは大丈夫。でもアヤカが苦しいって……」

泥人形は迷いなく、確実にこちらを殺そうと動いている。

ギリギリと押し込まれるナイフ。

そのナイフが自身へ到達する前に、マリナは泥人形の頭を撃ち抜いた。

眼前で頭蓋骨の破片と脳漿《のうしょう》が飛び散る。

それらが黒い砂塵に変わるのを見て、マリナはようやく安堵した。

だがそれでも、マリナの手には子供一人を撃ち殺した感触が残っている。理屈では偽物《にせもの》だと、助けを求めながら銃剣を振るうなんてあり得ないと分かっている。しかし泥人形は少年の汚れた髪の匂いまで再現していた。引き金を絞る直前、心があげた『やめろ』という絶叫。その残響がマリナに無いはずの心臓の痛みを感じさせている。

実体があって良かった？

なんとも想像力に欠けた考えだったな。

「仲村さん、周りを――」

顔を上げる。

気づけば、周囲には子供ばかりがいた。

皆、マリナが知る子供たちだった。

思い出が蘇《よみがえ》る。

開戦初期ならいざ知らず、戦況が悪化し自衛隊が後方に下がってしまった後の戦災孤児が辿《たど》る未来は悲惨だった。彼らに比べれば、開戦前に拾われ『防人計画《さきもり》』などというアホな企《たくら》みで米軍のアザラシも真っ青な訓練を積まされただけで済んだマリナは幸運だった。

なにしろ彼らは皆『爆弾』にされてしまったのだ。

所謂《いわゆる》『センダイ・ボム』である。東北地方の防衛を委託された民兵組織はゲリラ戦の一環として戦災孤児を戦地で収穫。彼らに対戦車地雷を抱えさせて『親の仇《かたき》を討て』『天国でママが褒めてくれるぞ』『死ねば友達に会える』という甘言で唆《そその》し、北軍の戦車に特攻させていたのだ。即席爆発装置《IED》などより余程成功率が高く、敵に心理的な傷すら負わせられるコスパ最高の即席対戦車誘導弾《ミサイル》。それが多くの戦災孤児が辿る未来だった。

それを嫌って、マリナはそうした戦災孤児を拾って匿《かくま》っていた。

戦地で拾うか、はたまた上官が連れてきた子供を「死んだ」と偽り、マリナがこっそり用意していたセーフハウスや防空壕へ連れていく。そして折を見て信頼できるNGOに彼らを託し、里親の下へ送り出していた。勿論《もちろん》、それは偽善と欺瞞《ぎまん》に満ちた行為だ。マリナ自身、北軍の兵士を数百、数千と殺して戦災孤児を生み出し続けていたのだ。これを欺瞞と言わずなんと言おう。

しかも全てが上手《うま》くいっていたわけではない。中には見つけた時点で重体だった子供も居たし、手足を失った子供もザラだった。戦況が悪化するにつれ、満足な治療を施すこともできず、ただただ死にゆく彼らを見守ったことは数え切れない。

今、マリナを取り囲んでいるのは、そういった子供たちだった。

マリナの記憶にある彼らと瓜二つ《うりふた》の泥人形たちが、安堵と歓喜の表情を浮かべた。

自分には本当に――本当に勿体《もったい》ないことだが、彼らはこちらを信頼し感謝すらしてくれていた。マリナの自己満足でしかない行動に、「それでも」と好意を寄せてくれていた。

その時と同じ笑顔を彼らは浮かべている。

――そして、それぞれが手に持った武器をマリナへ向けた。

片腕の無い少女が助けを求めてくる。

「マリ姉、包帯の中で何かに噛《か》まれるの。きっとウジ虫だよ、包帯剝がして取って」

「ああ、あと二時間で軍医さんが来る。そしたら包帯換えてもらおうね」

こちらの目を狙ってきたメスを払いのけ、眉間を撃ち抜く。

「マリ姉、アヤカがお腹《なか》が痛いって！　どんどん膨れて、赤くなってて」

「トモコ、心配しないで。アヤカのそばに居てあげて」

少女のＭ９拳銃をつかみ取り、背骨に三発。

「トモヤの顔が！　爆弾が！　トモヤの顔がなくなっちゃったの！　マリ姉！」

撃つ。

「マリ姉、助けて」「マリ姉、伍長《ごちょう》が夜に田んぼを抜けて逃げようって「マリ姉また漫画読んで「ねえマリ姉「あっ♪　マリ姉「マリ姉っ「マリ姉「マリ姉「マリ姉「マリ姉、「マリ姉「マリ姉「マリ姉「マリ姉、「マリ姉「マリ姉「マリ姉「マリ姉「マリ姉、「マリ姉「マリ姉「マリ姉、「マリ姉「マリ姉「マリ姉「マリ姉「マリ姉、「マリ姉「マリ姉「マリ姉「マリ姉「マリ姉「マリ姉「マリ姉「マリ姉「マリ姉「マリ姉――

わらわらと、周囲から助けを求めて群がってくる孤児たち。

数が多い。スカートを翻《ひるがえ》しＡＫ－74――使い慣れたアサルトライフルを生み出した。

引き金を絞る。

薙《な》ぎ払う。

撃ち殺す――――

「仲村さん、」

肩を叩かれる。

気づけば、あれほどいた子供たちの泥人形は全て黒い砂塵へと還《かえ》っていた。

「その、大丈夫かい？」

知らず、肩で息をしていた。

マリナは平静を装《よそお》って「ええ」とだけ答える。

「だけど、とてもそうには……」

「彼らが死んだことは、わたくしが一番よく存じております」

マリナは罪を告白する。

「わたくしが殺したようなものです。彼らの誰一人、助けられなかった」

「何もそこまで責任を負うことはないんじゃ、」

「それよりも、山下様の知人の方がお目見えですよ」

「――ッ」

黒い砂塵の向こうから、新たに学生服姿の男女が数人現れた。

歳《とし》の頃からして恐らく高等学校の生徒だろう。なるほど肌の色艶が良い。裕福そうだ。ヒロトが暮らしていた時代はさぞかし希望に満ちた世界だったのだろう。とはいえ『故人』なのだから、無条件に肯定される世界でもなかったのだろうが。

「お使いになりますか?」

マリナはスカートから召喚した拳銃――スチェッキンを差し出す。

ヒロトは拳銃《スチェッキン》を取ろうと手を伸ばし、諦めた。

「すまない……」

「構いません、それが普通でしょう。そうあるべきです」

マリナは拳銃を構え、コンパスやカッターナイフを持って襲ってくる高校生たちを端から順番に処理していく。なるほど、生前持っていたものを凶器としているらしい。文房具で人を殺すなんて、平和なのか野蛮なのか判断に困る。

「異常だとすれば、それはわたくしの方」

ペインティングナイフで襲いかかってきた女生徒を撃ち殺し、マリナは自嘲する。

「――武器を持って襲ってきたのなら、知人であろうと躊躇《ためら》わず殺せる。そんな技術は、本来必要がないものです」

そう。だからオレは、自分が嫌いなのだ。

マリナは、ここ暫《しばら》く忘れていた感情を思い出す。

知人であろうと、友人であろうと、相手に殺意があれば殺せてしまう。無くとも、こちらを殺せる行動を取っただけでも反射的に撃ってしまう。そういう訓練を受けてきた。

しかし、だからと言って『知人を殺す技術』を使ったのは自分の意思なのだ。大義名分なんてアホらしいと嘯《うそぶ》きながら、自分だって『合理的な判断』とやらに身を任せている。

湧き上がる自己嫌悪《けんお》を抑え込み、マリナはヒロトへ告げる。

「ともかく泥人形はわたくしが対処します。山下様は周囲の警戒を手伝ってください」

「…………わかった」

「マリ姉」

また来たか。毎度毎度、背後を取りやがって。

飽き飽きしてきた幻影の声はしかし、初めて聞く声だった。

振り返る。

「サチ、か」

そこには三つ編みの少女が立っていた。

15歳のマリナより二つ下の女の子。成長途中の薄い身体を包むのは飾り気のない白シャツにジーンズ。海外の野外フェスで見かけるような姿だが、彼女のその服装は単にそれ以外に着る物がなかったからだ。一応、服を買って渡したこともあったのだが、結局彼女は鞄《かばん》の中に仕舞ったまま着ようとしなかった。そんな記憶がマリナの脳裏を駆け巡る。

まあいい。どうせこれも泥人形だ。

マリナは迷わずスチェッキンを突きつけ、

「ちょ、ちょっと待ってよマリ姉！　どうして銃をあたしに……っ⁉」

「？」

その反応に違和感を覚える。これまでの幻影は、マリナの銃など目に入っていないかのように、笑顔のまま「マリ姉マリ姉」と繰り返しながらナイフや銃を振るってきた。

しかしこの幻影は、明らかにこちらの行動を認知している。

そして何より、

「サチは……オレを殺さないのか？」

「え？　言ってる意味わかんないんだけど……」

サチの泥人形は困惑に眉根を寄せる。

それから戸惑うように周囲を見回して、

「それよりマリ姉どうしちゃったの、髪なんか染めて、変な服着て……それメイド服？

それにここ、どこ？　すごい都会――」

マリナは隣に立つヒロトへ問う。

「山下様、何か察しがつきますか？」

「……これは発信機役だろうな」

「発信機役？」

「腹の中に取り込んだ人間が必ずしも泥人形に殺されるとは限らない。仲村さんのように反撃したり、逃げ回って空間内の何処《どこ》かに隠れるということもあり得る。そういう時〈複体幻魔〉は、生前と同じように思考し行動する精巧な泥人形を作るらしい。そうして喰《く》った人間を懐柔して、一緒に行動させることで位置をトレースし続けるとか何とか」

「つまりこの泥人形がいる限り、わたくしたちは永遠に追われ続けるわけですね」

であるならば。

と、マリナは引き金にかけた指に力を籠《こ》め――――――られなかった。

「お前、武器は持っていないのか？」

「え、お前？　……うん、何も。でもおかしいな、マリ姉に貰《もら》ったナイフもない。腰に差してたはずなんだけど」

あれぇ、とズボンのポケットを探し始める少女を見て、マリナは銃を下げる。

たとえ友人や家族であろうと、こちらへ殺意を向けたのであれば殺せる。

その可能性があるだけでも、手足を撃ち抜くくらいはできる。

――だが。

無抵抗の人間を、武器すら持たない少女を撃つことは、マリナにはできなかった。

それは生前においても変わらない。故にマリナは、民兵組織『ニッポン統一戦線』において、格別の訓練と実戦経験を積んだにも拘《かか》わらず、特二級抵抗員のままだった。

「君も、僕と同じじゃないのか？」

だらりと下げられた拳銃を見つめて、ヒロトが呟く。

「引き金を引けるようになるまでに、一体どれだけ……」

「詮索はそこまでに」

言って、マリナは新たに現れた別の泥人形たちを睨《にら》む。

そちらはサチとは異なり、笑顔のままナイフを持って突撃してくる泥人形だった。カズキにアヤカにトモヤにトモコ。その背後にも更に子供たちが続いている。

「なるほど。殺しても殺しても復活してくるわけか」

ヒロトが苦々しく呟く。その視線の先には、彼の学友であろう高校生たちが出現していた。孤児と学生。一人一人はさしたる脅威ではないが、こう数が多ければいずれ圧倒されてしまうだろう。少なくとも戦えない人間を一人連れたままでは厳しい。

マリナはじりじりと近寄る彼らを眺め——ふと、あることに気づく。

同じ顔が一つもない。

ならば、

「逃げましょう、わたくしに考えがあります」

「あ、マリ姉！　ちょっと待ってよ、どこに」

「来るな！」

その声を反射的に拒絶した。

追いかけてこようとした少女——深山《みやま》サチへ、その姿を模した泥人形へとマリナは銃を突きつける。

自身の行動に戸惑う。オレは、何を恐れている。

何故《なぜ》、あの泥人形に心動かされる。襲ってこないなら放っておけばいいはずだ。

「来るな……」

「マリ姉、どうして」

困惑の表情を浮かべる泥人形を振り切るように駆け出す。隣を走るヒロトが物問いたげな視線を向けてきたが無視した。そのうちにヒロトは諦め、マリナから視線を逸《そ》らす。

そして何かに気づいたかのように、天を見上げた。

「仲村さん、空が」

足を止めずにマリナは空を見る。

満天の星空。それがパタパタパタリ、と裏返りはじめたのだ。まるで数キロ四方に切り取られた天板をひっくり返すように、夜空が、夕焼け空へと切り替わる。渋谷駅が茜《あかね》色に染まっていく。

「空間が再構築されつつある――？　まさか、」

その様《さま》を見てヒロトが顔を青くする。

「〈複体幻魔〉が誰かを喰《く》らおうとしているのか？」

◆　◆　◆　◆

「マリナさんなら……きっと、生きてる」

　ペトリナの話を聞き終えたエリザは、そう答えた。

「どうしてっすか？」

「〔複体幻魔〕の腹の中で延々と家族や友人を殺し続けるなんて、そうそうできるもんじゃないっすよ」

「それは――」

　エリザは思い出す。『炎槌騎士団《えんついきしだん》』の襲撃時に垣間見《かいまみ》た、仲村マリナが経験した『己を殺したい』と思うほどの過去を。身内を殺すなんてこと、仲村マリナは散々経験してきたのだ。だから、きっと死ぬことはないだろう。

　だが、そのことをエリザの口から話すことは躊躇われた。

「マリナさんは大丈夫――いえ違う。生き残るわ、絶対に」

　そう。

　むしろ〝生き残れてしまうこと〟こそが彼女にとって不幸だったはずだ。

その心は耐えがたい苦痛を覚えている。だからこそ、自身を殺したいほどの自己嫌悪を抱くに至ったのだから。だから、決して〝大丈夫〟ではない。

けれど、生き残ってはくれる。絶対に。

エリザの言葉を信用してくれたのか、ペトリナは肩をすくめる。

「まあ、だとしても早い内に助けないとマズイっすね」

「……そうね」

問題は時間だ。

元々の護衛計画では陸路で王領の港まで向かう予定だった。到着が遅れれば不審に思われるだけでなく、予定されている講和会議にも間に合わなくなる。だからといって王政府に助けを求めるわけにもいかない。シャルル王が言ったように、王政府内部にも開戦派が潜り込んでいるからだ。皇帝が〔複体幻魔〕に喰われたなどと開戦派に知られれば、即座に帝国へ攻め込んでもおかしくない。当然、帝国側にも伝えられない。この状況ではエリザが暗殺を企てたと思われる。それこそ戦争になってしまう。

つまり、三日後の夜明けまでに二人を救い出し、王領の港町へ向かわねばならない。

けれど――

「助けるって言っても……」

まず、自分たちの身が危ない。

エリザとペトリナが潜む家屋の周囲には魔獣が徘徊《はいかい》し、いつまで隠れていられるか分からない。更には魔人種である〔複体幻魔〕と、最強の〔動く死体《アンデッド》〕である〔首なし騎士〕もいる。ピンチであることはエリザ自身も変わりなかった。

バサリ、と。頭から何かを被《かぶ》せられる。

手に取ってみると、それは護衛たちが羽織っていた外套《がいとう》だった。

それをエリザへ被せたペトリナは「それ着てくださいっす」と笑って、

「それは帝国軍の魔力遮断布っす。貴族の個魔力《オド》をどこまで隠せるか分からないっすけど、無いよりはマシっすから」

「ありがとう……」

万槍と共に外套にくるまり、エリザは何か役立つものはないかと周囲を見回す。仲村マリナならそうすると思ったのだ。

薄闇の中でぺたぺたと床を触って、慎重に廃屋の中を探る。元は酒を扱っていたのだろうか。樽《たる》や酒瓶が転がっていた。『そういえばマリナさん、割れた硝子《ガラス》で外を見たりしてたな』と思い出して割れた酒瓶を手に取って、――ふと、おかしな事に気づく。

家屋の床から10糎《センチ》ほどの位置に、スッと線が引かれていた。

それが壁だけにあるのならただの意匠と思ったかもしれない。だがそれは家の机や椅子の脚にまであった。全て正確に同じ高さ。この廃村に住んでいた人たちは、そういった風習を持っていたのだろうか。エリザはその線へと手を伸ばし、

「あ、」

ふと、外を窺《うかが》っていたペトリナが焦《あせ》るような声を溢《こぼ》す。

「これ、不味《まず》いっす」

「どうしたの？」

その答えを、エリザはペトリナの口からではなく、外から感じる魔力の高まりで知った。

「なに、これ」

「決まってるじゃないっすか」

ペトリナは、自身の野太刀を握り締め、

「アイツ、またあの〝影沼〟を展開する気っすよ」

マリナと皇帝を呑《の》み込んだ〝影沼〟。

あれに自分たちまで呑み込まれれば、二人を助け出せる人間は本当にいなくなってしまう。仮に〔複体幻魔〕の腹から脱出する方法があったとしても、講和会議までに成し遂げることは無理だろう。

「早く逃げないと」

「それはそうっすけど」

ペトリナは瓦礫の隙間から周囲を探り、

「これだけ魔獣がいる中で、見つからずに逃げるなんてできないっすよ」

「一、二体だけ倒してこっそり抜けられない？　あなただけでも――」

「いやいやいやいやいや無理っすよ。仮に飛んで逃げても〔首なし騎士〕からは逃げ切れないっす。あの閃光《せんこう》の餌食《えじき》っすよ」

万事休すっすね、そうペトリナは小さく呟いた。

何か、何か無いか。

どうにかして、あの影沼から逃れる方法は。

――マリナさん、わたしはどうすれば。

◆　◆　◆　◆

その〔複体幻魔〕が彼の王から受けた命は、『皇帝に成り代わること』だった。

途中までは完璧だった。集めた〔妖精番犬〕と〔首なし騎士〕で馬車を追い立て、この村までおびき寄せ、護衛もろとも皇帝を呑み込んだ。腹の中では未《いま》だ護衛の一人が頑張って皇帝を護《まも》っているようだが、我が腹の中では誰も生き残れない。時間の問題だ。

しかし、護衛の一部を取り逃した事は問題だった。

なにしろ〔複体幻魔〕が皇帝を喰《く》ったことを知る人間がいては、皇帝に成り代わることはできない。汎人種《ヒューマニー》同士での戦争のキッカケにはなるだろうが、それでは我が王は満足しない。我も、魔獣に喰われる汎人種たちと同じ運命を辿るだろう。

〔複体幻魔〕は、久しく忘れていた恐怖に、身を震わせる。

幸い、生き残った人類種が誰かは分かっている。王国側が派遣した護衛の辺境伯と帝国軍の翼人種だ。そして〔妖精番犬〕たちが二人を見つけた様子はない。ならばこの廃村のどこかに隠れている事は間違いないだろう。

「ガブストールくん、飛び立つ者がいないか見張ってください」

隣に立つ〔首なし騎士〕の、生前の名を呼ぶ。しかし騎士は動こうとしない。

「ガブストールくん？」

「――――」

「はあ……まあいいです」

〔複体幻魔〕は〔首なし騎士〕を捨て置くことに決め、周囲の魔獣を〝影沼〟の範囲外へ逃がす。村から逃げる者があれば問答無用で殺すようにと、念話を送ることも忘れない。

そして〔複体幻魔〕の足元で蠢《うごめ》いていた〝影沼〟が、一点に収束した。

一点に集まり黒い雫《しずく》となった〝影沼〟は、それ自体が意思を持っているかのように大きく跳ね——着地と同時に周囲へ一気に拡《ひろ》がった。

雫はコップに落としたインクのように一瞬で拡大し、廃村全体を包み込む。

そして〝影沼〟は——『食事』を開始した。

ズブズブと廃村に残されていた家屋が〝影沼〟へ沈んでいく。そこに例外はなく〔複体幻魔〕の周囲五〇〇米《メートル》。その地上にある全てが呑み込まれた。

エリザたちが〝影沼〟と呼ぶそれこそが、〔複体幻魔〕の本体であった。

普段は汎人種たちに紛れるために作り出した幻影の足元で人の影のフリをしている。

だが食事の際にはこうして自己を拡大して、地上にあるものを呑み込むのだ。普段は人類種だけを選んで呑み込むが、今回は建物の二階に隠れている可能性を考慮して建物ごと喰らった。

そうして全てを呑み込んだ〝影沼〟は、元の雫へと戻る。

しかし、

「――逃げられた？」

村の全てを呑み込んでも、その中に汎人種と翼人種の身体《からだ》はなかった。

そんな馬鹿な。

そう〔複体幻魔〕は戸惑うが、廃村にはもはや家一軒すら残っていない。周囲は水平に展開した影に切り取られ、凍りついた湖面のような姿に変貌している。

「一体どこに……うっぷ、」

腐った酒か何かを呑み込んだのだろう。〔複体幻魔〕は酷《ひど》い胸焼けを覚える。魔人種となる前は下戸の人間だったせいか、今でも酒精を呑み込むと気分が悪くなるのだった。

ともかくこの廃村からは既に逃げていたらしい。早く追わねばならない。

今にも吐きそうな気分の悪さに舌打ちを溢し、〔複体幻魔〕は〔動く死体《アンデッド》〕たちを引き連れ、かつて村だった更地を後にした。

◆　◆　◆　◆

そして〔複体幻魔〕が去った後の村に朝陽《あさひ》が昇る。

そこへ事態を遠くから見守っていた妖精種《フェアリア》が跳ねるようにやってきた。〔複体幻魔〕によって湖面のように切り取られた地面が面白いのだろう。遊び相手の〔妖精番犬〕を奪われ暇をしていた何人かの妖精種が、音もなく笑い合い、跳ね踊り――

――突如として地面から突き出た槍《やり》に驚いて散っていった。

竜の骨格標本のような槍である。

銀色の槍はしばらくの間、朝陽をキラキラと反射するだけだったが、やがてもぞもぞと動き始めて地中からその身を脱し、その後から土まみれの銀髪が続いた。

「っけほ」

そうして、エリザは穴から這《は》い出した。

穴を塞いでいた木の板を押しのけ、その下に隠れていた少女へ手を伸ばす。その手に引かれて、腰から翼を生やした翼人種の少女が穴から這い出す。

「だずがっだぁ〜！」

翼人種の少女は両手を頭上に掲げ、全身で朝陽を浴びる。

エリザもその横で、「ほんと、死ぬかと思った」と苦笑しながら地面に崩れ落ちた。

「暗いし狭いし息苦しいし……埋葬される人の気持ちが分かったっす」

ペトリナは自分たちが隠れていた〝穴〟を見下ろす。

そこは廃屋にあった小さな床下収納だった。

あの瞬間、〔複体幻魔〕が〝影沼〟を展開すると分かった時点で、エリザは【万槍】で穴を掘ったのだ。転がっている樽《たる》や酒瓶でこの廃屋が元は酒屋だったと知れていた。であれば必ず、温度が安定している地下に収納スペースを持っているはずと考えた。少なくともチェルノートの商人であるシュヴァルツァーはそうしていたからだ。

エリザの推測通り【万槍】は床下収納を掘り当て、二人はそこへ身を隠したのだった。

「でも、どうして分かったっすか？」

「なにを？」

「あの〝影沼〟が、地上のものしか呑み込めないって」

なんだそんなこと。そう何でもない風を装う。

しかし傍《はた》から見れば一目瞭然なほど得意げに、エリザは説明した。

「壁にね、水平に切られた痕があったの。家具にも崩れた屋根にも全部。そんな事できるものと言ったら、あの〝影沼〟くらいしか思い浮かばない。だから、あの〝影沼〟は地面を沼に変えてるわけじゃなくて、極薄の紙みたいなものを水平に広げてるんじゃないかと思って。それなら、その下に隠れちゃえばもしかしたら――ってね」

エリザの言葉を聞いて、ペトリナは心底感心したように「ほほう」と頷く。

「流石《さすが》、貴族を名乗るだけはあるっすね。凄《すご》い洞察力っす」「でしょう？」「それにしても穴掘り上手《うま》いっすね」「これでも毎日、畑仕事してるからね」「へえ、趣味っすか」「ううん、お金が無くて」「えっと。貴族、なんすよね？」「もちろん！　それにわたし『竜翼騎士団』の団長でもあるのよ」「凄いっすね。どれくらいの騎士が所属してるんすか？」「わたし一人、だけど？」「……貴族、なんすよね？」「そ、そうよ。……たぶん」

エリザは思い切り胸を張ってみせる。

ペトリナは疑いの視線を返す。

そうして互いに見つめ合い——同時に吹き出した。

「あっはっは！　そんな泥まみれの顔と服で貴族なんて言われても」

「泥まみれはあなたも同じでしょう？」

生還した安堵《あんど》から、二人は大声で笑い合った。

「そういえば自己紹介、まだだったよね？　エリザベートよ。エリザって呼んで」

「ペトリナっす。ペトリナ・ゼ・オーキュペテー」

「よろしくペトリナさん」

「はい、エリザベートさん」

どちらともなく差し出した手を握り合う。

死の危機を乗り越えたことで、ちょっとした友情のようなものを感じる。

エリザはヒタキを思わせる翼人の少女のことが好きになり始めていた。

そのペトリナは、自身の武器である長大な野太刀を地面に突き立て、鞘《さや》に寄りかかるようにして「でも困ったっす」と悩ましく呟く。

「どうやって二人を助け出すっすかね……」

癖なのだろう。ペトリナは短いポニーテールを指で弄《いじ》りながらうんうんと唸《うな》る。

つられてエリザも自身のふわふわとした銀髪を指で梳《と》かしながら、

「わたしたちだけじゃ無理よね。誰かに協力して貰《もら》わないと」

「そっすね」

「どんな人がいいかしら」

「相手は〔動く死体《アンデッド》〕を操る〔複体幻魔〕。魔人や魔獣に詳しくて、魔導式にも明るくて、口の堅い人間――そんな人がいればイイんすけど」

魔獣と魔導式に詳しく、口が堅そうな人間。

すぐに思い浮かぶのはリーゼだが、今は航天船で偽装作戦の真っ最中だろう。どこにいるか分からないし、念信具で連絡を取るのも傍受の危険がある。

とはいえ、他に魔導士の知り合いなんて一人も――――あ、エリザの脳裏に閃《ひらめ》くものがあった。

「一人、心当たりが」

「マジっすか！　え？　それって一体どんな人なんすか？」

興奮するペトリナに、エリザは胸を張って答えた。

「わたしを殺そうとした人」

◆　◆　◆　◆

がたんごとん、がたんごとん。

久しく聞いていなかった電車の走行音。線路の継ぎ目を車輪が越える度に響く、心を落ち着かせるリズミカルな振動。

そしてバサバサと、髪とメイド服を揺らす風。

仲村マリナは電車の上――東急東横線《とうきゅうとうよこせん》５０５０系――の屋根に胡座《あぐら》をかいていた。

パンタグラフと電線が時折散らす火花に目を細め、

「山下様、そこにおられますと感電しますよ」

「そ、そうかい？」

言われ、同じく列車の屋根に腰掛けていたヒロトが慌ててパンタグラフから距離を取る。

そのついでにと、ヒロトは少しだけ身を列車の右側に乗り出し客車の中を見やった。

窓から見える車内にはギッシリと、マリナを慕う孤児たちやヒロトの生前の友人たちが詰まっている。

「まるで通勤ラッシュだな」

「同感です」

殺しても殺しても現れる泥人形の群れ。

彼らには一つ特徴があった。

同一人物の泥人形は、同時に一人しか現れないのである。

つまり泥人形を殺して黒い砂塵に戻すまでは、それ以上増えないということ。

であれば閉じ込めてしまえばいい。そうすれば無理に戦う必要もない。そう考えたマリナは作り物の渋谷駅へ駆け込み、運転手が居ないにも拘《かか》わらず動き続ける東急東横線へ飛び乗ったのだ。そして、こちらを追う泥人形たちが客車に乗り込んできたのを確認した後、窓から客車の屋根の上へと這い出したのである。

泥人形たちに客車から屋根の上へ登るような知恵は無いらしく、今のところ下から怨嗟《えんさ》のような「マリ姉」「ヒロトぉ」という声が聞こえるだけで済んでいる。

ひとまず終点まではこのままで大丈夫だろう。マリナは安堵と共にため息を漏らす。

「このまま救出を待ちましょう」

「そうだね――ん？　あれは……」

ヒロトが溢《こぼ》した声にその視線を追う。

そこに電車の窓から天井へ這い出そうとしている泥人形が一人いた。

三つ編みに、白シャツとジーンズの少女の姿をした泥人形だ。安全対策のため半分も開かない窓の隙間にどうにか身体を突っ込んで、マリナたちがいる客車の天井へと登ろうと四苦八苦している。

「あと……ちょっと――うわ」

泥人形が手を滑らせ、身体が車両の外へ流れた。

電線を支える鉄柱が泥人形へ迫る。そのまま放っておけば泥人形の身体は鉄柱へ数十キロの速度で衝突し、半分に千切れてしまうだろう。

しかし、

「――ありがとう、マリ姉」

「…………」

マリナ思わず、泥人形の――深山サチの手を取っていた。

そのままサチの顔をした泥人形を引き上げ、屋根の上へと降ろす。

煤《すす》だらけの客車の屋根に崩れ落ちて、泥人形は安堵の表情をマリナへ向けた。

「なんだ、マリ姉。助けてくれないかと思ったよ」

「…………そこで死んだら、どこに現れるかわかんねえ。だったら目の届くところに居た方が合理的だと思った。それだけだ」

そう、あくまで合理的に考えただけ。

まるで自分に言い聞かせるような思考だった。

それに気づいて小さく舌打ちを溢す。

マリナはサチの姿をした泥人形を捨て置いて、ヒロトの近くへと戻る。

「いいのかい？」

「構いません」胡座をかいてこちらを見上げるヒロトに答える。「害意が無いなら、無理に排除することもないでしょう」

「……そうだね。仲村さんがそう言うなら、そうしよう」

同情的な視線。やめて欲しい。まったく、傷の舐《な》め合いなどまっぴらだ。

マリナは話題を探すようにヒロトから視線を逸らし、

「この空間には、アレが残ってるんですね」

「アレって……ああ、武蔵小杉《むさしこすぎ》まで来たのか」

ヒロトは線路沿いに並ぶ高層マンション群を親指で指し示し、

「やっぱりあれも爆撃で？」

「いえ、わたくしが全て爆破しました」

「な、なんでっ⁉」

「綱島《つなしま》街道と４０９号線が北軍の進軍路になりそうでしたので。横倒しにすれば道路を塞げますし。数も沢山あって丁度良かったんです」

「……住んでた人は？」

「世田谷《せたがや》まで敵が攻め込んできた時にはとっくに九州へ疎開してましたよ」

「それなら良かった。……いや良くないよ！　高い金出して買ったマンションがドミノ倒しにされたら卒倒するわ！」

「皇帝がその程度の損失を嘆いてはいけませんよ。臣民に失望されます」

「これはニッポン庶民の感覚だよ！」

暗い気分を払いのけるかのように青髪の皇帝は殊更に大声を張りあげる。その気持ちは分からなくもない。それで気が済むのならとマリナは適当にあしらいつつ、かつて爆破した高層マンションへ視線を流す。

――ふと、その摩天楼の間に、影が見えた。

空を飛ぶ何かの十字形の、翼を広げた鳥のような影。

「無人機？　まさかオリオンＥ？」

この空間はマリナとヒロトの記憶を読み取って、建物や泥人形を生み出しているという。であればマリナの記憶から無人機や戦闘機を生み出してもおかしくはない。

「いや違う。あれは、」

マリナの横で、同じく空を飛ぶ影を認めたヒロトはそう呟く。

茜《あかね》色の空の中で空飛ぶ影は増え続け、Ｖ字編隊を形成していく。だがよくよく見れば、それは無人爆撃機の飛行高度などではなく、もっと低空――ビルと同じ高さを飛んでいると分かった。

皇帝が、笑みとも哀しみともつかない表情を浮かべる。

「帝国空軍、第５０１特別捜索翼人大隊《エクストラ・ハーピーズ》だ」

どうやらヒロトの『もう一度会いたい故人』らしい。

戦闘機や無人航空機でなかったことに安堵《あんど》しつつマリナは確認する。

「ハーピーズとは？」

「ペトリナのような翼人種だけで構成された強行偵察部隊だよ」

マリナは〔首なし騎士〕の首を落とした翼人種の少女を思い出す。

「では刀で武装を？」

「もちろんそれも持っているが、メインは〔電磁投射弓〕だ」

「なるほど。それは困りましたね」

敵を上空から狙い撃ちできる空挺《くうてい》部隊というわけだ。

しかも地上へ降りて戦うことも、空へ逃げることも自由自在。

マリナは列車の屋根を見回す。こんな開けた場所では良い的だ。

仕方ない。

「山下様」

「なんだい？」

「列車内へ戻りましょう。せめて彼らの視界から身を隠さなくてはなりません」

「あの中に……」

「ですので、もう一度訊《き》きます」

マリナはスカートからスチェッキンを抜き、ヒロトへ差し出す。

「ご友人を撃てますか？」

「………自信は、ない」

「わかりました」

皇帝のそれをヘタレとは言うまい。

マリナですら見知った相手を殺すのは精神的にクるものがあるのだ。この青髪に眼帯の皇帝が根性無しなのではなく『もう一度会いたい故人の泥人形に襲わせる』という悪趣味なことをする〔複体幻魔〕がゲボカス野郎と言うべきだろう。

死んだ友人をもう一度殺すという行為は、自殺と変わらない。

少なくともマリナはそう認識している。

誰かと関わり、僅かでも人生を共有したならば――否応《いやおう》なしにその相手は自分の人生の一部になってしまう。

その相手を自らの手で殺すことは『思い出の否定』であり、思い出の否定は自己の否定となり、果ては緩やかな自殺へと繋《つな》がる。

笑い合い、助け合い、共に苦難を乗り越えた喜び。それらを否定し、拒絶し、無価値なものと斬り捨てる行為。そうして斬り捨てられるのは自分自身だ。自分自身の過去を抉《えぐ》り捨てていけば、後には抜け殻しか残らない。他者との触れ合いで知り得る『情動』を無価値と捨てたのだから、新たに他人と関わることにすら価値を見出《みいだ》せなくなる。

見出してしまえば、友人を殺した事実との矛盾に自分自身が歪《ゆが》み、壊れてしまう。

それは、仲村マリナが生前辿《たど》った道である。

そして皇帝の表情を見れば分かる。あの翼人種たちは皇帝にとっての傷なのだ。

彼らが軍人だと言うならば、何があったか想像するのは容易《たやす》い。

つまりは『死ね』と命令したのだ。

もう一度会いたい。そう思うような人へ。

つくづく荒事に向いていない男だと思う。何故《なぜ》こんな男が皇帝を名乗り、王国へ戦争を吹っ掛けたのか。そのあたりの事情を問い質《ただ》したい気もしたが、今はそれどころではない。

車内にひしめく泥人形。それら全てをマリナ一人で捌《さば》くのは無理だ。

少なくとも、この青髪に眼帯の皇帝を護《まも》る役が要る。

だがここに居るのはマリナとヒロト——そしてサチの姿をした泥人形だけ。

泥人形は〈複体幻魔〉が生み出した偽物。何をしでかすか分からない。だが現状はこちらへの害意はなく言葉も通じる。あくまで発信機役に徹しているというなら、上手《うま》くすれば戦力になるかもしれない。

マリナは銃を『友人を撃てない青髪の木偶《でく》の坊《ぼう》』に持たせるべきか、危険を承知で泥人形に持たせるべきか悩み——結論を出した。

「サチ！」

マリナの声に、サチの形をした泥人形は弾《はじ》けるように顔をあげる。

「本当に、オレたちを殺すつもりはないんだな？」

「……ないよ。当たり前じゃん」

複雑な笑みを浮かべる泥人形に、マリナは思わず「サチ、あのな――」と続けてしまう。

だが、

「いいよ言わなくても。大丈夫、分かったから」

サチの姿をした泥人形は寂しそうに、

「最初は何でそんなことを言うのって思ったけど、アレを見て分かった。あんなおかしなカズキとかアヤカを見たら、あたしだって怪しいって思うもん」

「…………」

マリナは無言のままスカートを翻す。

召喚したのはＭＰ７。

４・６×30㎜という小口径弾を使う短機関銃。もしくは個人防衛火器《PDW》と呼ばれるものだ。

かつてマリナが護身用にと彼女へ渡したものでもある。彼女が生きていた当時はまだ米軍とのラインが生きていたので、米海軍の将校から弾薬ごと譲ってもらったのだ。ＭＰ７は反動も小さく、折りたたみストックとフォアグリップ付きのそれは小学生でも扱いやすい。何より一つの弾倉に40発も入るというのがありがたい。

「使い方は憶《おぼ》えてるな？」

「うん、大丈夫」

「——車内にいるのはカズキやミユキたちだ。やれるか？」

「やれるよ。……だって偽物だもん、アレ。あたしたちがマリ姉を殺そうとするなんてあり得ない」

唐突に、サチの泥人形は「ふふっ」と微笑《ほほえ》んだ。

「どうした？」

「うれしいの」

何度も練習したのだろう。慣れた手つきで薬室に初弾を装塡して、

「やっと、マリ姉と一緒に戦えるから。マリ姉だけに押しつけなくて済むから」

——マリ姉だけに押しつけなくて済むから。

彼女が死んだ時の記憶が蘇《よみがえ》る。

弾ける頭蓋、飛び出す眼球、そして、

「マリ姉？」

「ッ、……行くぞ！」

フラッシュバックした映像《トラウマ》を振り払うべくマリナは声を張りあげた。

「オレがまず飛び込む、サチは窓から中を見てタイミングを計って中に入って、安全圏を確保しろ。――山下様はその後に」

「おっけー、任せるよ」

頷くヒロトを確認しマリナはＡＡ－12を召喚。そのまま12ゲージの大粒散弾《バックショット》を客車の窓へ全て叩き込む。窓が割れ、中に居た泥人形たちが次々と黒い砂塵《さじん》となって消えた。

そうして一時的にできた安全圏へマリナは身体《からだ》を躍らせる。

そして、

「んだよ、増えてるじゃねえか」

見れば、渋谷駅前では見なかった孤児や、マリナが情報源にしていた定食屋の女将《おかみ》、少年兵へ同情的だった自衛隊の一尉といった大人の泥人形も増えていた。特に自衛官は厄介なことに89式小銃を肩から提げている。

彼らが渋谷駅で現れなかったのは偶然か、何か理由があるのか。

まあ、そんな事は後で考えればいい。

マリナは真っ先に小銃を持った自衛官の頭を吹き飛ばし、そのまま泥人形の群れを散弾《ショットシェル》で薙《な》ぎ払っていく。

車両前方半分の安全確保完了。

「サチ！」

「いるよ！」

窓からサチが飛び込んでくる。

フォアグリップをしっかり握って、ＭＰ７を腰だめに構える。

「マリ姉！」

途端、サチがこちらへ銃口を向けた。

即座にマリナは膝の力を抜き、重力に筋力を上乗せして仰向《あおむ》けに倒れる。

瞬間、ＭＰ７の銃口が火を噴き、マリナの背後に迫っていた自衛官の泥人形が数十発の４・６㎜弾を受け、仰《の》け反りながら黒い砂塵へと還《かえ》った。

「サンキュ」

言ってマリナはスカートからＭＰ７の弾倉を取り出し、サチへ投げて渡す。

「山下は？」

「ここだよ仲村さん」

よっこいしょと、窓から車内へヒロトが入ってくる。

「いや、これは良い作戦かもね。車内なら前後のどちらかからしか泥人形も来な――」

「伏せろ!」

叫び、ヒロトの青髪を鷲《わし》づかみにして床へ叩きつけた。「ぶへっ」と蛙《かえる》の断末魔のような声を漏らす眼帯の皇帝。

途端、車内を横薙ぎに銃弾が通り抜けていく。

翼人種たちの〔電磁投射弓〕の鏃《やじり》だった。

「チッ、もう追いつかれたか」

「……仲村さん、もう少しこう何というか、手心というか、さ。めっちゃ痛いからさ」

「ふふ。痛くないと覚えないいんだよ。髪の青いお兄ちゃん」

「……え、待って、仲村さん小学生にそんな漫画読ませてたの?」

「サチ、椅子より上に頭を上げるなよ」

「了解だよ」

「ねえ聞いてる?」

狙い通り。翼人種たちが列車の左右から放つ鏃は幸いにして、マリナを含む三人のいる場所から大きく外れた場所を撃ち抜いている。車両を構成する軽量ステンレスでは銃弾を防ぐことなどできないが、それでも身は隠せる。乱戦においては最も重要なことだ。

しかし、

「なるほど。肉壁にもならない……」

翼人種たちが放った鏃を受けても、車内の泥人形たちは平然としていた。

黒い砂塵に戻ることもない。相変わらず「マリ姉、マリ姉」の大合唱だ。

「山下様、あれはどういう事です？」

ヒロトは「まったく都合よく扱うね」と苦笑し、

「……多分だけど、泥人形も〔電磁投射弓〕も同じ〔複体幻魔〕が持つ個魔力で構成されているからだと思う」

「もう少し分かりやすくお願いします」

「泥に泥をぶつけても、混ざり合って嵩《かさ》が増えるだけだろ」

なるほど。まあ、視界を塞ぐ役目としてはむしろありがたい。

敵の銃弾の影響を受けないなら、翼人種たちが視界確保のために彼らを一掃することもできないということ。互いに移動していて、しかも視界が制限された状態では銃弾などそうそう当たらない。当たったらそれはもう事故のようなものだ。

「このまま身を伏せてやり過ごしましょう。──サチ、車両前方を警戒しろ。オレは後方の奴《やつ》らを足止めする」

「それじゃ、いつかはやられちゃうんじゃないかいッ？」

頭上を通り抜ける鏃に脅《おび》えながら、その銃撃音に負けないようヒロトは叫ぶ。

しかし、

「大丈夫です」

マリナの声と共に、車内に闇が降りた。

「一体、どうしたんだ……？」

「東急東横線をご利用されるお客様へお知らせいたします」

チカチカと明滅する蛍光灯の下で、マリナは立ち上がる。

近づきつつあった泥人形たちを散弾で薙ぎ払い、

「この路線は東白楽《ひがしはくらく》駅から先トンネルに入り、反町《たんまち》駅を経てみなとみらい線へ接続します。以降、終点まで地下から出ることはありません」

「なるほど。これなら空からの脅威は気にしなくて――」

ズドン、と轟音《ごうおん》がヒロトの言葉を遮った。

列車が脱線しかねないほどの衝撃に、車内の蛍光灯が明滅する。

「――いい。とは、いかないようだね」

今の音は車内に翼人種の兵隊が飛び込んで来た音だろう。

「これはマズいんじゃないか？」

「とんでもない。待っていたんです」

マリナは「サチ」と呼び、自身のそばへ呼ぶ。

「二人で泥人形を一掃する。オレの腰に身体をつけて動きを合わせてくれ」「了解、マリ姉」「密着戦闘だ。一応確認するぞ。頭は友の？」「腰の下！」「銃口は？」「友の前！」

昔、遊びの一環で繰り返した閉所での射撃訓練。その時に何度も交わした言葉を返して、サチは誇らしげに笑った。思わずマリナも口角が上がる。

「よし、制圧射撃！」

二人の銃口が火を噴く。

マリナが放つＡＡ－12の大粒散弾。そしてサチが放つ４・６㎜弾が泥人形を黒い砂塵へ変えていく。こんな狭い場所にあれだけ詰まっていては避《よ》けられようはずもない。一気に満員電車が空になる。その中には翼人種の兵隊たちも含まれていた。

「射撃止《や》め、給弾」

視界から一切の泥人形が消えた事を確認し、マリナはドラムマガジンを交換。ＭＰ７の弾倉をスカートから生み出して、サチへと渡す。自分たちがいるのは先頭車両。どうやったって泥人形の多くは後方車両に現れることになる。このまま終点まで制圧射撃を続け、
激しい銃撃の余波か、蛍光灯が一瞬だけ消える。

そして蛍光灯の光が消え再び点《つ》いた時——ソレが現れた。

マリナたちの車両に一人の男が立っていた。

まるで二次大戦時のドイツ軍のような軍服を身に纏《まと》い、その腰から鷹《たか》のような巨大な翼を生やした人間。

翼人種。

「これは陛下！」

翼人の男は破顔し肩から提げていた小銃——〔電磁投射弓〕を投げ捨て、背負っていた長大な野太刀を鞘《さや》ごと手に取った。

ペトリナという翼人の少女が持っていたものと瓜二《うりふた》つの七尺刀。長過ぎて普通の刀のようには抜けないのだろう。鞘がギターケースのように左右に割れ、その刀身の姿を見せる。

翼人は野太刀を、だらりと腕を下ろすようにして構えた。

「……ニキアス、大佐」

背後から、ヒロトの動揺する声が届く。

マズいな、とマリナは奥歯を噛《か》む。

先ほど学友の泥人形が出てきた時と明らかに様子が違う。あの翼人種とヒロトがどういう関係かは知らないが、完全に呑《の》まれてしまっている。

コイツ、この翼人の男と何かあったのか。

「陛下、よろしければ今度、うちに来て一緒に食事でもしませんか？」

「ニキアス……僕は……」

「山下様、あれは泥人形です。返事をなさらないよう」

マリナの言葉はヒロトに届いていないようだった。「すまない、僕は、ニキアス」など
と謝罪を繰り返している。放っておけば他の泥人形にすら殺されかねない。

「サチ、そこの青髪の馬鹿についてくれ。そいつに死なれると困る」

「うん、わかった」

「なるほど陛下。貴方《あなた》の右眼《みぎめ》が遂《つい》に、私の死を捉えたのですね」

対して、翼人の男はマリナを見据え落ち着いた足取りで近づいてくる。

マリナは翼人の男が近づいてくるのを待つ。

この男は必殺を期さねばならない。

先ほどの制圧射撃は泥人形だけでなく車両も貫通していたはずなのだ。その銃弾の雨、
いや『壁』をこの男はどうやって切り抜けてきたのか。

翼人の男はマリナを無視して、ヒロトへと覚悟を語り続ける。

「それが人類種の滅亡を避けるためというならば、私は喜んで命を捧《ささ》げましょう。

――ただ陛下、一つだけお願いがあります」

マリナは二丁のＡＡ－12から散弾を放つ。

対し、翼人の男は前へ出た。

それは頭から散弾を被《かぶ》りに行く愚行に見える。だが散弾は銃口から飛び出してすぐに拡散するわけではない。射線から逃れる自信があるのなら、前へ出て銃弾を潜《くぐ》るのは正しい。

ただそもそもの問題として、初見で散弾銃の射線を見抜けるわけがないのだが。

つまり、

「弾が見えるってかッ！」

マリナは下がりながら散弾を放ち続ける。

あのバケモノ騎士たちですら音速を大きく超える弾丸を避けることは叶《かな》わなかった。

それをこの翼人の剣士は平然とやってのけている――――‼

「私の娘を、どうか。どうかよろしくお願い致します。
ペ、ト、リ、ナ、が、幸、せ、に、な、れ、る、よ、う、、どうか、平和な世界をお作りください」
翼人の剣士の駆ける速度は落ちない。

マリナは当初、翼人が車内へ飛び込んで来た事を歓迎していた。

あのような長大な野太刀をこの狭い車内で振るえるはずもなく、弾幕を張るだけで鎮圧できると考えていたからだ。

だというのに、翼人の剣士は長大な野太刀を器用に廻転《かいてん》させながら車内を駆けている。刀の峰に腕や首を添え、ペン回しでもするかのように太刀を身体《からだ》に纏わせているのだ。まるで刀自身が意思を持って使い手にじゃれつくかのよう。

「そういう大道芸は横浜《よこはま》に着いてからやれってんだッ」

悪態と共にマリナは散弾を放ち続ける。

しかし当たらない。

正確には散弾の一部は翼人へ向かって飛んでいる。しかし翼人は避けきれなかった散弾を廻転する野太刀で弾《はじ》くのだ。加えてハーピーというだけあって時には宙を飛んで散弾を避ける。マリナは車内を縦横無尽に駆ける翼人を迎撃するが――当たらない。当たらない。当たらない。当たらない。当たらない。当たらない。当たらない。当たらない。当たらない。当たらない。当たらない。当たらない。当たらない――

そして、両手に構えたＡＡ－12が沈黙した。

二つの32連弾倉の散弾《ショットシェル》が尽きたのだ。

もはや彼我《ひが》の距離は互いの息がかかりそうなほどに近い。

たまらず散弾銃を手放し、マリナはスカートからナイフを引き抜いて流れのままに左腕

を突き出し――、

◆◆◆◆

翼人種が空で刀を振るう際に障害となる点が二つある。

――まず一つは〝間合い〟である。

互いに空を飛びながらの戦闘では、敵に近づくだけで一苦労だ。一翔一刀の間合いなど望むべくもない。そのような状態では点での攻撃はそうそう当たらず、『斬る』もしくは『薙《な》ぐ』必要があった。

故に、翼人種の武器は長大化した。

刀剣は七尺を超える野太刀となり、一部は長巻《ながまき》、薙刀《なぎなた》へと変化した。

――もう一つは〝重量〟である。

いかな翼人種と雖《いえど》も武具を幾つも備えれば、機動力を損なってしまう。

〔騎士甲冑〕のような守りを持たぬ翼人種にとって、それは致命的な隙となる。

故に、翼人種は戦場において備える武具を一つのみに定めた。

そしてここに――長大な刀剣でのみ戦うことを前提とした、特異な剣術が誕生した。

◆◆◆◆

マリナが突き出したナイフの刃先に、翼人の剣士は自身のこめかみを添えた。

刃先に額を密着した状態からマリナの左腕に沿って側頭部を滑らせ、更にマリナの左脚に自身の鳥足を添える。形としてはマリナの肘と膝、その両方の関節の側面に自身の身体を添えただけ。

たったそれだけで、この瞬間、マリナの動きは完全に封じられた。

仲村マリナは知る由《よし》もない事だが、
それは傭兵稼業《ようへいかぎょう》を営む翼人種が編み出した刀剣術。

合戦翔法《かっせんしょうほう》――彼らが『エキナデス』と呼ぶ流派に存在する組手術の一つであった。

動きが封じられたのは半秒にも満たない一瞬。

しかし、翼人の剣士にはそれで充分だった。

マリナに添えた側頭部と左脚を軸に左回りにその身を廻転させ、マリナの背後へ回る。

それまで剣士の身体に纏わりついていた野太刀が、剣士の右手へと帰った。

翼人の男の太刀が閃《ひらめ》き、鋒《きっさき》がマリナの背中に添えられ、

やられ、

「マリ姉！」

背中に衝撃。

マリナは自身の意思とは関係なく前方へと転倒する。その首筋を翼人の野太刀が掠《かす》めた。咄嗟《とっさ》に転がって受け身を取り、流れのままスカートからドラグノフ式狙撃銃を召喚。視界に入った翼人の翼へ向けて銃弾を放つ。

それが上手《うま》く刀を振り抜いた直後の隙に刺さったのか、翼人の男は7・62㎜弾を受けてあっけなく黒い砂塵《さじん》へと還《かえ》った。

助かった。

マリナはふぅ、と小さく息を吐いて、

「マリ姉、」

「ああサチ、悪いな助かっ……」

言葉に詰まった。

そこには呆然《ぼうぜん》と佇むサチの姿がある。

その胸から翼人の野太刀が生えていた。

なるほど、翼人の動きが止まったのは野太刀がサチの身体に突き刺さったかららしい。

マリナを庇《かば》った際に、サチが身代わりとなって翼人の野太刀を受けたのだ。

サチは心臓も肺もひと息に串刺しにされている。

――だというのに、サチが痛がる様子はない。

血の一滴だって流れていない。手品でも見せられているようだった。

やがて翼人の男の後を追うように、サチの胸を串刺しにしていた野太刀も崩れ去る。

後には、傷ひとつ無いサチの姿。

サチの姿をした泥人形が呟く。

「そっか。……あたしも幽霊――ううん違うね。泥人形、だったんだね。マリ姉」

胸に傷が無いことに、泥人形は哀しげな表情を浮かべた。

「本当は死んでるんだね、あたし」

「……サチ」

「大丈夫だよマリ姉。ようやくわかった。どうして、マリ姉があたしを避けてたのか。

あっ、あたしがっ、ゆっ、幽霊だったから、なんだね」

泥人形の表情が見る間に歪んでいく。

瞳から涙が零《こぼ》れ、しゃくり上げるたびに言葉が途切れる。なんとかそれを抑えつけて喋《しゃべ》ろうとするから、自分の感情にアてられて余計に涙が零れてしまう。

それでも。

それでも言わなくてはいけないと。泥人形は何とか言葉を紡《つむ》ぐ。

「でもねっ、でもねっ、マリ姉っ、あ、あたしはっまっ、マリ姉と、会えて、ねっ！　嬉《うれ》しかった、嬉しかったんだよっ、今も、そうだから、……だからっ、だから」

「サチ」

「だからっ、たたったり、のっ、のろったり、なんかしないからっ！　だ、だっ、だから、だからね、」

「ああ、分かってるさ」

抱きしめる。

少女の嗚咽《おえつ》を胸で受け止める。

ありとあらゆる全てを薙ぎ払ってでも、そうすべきだった。

コイツは泥人形？　記憶から抽出された模造品？

ああ、分かってるさ。そんなこと。

……で？

それがどうした。

たとえ木の股から生まれた泥人形だとしても、今、目の前の少女が胸の張り裂けそうな哀しみを抱えていることは、紛れもない事実じゃないのか。

「あんがとな、サチ。さっきは助かった」

言って、ぐしゃぐしゃとその頭を撫《な》でてやる。生前、彼女にそうしたように。

まるで本当に生きているかのように、サチは笑った。

「仲村さん」

「分かっています、山下様」

顔を上げる。

再び車内に泥人形が生成されていた。幸い、翼人種はまだ復活していない。

「翼人が出てきたのは想定外でしたが、対応は変わりません」

「どこまで行く？」

「折角、横浜まで来たんです。観光でもしていきましょう」

列車が止まる。

ドアが開き、ホームへの道が開かれた。

ホームにも溢《あふ》れんばかりの泥人形。両手にAA－12を構え、マリナは背後を振り返る。

「ところで山下様、観覧車はお好きですか？」

◆　◆　◆　◆

鍬《くわ》を振るう。

家にひとり残されたわたしにできるのはそれだけだった。

町の人は良くしてくれていた。父を愛してくれていたからこそ、わたしにも優しかった。

畑を耕し、町の人へ売り、日々の食事に感謝する。

そんな穏やかな日々が一年ほど過ぎた、いつもと変わらぬ日暮れ時のことだった。

町に住む老婆が「グラタールにでも」と肉を分けてくれた。

老婆は少しボケているらしく、わたしの家族が死んだことを何度伝えても憶《おぼ》えられなかった。なので老婆は長兄のためにと蜂蜜まで持っていた。

「お兄様のお目々は良くなりましたかね」

「目?」

「ええ、腫れてらっしゃったでしょう。剣術の稽古でぶつけたとか……」

そういえばそんな事もあった。兄二人で稽古をしている時に木剣で目元を叩《たた》いてしまったのだ。そういえばどちらの兄が怪我《けが》をしたのだったか。

二人の兄の顔を思い浮かべ――

――そしてわたしは、兄の顔を思い出せないことに気づいた。


長兄が蜂蜜をかけたステーキを食べていた口は思い出せる。

けれど、その優しげな瞳は思い出せない。

次兄が苛立《いらだ》たしげに眼鏡を直していた姿は思い出せる。

けれど、嫌味ばかり出てくる口元を思い出せない。

父の威厳ある声は思い出せる。

けれど、わたしを撫でてくれた大きな手を思い出せない。

わたしは瞳を閉じ、かつての食卓を思い出そうと集中した。

頭の中でじわり、じわりと記憶が蘇《よみがえ》る。長兄の瞳が、次兄の口元が、父の手が、脳内で形作られていく。そうしてようやく、いつかの団欒《だんらん》の記憶が蘇った。

安堵《あんど》する。

まだ思い出せる。わたしは家族を愛している。彼らを愛していたと判《わか》る。

「どうしましたかね」

「いえ、なんでもないんです」

わたしは誤魔化す。

けれど、もし、家族の声すら思い出せなくなったとしたら。

わたしはどうやって彼らを『愛していた』と、信じれば良いのだろうか。

それよりもわたしは――――本当に、家族を『愛して』いたのだろうか。

愛されていたわたしは、一体何をした？

◆◆◆◆

ガタン、という音と共に身体《からだ》が弾んだ。

エリザは目を醒《さ》まし、周囲の状況を確認する。

そこは幌《ほろ》馬車の中だった。殺風景な車内には木の板を組み合わせただけの簡素な長椅子が二つ。その一方にエリザは腰掛けていた。隣にはエリザの肩に頭を預けて眠る、執事服を纏《まと》った翼人種の少女。その二人だけがこの馬車の乗客だった。

エリザは軽く少女を揺する。

「ペトリナさん、起きて」

「お兄、蜂蜜かけ過ぎだって……」

どうやらこの翼人種の少女は、家族との団欒を楽しんでいるらしい。小さく寝息を立てヨダレをわたしの服に垂らしながら。わたしの一張羅に染《し》みを作りながら。

エリザの中で、意地悪な心が鎌首をもたげた。

汎人種であれば耳のある位置に口を寄せ、エリザは大きく息を吸い込む。

そして、

「ペトリナさあああああああああああああああああああああああああああああああああん！」

「うわあああああああああああああああああああっ！　な、なんすか!?　敵襲っすか!?」

「はっはっは！」

御者台からの声。

幻獣を手繰る御者は、背後を振り返り、

「執事さん、ご主人様を放って居眠りですかい？　貴族相手に肝が据わってらあ」

それを、ペトリナは「あはは……」と笑って誤魔化す。

今、エリザとペトリナは『旅行中の貴族とお付きの執事』と偽って、この馬車に乗っていた。〔複体幻魔〕からマリナと皇帝を助け出すための協力者を得るべく、彼が居る町へ向かっている最中《さいちゅう》である。翼人種であるペトリナにエリザを抱えてもらう事も考えたのだが、その状態ではペトリナは『歩くよりはマシ』という程度の速度しか出せなかったため、二人は通りかかった馬車に飛び乗ったのだった。

だというのに馬車は街道のど真ん中で足を止めている。

エリザが御者へ物問いたげな視線を向けると、御者は慌てて、

「ああ、起こしちまって申し訳ねえです。実は〝金魚の行進〟に出くわしまして」

「金魚？」

幌の外へ顔を出す。

すると馬車の前方を色とりどりの魚が、宙を泳いでいるのが見えた。

緋《ひ》色に橙《だいだい》色に空色に翠玉《すいぎょく》色。虹のような金魚の群れが馬車の前方を遮っている。

「すごい綺麗《きれい》。……なんですかあれ？」

「この辺りでは〝丘金魚〟なんて呼んでる幻獣ですよお嬢様。普段はそこいらの草原を泳いでるんですが、子育ては水の中でするんで、ここに集まってくるんですよ」

「こんな山の中に、水……？　近くに河でもあるんですか？」

エリザが眉をひそめると、御者は嬉しそうな顔をした。

「おや、貴族様はここら辺は初めてですかい？」

「ええ、知り合いに会いに来たんです」

「は！　そいつはいい！　ここは見るものが沢山ありますぜ」

金魚の群れが途切れ、馬車が進む。

すると山なりになった丘の向こうに町と——巨大な湖が姿を現した。

「ようこそ、山の中の港町、シュコダールへ！」

◆　◆　◆　◆

シュコダールは、ブリタリカ王国ガラン大公領の北端に位置する町だ。

周囲を山に囲まれたかの町が『山の中の港町』などと呼ばれる理由は単純である。

シュコダールは巨大な湖のほとりに作られた町なのだ。

山から流れ込む新鮮な淡水は、多くの生命を育み、それらを目的とした漁業や林業が発達した。また人魔大戦時には幻獣の生産と研究が行われていた関係で、今でも野生化した幻獣や魔獣が多く棲息《せいそく》している。

そしてそうなれば当然、幻獣や魔獣を研究する者もやってくる。

縦に長く伸びた楕円《だえん》状のシュコダール湖の南端。そこに、高い石塀と鉄柵に囲まれた要塞のような建物がある。町の人からは『錬金術士の鳥小屋』と呼ばれるそれは、なるほど、高く伸びた鉄柵が遠目には鳥籠《とりかご》にも見えなくはない。

その施設の中を、鼻歌交じりに歩く男が一人いた。

男は何羽《わ》もの鶏が入った木箱を両手で抱え、施設内に点在する建屋の一つへ入る。

施設で働く者たちの間で『第二飼育棟』と呼ばれるそこには、幾つもの巨大な檻《おり》が並んでいた。その一つ一つに収められているのは巨大な狼《おおかみ》に蛙《かえる》、鷲《わし》の頭を持った獅子《しし》に羽つき蜥蜴《とかげ》。いわゆる魔獣と呼ばれる存在であった。

「ほーら、ご飯だぞお前ら」

魔獣使い《ビーストテイマー》――ダリウス・ヒラガは、様々な魔獣が収められた檻の中へ鶏を投げ入れていく。魂魄《こんぱく》を損傷している魔獣は、生きている動物から魂魄を摂取しなくては朽ちてしまう。

ダリウスが投げ入れた鶏の断末魔と魔獣たちの歓声が、飼育棟に響き渡った。

今のダリウスは、シュラクシアーナ家預かりの魔獣使いとして働いていた。

『炎槌騎士団』の一件の後は王室魔導院に居たのだが、マリナという〔魂魄人形〕が天馬《ペガサス》を盗んで逃げた際に加担したことが理由で魔導院から追い出されたのだ。そのお詫《わ》びにと〔魂魄人形〕の主人である辺境伯にシュラクシアーナ子爵を紹介してもらい、それにより子爵家が持つ魔獣研究施設で働くことになったのだった。

毎日毎日、実験用の魔獣の面倒をみるだけの日々。

なんと平和で平凡で素晴らしき毎日だろうか。

炎槌騎士団に居た頃は、いつリチャードの癇癪《かんしゃく》に遭って殺されるかと毎日気が気でなかったが、ここではそんなことは起こらない。なにしろシュラクシアーナ子爵家は貴族といえども『騎士』ではなく『錬金術士』の家系だし、考え方も平民寄りだ。そして優秀な魔導士には高給を支払うことでも有名。事実、ダリウスは魔獣の面倒をみるだけで『炎槌騎士団』の年俸と同額を毎月貰《もら》っている。もちろんそれは魔獣の扱いは危険かつ専門知識が必要であるからなのだが、ダリウスは好き好んで『魔獣使い』になった男である。この仕事をダリウスは天職だと感じていた。

安全で高給で楽しい職場。生涯をここで過ごすことが、今のダリウスの目標である。

と、餌をやり終えた途端、見計らったように念話伝信具《でんわ》がジリリリと音を立てた。

ダリウスは気だるげに伝話の受話器を手に取る。

「あーい、第二飼育棟」

『ヒラガ様』

柔らかいのにどこか無機質な〔音響制御式〕で作られる声。

伝話の相手は受付にいる〔自動人形《オートマトン》〕だ。今は夏期休暇でダリウス以外この研究所には誰も残っていない。施設維持のために稼働《かどう》する数体の〔自動人形〕とダリウス、そして数多《あまた》の魔獣たちが此処《ここ》にいる全てだった。

「どうしたー？　好きな人でも出来たかー？」

『いいえヒラガ様。恋愛については勉強中です。今度お教えください』

「やだよ、めんどくせえ。それで、用件は？」

『ヒラガ様にお客様がいらしております』

「へえ、美人か？」

『はい、わたくしほどではありませんが』

「冗談上手《うま》くなったなお前……」普通の〈自動人形〉はこんな気の利《き》いた返しはできない。

流石《さすが》はシュラクシアーナ製といったところか。「んで、どんな美人さんがお越しで？」

『貴族のお嬢様と、お付きの執事でございます。執事の方は翼人種でした』

貴族や翼人種。全く心当たりがない。ごく希《まれ》に魔獣が入り用だとかで貴族がやってくることもあるが、その時は事前に連絡があるし、必ず所長である男爵が間に入る。

ダリウスは首を捻《ひね》りつつ「で、その客はロビーに？」と問う。

『いえ。すぐにお会いしたいとの事でしたので、ヒラガ様の現在地をお伝えしました。辺境伯様には後ほど入館手続きをして頂くようヒラガ様からお願いして頂ければ』

「おいおい、お伝えしましたってお前らちゃんと仕事し……ん、辺境伯？」

イヤな予感がした。

途端、ダリウスの背後で第二飼育棟の扉が開く。

大きな観音開きの鉄扉《てっぴ》を押し開いて、二人の少女が飼育棟へ入って来た。

一人は執事服を着た翼人種の少女。翼人種にありがちな巨大な太刀を携え、長い鳥足でヒョコヒョコと歩み寄ってくる。

そしてもう一人は、銀髪に蒼《あお》い貴族服の――

「……おいおい、鍬《くわ》振り辺境伯じゃねえかよ」

「ダリウスさん、お久しぶりです」

エリザベート・ドラクリア・バラスタイン辺境伯。

ダリウスは「どうしてここに」と訊《き》こうとして、

「いや待て、聞きたくない」

近づいてくる辺境伯と翼人種の少女に掌《てのひら》を向けて、その動きを制する。

どう考えても〝厄介ごと〟だと察したからだ。

まず辺境伯の隣にいるのが、あの目つきの悪い赤髪メイドではないというのが気に食わない。しかも代わりに連れているのが翼人種の執事ときている。翼人種と言えば傭兵《ようへい》稼業を営むことで有名だが、騎士が最高権力にして最強戦力であるブリタリカ王国において、わざわざ騎士よりも劣る翼人種を雇うことなどまず無い。雇うとすれば騎士のような戦力を持たない国家であり、その筆頭は王国相手に絶賛休戦中の『ルシャワール帝国』である。

これが厄介ごとでなくて何だと言うのか。

「何も言うな。俺を巻き込むな、厄介ごとを持ち込むな」

辺境伯は足を止め、寂しそうに眉をひそめる。

だがダリウスとしては、そのまま踵《きびす》を返して欲しいところ。

「シュラクシアーナ家を紹介してもらったことは感謝してる。――けどよ、だからこそやめてくれ。次また『炎槌騎士団』と戦ったり、天馬《ペガサス》を盗むのを手伝わされたりなんかしたら、何度打ち首になるか分からねえ。俺の首は一つしかねえんだ」

辺境伯が少し哀しげな表情を浮かべて顔を伏せる。

少しばかり良心が痛むが仕方ない。平和と安寧と天職を守るためだ。

「いい子《グッドガール》だ、辺境伯。そのまま背中を向けて、そこのドアから――」

「ルシャワール皇帝が〔複体幻魔〕に喰《く》われたの。マリナさんと一緒に」

「ダァッ――」

慌てて両耳を押さえるがもう遅い。もう聞こえてしまった。

思わず悪態が口をつき、子供のように地団駄を踏んでしまう。

「やっぱり厄介ごとじゃねえか、しかも特大の！　この辺境伯〔複体幻魔〕っつったぞクソ！　魔人種なんてもんとどうしてこんなド田舎で出くわしてんだ。いつから此処は『深大陸』になった⁉　しかもルシャワールの平民皇帝様が喰われたってどういう事だチクショウめ。チクショウチクショウチクショウチクショウチクショウ――」

思いつく限りの悪態をつくダリウスに、魔獣たちが興奮して遠吠《とおぼ》えや雄叫《おたけ》びの大合唱を返す。どうやら遊んでいるとでも思っているらしい。ああ、愛《いと》しの魔獣たちよ。遊びだったらどんなに良かったか。

「ダリウスさん、……大丈夫？」

「あんたのせいだよ‼」

頭を抱えてうずくまったダリウスの頭を撫でようとした辺境伯の手を振り払う。

それを見た翼人種の少女が、

「エリザベートさん、この人本当に役に立つんすか？」

「もちろん。ダリウスさんは、わたしが知る中で一番の魔導士よ」

「そうだ！　俺は天才だぞ‼」

「天才はこんな所で魔獣の世話なんかしてないと思うっすけど」

「天才だからテメエの好きな場所で働けんだよ‼」

一通り叫び終え、ダリウスは肩で息をしながら立ち上がる。

それから黒髪をバリバリと掻《か》きむしってから、勢いのまま口を開いた。

「――でッ⁉」

「で？」

「とぼけんな貧乏鍬振り辺境伯！　俺に何を頼みたいんだよ⁉」

「ダリウスさん、それって……」

「やめろその顔！　一度聞いちまったら、黙っててもどうせどっかの貴族に〔思考洗浄〕で廃人にされて洗いざらい吐くのがオチだ。だったら、貧乏鍬振り泥まみれ辺境伯だけに任せておくより、自分で解決した方が幾らかマシだろうが」

まったく腹が立つ。

俺の言葉で表情を明るくする辺境伯に。

そして、その顔を見て「まあいいか」と思ってしまっている自分にも。

◆　◆　◆　◆

「すまないが、一つ訊いてもいいかな？」

「なんだあんた――」

組合の入り口で突然声をかけられ、バイゼンは苛立たしげに返事をした。

そこは、エリザがダリウスと再会したシュコダールの町から数粁《キロ》離れたティラーナの衛星都市だった。ガラン大公領を移動する馬車のハブ駅として発展している町である。

バイゼンはそんな町においてある乗合馬車組合の組合長をしている男であり、軽々に声をかけられる立場ではない。

――ということは、コイツ余所者《よそもの》だな。

バイゼンは苛立たしさを隠すこともなく、声をかけてきた男に向き直る。

余所者ということは馬車組合にとっては客でもあるということ。話くらいは聞いてやろうと思ったのだ。

「友人と約束をしていたんだが、どうやら先に馬車で行ってしまったようでね」

男は人好きのする笑みを浮かべながら、ポリポリと恥ずかしそうに頬を掻いて、

「銀髪の貴族の少女と、翼人種の二人組なんだが」

「……いや、聞いてねえな」

貴族を乗せるとなれば、前々から話が通されるものだ。バイゼンは重要な旅客の予定については全て把握しているが、銀髪の貴族と翼人種などという話に聞き覚えはない。

──御者連中が勝手に受けやがったのか？　ったく。

バイゼンは内心の苛立ちを隠しつつ男の背後を指差し、

「まあ残ってる御者連中に何か知らねえか聞いてみるから、旦那はそこのバルで──」

「いや、それには及ばない」

言って、男の足元に影で出来た沼が広がった。

だがその様をバイゼンが見ることはなかった。

何故《なぜ》ならその〝影沼〟に一瞬で呑《の》み込まれてしまったからだ。

──そうして。

ごくりと喉を鳴らし、〔複体幻魔〕は自分の姿を乗合馬車組合の組合長の姿へと変えて、ひとり呟く。

「御者連中はもう聞《喰った》いたからよ」

と、〔複体幻魔〕の隣に何者かが降り立つ。

長槍《ちょうそう》を携えた〔動く死体《アンデッド》〕──〔首なし騎士〕だ。

「困りましたね、ガブストールくん。誰も辺境伯と翼人を見ていないようです」

「──、────」

返ってくるのは呻《うめ》き声だけだったが、〔複体幻魔〕は「うんうん」と頷き。

「ま、焦ることはありません。ここにガブストールくんが居るということは、あちらも連絡する気があるのでしょうし。気長に連絡を待つことにしましょう」

〔複体幻魔〕はくるりと踵《きびす》を返し、その足を町の中心部へと向ける。

「市場でも冷やかしましょうか。きっと美味《おい》しいモノが沢山ありますよ」

◆　◆　◆　◆

「ひでえな、それでも貴族かよ」

ダリウスの第一声はそれだった。

エリザは第二飼育棟の魔獣たちの鳴き声を浴びながら、【万槍】の柄をギュッと握り締める。そうは言われてもできないものは仕方ないではないか。そう思いつつも、ダリウスの反応はもっともなので黙り込むしかない。

エリザがダリウスに頼まれたのは【万槍】の固有式――『増殖』によって【万槍】の複製体を作ってほしいということだった。しかし、未《いま》だエリザは【万槍】を上手《うま》く使いこなせない。生み出せた複製体はやはり一本きりだった。

廃村で〔首なし騎士〕に襲われた時に何か出来たように思ったのだが、アレは勘違いだったのだろうか。出来損ないの貴族、なんて言葉が脳裏に浮かぶ。

そんなエリザの姿を流石《さすが》に可哀想《かわいそう》と思ったのか、ダリウスは慌てて取り繕うように、

「ま、まあ一本複製が出来てりゃ充分だ」

「……これで何をするんですか？」

「コイツに埋め込む」

ダリウスが後ろ手に指し示したのは一体の〈自動人形《オートマトン》〉だった。

〈自動人形〉は王国において、汎人種《ヒューマニー》の代わりに単純労働を担《にな》う存在である。蓄魔石《ちくませき》に蓄えられた魔力を動力源とし、搭載された階差機関によって思考することで様々な作業を行うことができる。シュラクシアーナ家のソレともなれば、人との会話すら可能。

けれどダリウスが指し示した自動人形は未だ素体のまま。魔力が籠《こ》められておらず、階差機関すら積んでいない。今はただの木偶《でく》人形である。

これで何を――そう訊こうとした時、飼育棟の奥のドアがバタンと音を立てた。

「おいっすー、持ってきたっすよー」

ガラガラと台車を押して、倉庫に行っていたペトリナが戻ってきた。

台車の上には、細長いガラス管が何本も突き出た奇妙な鉄の箱がある。

「なんですか、それ？」

「〈雷火式〉で起こした電気を利用して、電気の波を発信する装置だ。敢《あ》えて名前をつけるなら〈雷火式伝信具〉ってところだな。シュラクシアーナ家の重要拠点には必ずコイツが置いてある。――まあ、見ての通り大抵は倉庫で埃《ほこり》を被《かぶ》ってるけどな」

「……使えるんですか？　それ」

「だってよ、翼人の嬢ちゃん」

ダリウスは鉄の箱を覆う埃を「ふっ」吹き飛ばして、

「これは帝国軍から鹵獲《ろかく》した〈無線電信具〉の劣化複製品だ。あんたの方が分かるだろ」

ペトリナはマリナが見れば『モールス信号機か？』と言ったであろう機械を指して、

「使えるんじゃないっすか？　さっき電源を入れたら、発信はできたっすよ」

その言葉にダリウスは「帝国人にお墨付きを貰《もら》えたなら上々だ」と笑う。

「それで、これで何をするんすか？」

その言葉に、ダリウスはニヤリと笑った。

「それじゃあ、皇帝――と、メイドの救出作戦について説明するか」

◆　◆　◆　◆

曰《いわ》く、〈複体幻魔〉とは『意思を持った魔導式』と捉えるのが実態に近いという。

肉体は存在せず、かの魔人種が体内に持つ『他者の記憶を実態化させる空間』こそが身体《からだ》であり、エリザたちが〝影沼〟と呼ぶものは、〈複体幻魔〉の口なのだと。

その〈複体幻魔〉の体内から脱出する方法はただ一つ。

「異空間を維持できないほどの魔力を消費させればいい」

ダンッ、と大量の資料を作業台の上に叩き置いて、ダリウスは断言した。

第二飼育棟で魔獣たちの声を浴びながら、エリザとペトリナは作業台に広げられた資料を見つめる。エリザはダリウスが広げた魔獣や魔人種の研究資料を手に取ってパラパラとめくった。専門用語が多すぎて半分も理解できない。諦めて本を置き、

「でもどうやって？」

「〈複体幻魔〉の身体の殆《ほとん》どは魔導式で出来てる。質問、魔導式を分解するには？」

「……〈魔導干渉域《フース》〉？」

「その通りだ」

言って、ダリウスは机の上に紙を広げ――なんと羊皮紙ではなく漉《す》き紙だ――そこに〈複体幻魔〉のイメージ図を描き込んでいく。

「〈複体幻魔〉の保有魔力総量はソイツが作る〝影沼〟のサイズで逆算できる。辺境伯の

話じゃ〔複体幻魔〕は村一つを丸ごと呑み込める〝影沼〟を生み出せるって話だ。そこから空間拡張率を逆算して、必要魔力量を出して——」

ガリガリガリガリと計算式を書き込み、ダリウスは宣言する。

「ざっと124万立米《りゅうべい》規模の〔魔導干渉域〕を十秒も照射すれば、体内異空間の維持に必要な魔力を分解できるだろう」

「それってどれくらいの規模なんですか?」

「辺境伯の城があるだろ。あれが五個くらい必要だな。この研究所にも地脈と接続した〔魔導干渉域〕はあるが出力がまるで足りてない」

「だから航天船を呼ぶんですね」

「そうだ」

ダリウスが説明した二人の救出作戦は以下のようなものだ。

航天船に積まれている大規模〔魔導干渉域〕発生器をシュコダール湖の北側10粁にある地脈へ接続。ここへ〔複体幻魔〕を誘《おび》き寄せ〔魔導干渉域〕によってその異空間を破壊。崩壊する異空間から排出されたマリナと皇帝を航天船で保護する。後はそのまま航天船で王都へ向かうというものだ。元々の作戦とは違うが、陸路では講和会議に間に合わない以上これしかない。

　ただ、ここで問題となるのが、『航天船と連絡を取る方法』と『〈複体幻魔〉を誘き寄せる方法だった。特に航天船へ連絡を取る方法には気を遣わねばならない。通常の念話では王国内の誰かに傍受される可能性がある。それが戦争を望む〝開戦派〟だった場合、目も当てられない。

「その為《ため》にコイツを使う」

　ダリウスはペトリナが持ってきた鉄の箱――〈雷火式伝信具〉を叩く。

「帝国はともかく、王国内でこれが放つ『電波』を探知できるのはシュラクシアーナ家しかいねえ。一つ不安があるとすれば、シュラクシアーナ内部にも拡大派の間者が潜り込んでいねえかってことだが……」

「それは大丈夫です。皇帝と合流する直前、新しい符牒《ふちょう》をマリナさんとリーゼちゃんが決めました。それを使えば、確実にリーゼちゃんだけに事情が伝わります」

「それじゃ航天船を呼ぶ方法はそれで良いとして、〈複体幻魔〉を誘き寄せる方法はこの〈自動人形〉ってことっすか?」

「そうだ」

「でもどうやって?」

「〈複体幻魔〉は『魔導式』だ。つまり目や耳を持っていない」

「ん？　ならどうやって外界を知覚してるんすか？」

「魔力反応だ。奴《やつ》らは物体が放射する魔力の波を感じ取って外界を認知してる」

「……あ、だから【万槍】を使うんですね？　【万槍】はわたしの魔力で出来てるから」

「そういうことだ。察しがいいな辺境伯」

「でもそれなら、自動人形の起動用蓄魔石にエリザベートさんの魔力を貯《た》めれば良《い》いんじゃないっすか？　わざわざ魔導武具なんて使わなくても」

「それだけじゃ、中と連絡は取れない」

「中と？　……ああ、作戦を伝えるためっすか？」

「そうだ。体内の異空間と現実空間は『亜空境界式』によって分断されている。その分断をこじ開けるには、魔導式以上に世界に対する優先権を持つ方法が必要になる」

「そうか……魔導武具の『固有式』」

「その通り。『固有式』は魔導武具が持つ固有法則を世界へ押しつけるものだ。当然、魔導式が作った異空間にも自身の〝法則〟を押しつけることができる」

ダリウスは天井から吊《つる》されたその〔自動人形〕の肩を叩く。

「――この偽《にせ》・辺境伯人形が、二人への念話を繋ぐってわけよ」

「二つ確認があるっす」

ダリウスの説明を聞き終えたペトリナは腰に手を当て、

「〈首なし騎士〉はどうするっすか？」

不安そうなペトリナに、ダリウスは失笑を返した。

「おいおい忘れたのか？　シュラクシアーナは王国魔導士の総元締めだぞ？　死霊術式《ネクロマンシー》なんかサクッと対抗魔導式で割り込んで、〈首なし騎士〉をこっちの手駒にしちまうさ」

「……じゃあもう一つ。もし〈魔導干渉域〉による魔力分解が失敗した時は？　他に〈複体幻魔〉の魔力を削る方法はあるっすか？」

ダリウスは「そうだな……」と無精髭《ぶしょうひげ》をさすりつつ、

「魔力を消費させるだけなら〈複体幻魔〉が生み出す『故人』を殺しまくればいい」

「……？　殺しても〈複体幻魔〉の身体に魔力として戻るだけじゃないんすか？」

「いや、喰《く》われた人間が『故人』を殺した場合は別だ。そもそも『故人』も『人間と同化して吸収するための魔導式』なんだよ。これが殺されるってのは強制的に術式を中断されるのと同じ。構成魔力は〈複体幻魔〉が吸収できない純粋魔力に還元されちまう」

ダリウスは漉き紙に、

『故人↓喰った人間と同化↓魔力再吸収』

『故人↓死亡（術式強制停止）↓魔力消費』

と書き込む。

「なるほど。〔魔導干渉域〕がやってる事と同じ事が起こるわけですね」

「そうだ。でなきゃわざわざ喰った人間が殺しにくい『もう一度会いたい故人』を再現したりしねえさ。……ただまあ『故人』を殺してってのは現実的じゃねえな」

「何故《なぜ》でしょうか?」

「そりゃ〔複体幻魔〕は取り込んだ人間を殺して得られる魔力よりも少ない魔力で『故人』を作るからさ。『故人』が平民なら数千人殺してようやく一人分の魔力に値する」

「平民なら、ということは貴族を殺した場合はそれ以上だと?」

「貴族というよりは『騎士』だな。仮に『炎槌騎士団』の四人が『故人』として複製されたとしよう。その場合あいつらが持つ〔騎士甲冑〕や幻獣、魔導武具とその能力まで〔複体幻魔〕は再現せざるを得ない。当然、実物を使うのと同等かそれ以上の魔力を消費しちまう。これを再吸収できなかったら〔複体幻魔〕はその分の魔力を丸々喪《うしな》うことになる」

「でも、それは……」

つまりマリナと皇帝の二人だけでもう一度、『炎槌騎士団』を倒せということだ。

あの時ですら城の〔魔導干渉域〕発生器を暴走させ、マリナが生み出した武器を改造する必要があったのだ。〔複体幻魔〕の中でそれは不可能。確かに現実的ではない。

ダリウスも「そういうことだ」と肩をすくめる。

「不安材料と言えばもう一つある。――〈複体幻魔〉の裏にいる奴だ」

「……？　どうして〈複体幻魔〉に仲間がいると？」

そのエリザの問いにダリウスは呆《あき》れた顔で、

「いるに決まってんだろ。国家機密の皇帝の王都訪問をどうやって知ったんだ？〈首なし騎士〉の材料になる騎士の遺体をどこで手に入れた？　そもそも何で皇帝を襲った？」

「それは、皇帝に成り代わって帝国を操りたいとか……」

「そのためにわざわざ危険を冒して護衛に守られた皇帝を襲ったってのか？　まあいい。百歩譲って〈複体幻魔〉がごく個人的な理由で皇帝に成り代わろうとしたとしよう。ついでにどっかで皇帝の王都訪問を盗み聞きして知ったとしよう。――だが、騎士の遺体だけはどうやっても手に入れられねえ」

「どうしてっすか？」

「言ったろ？〈複体幻魔〉は〈魔導干渉域〉の中では自身の魔力を消費しちまう。四六時中〈魔導干渉域〉が展開されてる貴族の屋敷《やしき》なんてそもそも入れねえ。だから騎士の遺体を〈複体幻魔〉に渡した奴が必ずいる。皇帝の偽者を用意して得する奴がな」

「それと、マリナさんの能力を知っている人物だと思います」

「何故だ」

「〔複体幻魔〕は廃村でわたしたちを待ち構えていたんです。でも、その廃村へ向かったのはマリナさんが〔首なし騎士〕を倒す方法を持っていたから。わたしたちが〔首なし騎士〕を迎え撃つと分かっていなければ、街道から外れた廃村にいるはずがありません」

「なるほど、黒幕はかなりの情報通ってことか。――そうだ、翼人の嬢ちゃん。帝国に帝位簒奪《さんだつ》を狙う派閥とかはねえのか？　そこが諜報《ちょうほう》部門を操ったとか無いか？」

「ないっすね」

　ペトリナは即答する。

「まあ、最近は帝国議会の力が増してるっすけど、それも陛下が政策として推し進めてるからっす。陛下には家族はいないから皇室の権力が削《そ》がれて困る人もいないし、傀儡《かいらい》の皇帝を作って得をする人間が存在しないっすよ」

「……わけがわからねえ。皇帝の王都訪問を知っていてアレだけの戦力を用意できるんだからそれなりの立場だと思うんだが。帝国にも王国にも動機のある奴が――」

「え、一人いるじゃないっすか」

「はあ？　誰だよそれは」

「ブリタリカ国王っすよ」

三人の間に沈黙が流れる。

「そんな……」

ペトリナはさも当然のように、

「それが一番、話が簡単っす。ブリタリカ国王と皇帝陛下は、共同で〔主従誓約《テスタメント》〕を旧界竜《エルダー・ドラゴン》と結ぶって話っすよね？　ということはブリタリカ国王に何かあって死んだ場合、誓約者《メンター》は皇帝陛下一人になるっす。そうなったら王国側は困るんじゃないっすか？」

「――だから皇帝を〔複体幻魔〕にすり替えて、帝国を傀儡にしちまえば全て丸く収まる、と。クソ、全部筋が通っちまうな。帝国が丸々、シャルル陛下の力になるわけだし、王室の復権を狙う陛下としては都合がいい」

ダリウスは苦々しく口元を歪める。

「だがそうなると、皇帝を助けだしたとしても、すぐぶっ殺されるんじゃねえか？」

「それはないと思います」

ダリウスとペトリナの視線が自分に集まるのを感じつつ、エリザは自身の考えを整理しながら言葉を紡いだ。

「仮に今の話が真実だとすれば、『誰にも悟られずに皇帝をすり替える』事が絶対条件です。そして道中で襲ってきたということは、王都ではすり替えられないということ。なら襲ってきた〔首なし騎士〕と〔複体幻魔〕が敵戦力の全てでしょう。失敗は許されないわけですから」

「なんだよ辺境伯、今日は悪知恵働くじゃねえか」

「いえ……マリナさんなら、こう考えるんじゃないかと思ったので」

ダリウスは「確かにな」と笑い、パタリ、と本を閉じる。

「ま、いずれにしても皇帝を救出しなくちゃなんねえ事には変わらねえ。航天船が来るまで暫《しばら》くある。俺は準備を進めるから、辺境伯と嬢ちゃんは一つ仕事を頼まれてくれ」

「仕事？」

「この鳥籠《とりかご》の掟《おきて》は『働かざる者、食うべからず』だ」

言って、ダリウスは飼育棟の外を指差した。

◆　◆　◆　◆

そして今、エリザの目の前には巨大なカエルがいる。

牛よりもずっと大きく、馬小屋と同じくらいの体軀《たいく》を誇るアマガエルだ。

基本はピクリとも動かないが、時折思い出したように舌で目元を舐《な》めたり、大きな手で顔を洗ったりする。檻《おり》から出された後も、感情の見えない瞳で虚空《こくう》を見つめていた。

聞けばコレも魔獣の一種らしい。ダリウスが開発した魔導陣を腹に刻まれており、損傷した魂魄《こんぱく》から漏れ出す魔力を循環させて魂魄へと戻すことで、人間を食べなくても生きられるようにしているとか。

エリザの隣に立つペトリナが唖然《あぜん》として呟く。

「デカイっすね……」

「ね、可愛《かわい》い」

「え?」

「ん?」

「おう、待たせたな」

山ほどの本を抱えたダリウスが飼育棟から出てくる。エリザとペトリナに「外で待っててくれ」と言ったきり奥の部屋に籠《こ》もっていたので、どうしたのかと思っていたがどうやら更に資料を探していたらしい。

ダリウスは「よっこいしょ」と懐《ふところ》から出したメモ書きをこちらへ差し出し、

「市場で錬金術の資材と魔獣の餌を買ってきてくれ。あとこっちのメモは俺の昼飯な」

「それ、辺境伯にやらせるんすか……?」

「もちろん。貧乏鍬《くわ》振り泥まみれ辺境伯であろうとも、ここはシュラクシアーナ子爵領。そしてこの研究所で今現在、最高責任者である俺の言うことには従って貰《もら》わねえと」

「研究所の責任者が領主より偉いなんてことないと思うっすけど」

「細かいこと気にするな」

「……というか、これに乗ってくんすか？」

「そうだ。可愛いだろ。ジャスミンっていうんだ」

「ゲコッ」

ジャスミンと呼ばれたカエルの魔獣は、どこか誇らしげに鳴く。

——我慢できなかった。

「行くよ、ペトリナさん！　乗って！」

「え、何でもう跨《また》がってるっすか。行動力オバケっすか。てかわたしも乗るんすか……」

言いつつも、ペトリナも巨大なカエルの身体をよじ登る。

その背中に申し訳程度に作られた鞍《くら》に跨がって、

「ひゃああ……ヌメヌメするぅ」

「ね。ひんやりして気持ちいいね」

「だからそうじゃないんですって」

途端、カエルのジャスミンはずしんずしんと歩きだす。

ダリウスの話ではよくお使いに行かされているから、放っておいても町の市場まで連れていってくれるという。なんて頭の良いカエルだろうか。ますます可愛い。

イタズラ心が湧いた。

「ジャスミン、行きましょう！　今よ、ジャンプ！」

「ゲコッ」

「うわあ飛び跳ねないで揺れる揺れる酔う酔う酔う酔う酔う酔う酔う酔うからああ！」

「すごいよペトリナさん。一気に50米《メートル》は跳んでるわ！」

「あんたよく平気っすね⁉」

「これでも貴族だから身体《からだ》は強い方なの」

「そういう問題じゃうっひゃあ舐められた！　今舐められたっす‼　もう飛んでいくから降ろして本当にもう無理もうやだあああああああああああああああ！」

◆　◆　◆　◆

好きだったのに、戦争に行くことを止めなかった。

好きだったのに、家族の顔を忘れかけていた。

好きだったのに、こうしてわたしはただ生きている。

――自分がひどく薄情な人間に思えた。

わたしは家族を愛していなかったのだろうか。愛していなかったのなら、何も気にすることはない。勝手に戦争に行った家族の顔など覚えていられないし、好き勝手に生きるだけだ。

けれどわたしは、確かに家族のことが好きだったのだ。

そのはずだ。

その言葉のなんと空虚なことだろう。わたしは家族と一緒に住んでいただけ。家族が戦争に行くことも止めず、顔も忘れかけ、今もただ漫然と生きているだけなのだから。

わたしは、わたしが家族を愛していたと認められる根拠を持っていない。

まるでこれまでの人生が全て嘘《うそ》だったかのように思える。わたしは周囲から『良い人』だと見られなかっただけなのだろうか。長兄と一緒にハチミツの壺《つぼ》を空にしたことも、次兄の膝の上で本を読んでもらったことも、父と一緒に遠乗りへ出かけたことも、それらの喜びは嘘だったのだろうか。それとも家族のことなどどうでも良くて、単に自分が快く感じることをしてくれるから仲良くしていただけなのだろうか。

家だけは守らなくてはいけないと思った。

唯一残った『家族と暮らした証《あかし》』まで消えたら、わたしのこれまでが全て消えてしまう。家は家族を愛していたという証。わたしが生きてきたという証なのだから。

けれど愛されていた記憶を守ったところで、そこに何の意味があるのだろうか。

あれほど愛されていたのに、わたしは何も返すことができていないのだから。

ひとり生き残ったのに、死んだ父と兄の為《ため》に何もできていない。

そんな矛盾に押し潰されそうになった時、わたしは運命を決める出会いをしたのだ。

◆　◆　◆　◆

シュコダールの市場で指定された品物を買い集めた後、お昼ご飯にすることにした。

今、エリザとペトリナはシュコダールの市場沿いにあった酒場《バル》にいる。買い集めた鳥獣や錬金術の材料はジャスミンの背中の籠に載せてある。ダリウスの昼食もそこにあったが、息も絶え絶えに「一度休憩したい」というペトリナの意向を尊重したのである。

そんな執事服の翼人少女は、酒場のテーブルに両手を伸ばし突っ伏している。本人曰《いわ》く乗り物酔いをしてしまったらしい。空を自由に翔《か》ける翼人種が乗り物酔いというのも不思議な話だが、きっと空を飛ぶのとカエルに乗るのとでは勝手が違うのだろう。腰の左右から伸びた大きな翼も力なく床へと伸ばされていた。少し可愛い。

エリザは何とはなしに翼を視線で追っていき、そこに不思議なものを見つけた。

ペトリナが纏《まと》う執事服。その上着の隙間から、宝玉のついた杖《つえ》のようなものが覗《のぞ》いていたのだ。魔杖《まじょう》——だろうか。けれど翼人種は空を飛び回る関係上、武器を多く持ちたがらない。そもそも獣人種《ゼリアン》の魔導神経は汎人種以下の数だというから、魔杖を使っても大した魔導式は使えないと聞く。この魔杖は皇帝護衛のために特別に用意したものなのだろうか。

エリザは気になり、ペトリナの腰にある魔杖へ手を伸ばしかけ、

「失礼します、お嬢様方」

顔を上げると、店主が微笑《ほほえ》んでいた。

その手には湯気が上る皿が幾つか。注文した料理が届いたのだ。店主はエリザとペトリナの前に持っていた皿を並べていく。

しかし——

「あの、こんなに頼んでないのですけど……」

エリザは遠慮がちに問う。

　二人が頼んだのはグラタールとパンだけだったのが、今エリザの目の前には宴会でも開くのかという程の料理が並んでいる。ただ、これが普通と言えば普通だ。貴族がごく希《まれ》に平民の店へやってきた際には、これでもかという程もてなさなければ何をされるか分からないからだ。けれどエリザはそうした風習には馴染《なじ》まないし、「頼んだものだけ出して欲しい」と先に店主へ告げている。チェルノートならそれで済むのだが、もしかしたらこの店主はそれを聞き間違えたか貴族の嫌らしい罠《わな》とでも思ったのかもしれない。

　どうしよう、と思う。出された分は対価を支払いたいが、エリザの手持ちは殆《ほとん》どないし、ペトリナも帝国紙幣しか持っていないらしい。

　と、

「お金なんか要りませんよ、お嬢様」

　店主はエリザの考えを読み取ったのか、そう微笑んだ。

「え？　でも……」

「お気に召しましたら是非、領地の方から取り寄せていただければ」

「なるほど。営業、ということですか」

　少し安心する。お金を取られるのも困るが、まるっきりの無償でも居心地が悪い。

　ただ本来、平民が貴族にこのような冗談を言えば物理的に首が飛んでしまう。

エリザは気にしないが──

「この辺りでは平民と貴族も仲良くされてるんですか？」

「まあシュラクシアーナ領の飛び地ですからね」言って店主は胸を張り、「子爵様は『優秀な才能を見つける妨げになる』とかで、平民とも分け隔てなく接してくれますし。お陰さまで従兄弟《いとこ》の倅《せがれ》も先月シュラクシアーナに入りまして」

へへ、と自慢げに酒場の店主は笑う。

「お嬢様も子爵のお知り合いなんでしょう？　なんでこれは『営業』でもありますが、半分は感謝の気持ちですよ。別に経営に困ってるわけでもないんでね」

どうやらリーゼは領民を大切にしているらしい。そう気づいて少し嬉しくなる。

王室派に属していたバラスタイン家とシュラクシアーナ家は昔から交流があり、リーゼのことは赤ん坊の頃から知っている。エリザ姉、エリザ姉と後をついてきて、一緒にバラスタイン領内の町で遊んだこともあった。そうした経験が、当主となったリーゼの統治に活《い》かされているのだとすれば嬉しい。

「うおっ！　なんか料理がいっぱいっす！」

食べ物の匂いにつられたのか。ペトリナは目醒《めざ》めた途端に目を輝かせた。

「エリザベートさん、なんだかんだお金持ちだったんすね」

「ううん、これは店主さんのご厚意なの。わたしだってこんなに沢山の料理が並んだ食事なんて凄く久しぶりだもの。……頑張って食べ溜《だ》めしなきゃ」

「……もう何回言ったか分からないっすけど、本当に貴族なんすか？」

ペトリナは呆《あき》れたように笑う。

「でも昼間からカノヤットなんて食べたら、もたれそうっすね」

「それってどれのこと？」

卓の上には魚料理に肉料理、旬の野菜を使った料理まで所狭しと並んでいる。その殆どがエリザの知らないものだった。子供の頃はワルキュリアの城の中で過ごすことが多かったし、辺境伯となってからもチェルノートから出る余裕もなかった。この辺りの料理は初めて見るものばかりなのだ。

ペトリナは卓の端の方に並んだ、砂糖菓子の山を指差して、

「アレっすよ。小麦粉と卵の生地でクリームとかチーズとかを巻いたお菓子っす。あっちのバクラヴァは、似たような生地をバターを塗り込みながら重ねて焼いたケーキっすね」

「詳しいのねペトリナさん」

「まあ、兄が甘い物好きだったんすよ」

その言葉に、エリザは兄の奇行を思い出し、

「奇遇ね、わたしの上の兄もそうだったの」「うちのもそうっすよ」「わたしの兄なんか、ステーキに蜂蜜かけて食べてて、」「うちもっす、うちもっす！　ホントもう口の周りベタベタにして……」「そうそう！　それを見て二番目の兄がイライラしちゃって」「おんなじおんなじ！　いやあ、どこも似たようなもんなんすね」

思わぬ共通点を得て、思い出話に花が咲く。

だから、少し油断してしまった。

「ペトリナさんのお兄さんたちは帝国軍に？」

「ええ、いたっす」

「いた……あ、」

過去形。

その意味を取り違えるほど、エリザも察しは悪くなかった。

ペトリナはグラタールの豚肉をナイフで切り分けながら、なんでもないように話す。

「そうっす。戦死しました。お兄《にい》が二人と、お父《とう》と……」

「そう。ごめんなさい、無神経でしたね」

「気にしないでいいっす。……それに、辺境伯も同じって聞いたっすよ」

「……うん」

エリザの返答に、ペトリナはやはり素っ気なく「そっすか」とだけ返した。

「そっすか。自分たち、似たもの同士っだったんすね」

暫《しばら》く、ナイフとフォークの音だけが卓を支配した。

先に沈黙を破ったのはペトリナだった。

「エリザベートさん、一つ訊《き》いてもいいっすか？」

「なに？」

「いや、その、答えたくなかったら無理に答えなくてもいいんすけど……」

「あんまり恥ずかしいことは訊かないでね」

「仇討《かたきう》ちとか、考えなかったんすか？」

——……、

「すみません、一応訊いておきたかったんす」

「ううん、気にしないで。皇帝陛下の護衛として、当然の質問だと思う」

それでも、今までペトリナが問わなかったのはこちらへの気遣いだろう。

その気遣いに報いるべく、エリザは正直に答えることに決めた。

「そうね、わたしは彼を憎んでいるんだと思う」

「エリザベートさん、それは」

「でもね」

勢い、立ち上がろうとしたペトリナを制してから、エリザは続ける。

「今のわたしに、彼を救い出すことへの迷いはないわ」

「エリザベートさん、それは良くないっす」

「そう?」

ペトリナは持っていたナイフとフォークを置き、身体《からだ》ごとエリザの方へ向き直る。

「自分の気持ちを殺すと、いつか他人も殺すようになっちゃうっす」

「……どういうこと?」

「だってそれは自分の外側に判断基準を作るってことっす。自分を殺すってことは、その理屈に身を委ねるってことっす。人にとって自分自身は、どうしたって上から数えた方が早い程度には大切。それを殺すほどの理屈っすよ? 他人にも適用したくなるに決まってる。じゃないと、自分を殺したことに納得がいかなくなるっすから……」

何かを思い出すかのように、ペトリナは言葉を切った。

すぅ、と息を吸い込み、

「エリザベートさんは、自分が大切にしている領民の人たちや、メイドさんを、その理屈に殺させてもいいんすか?」

もしかしたらペトリナは『自分を殺すほどの理屈』に身を委ねたことがあるのかもしれない。それだけの重みをペトリナの言葉からは感じた。エリザにそれを知る術《すべ》はない。

だが、

「ありがとう、ペトリナさん」

ペトリナがこちらを心配していることだけはよく分かった。

傍《はた》から見れば、きっとわたしは『自分を殺す』ような事をしているように感じるのだろう。ペトリナの言葉からは、本当にこちらを案じるような色を感じた。

「でも大丈夫。わたしが皇帝を助けたいのは、わたしが大切にしてるもののためよ。一番わたしが欲しいもののために助けるの」

「一番、欲しいもの？」

「領民がね――ううん、みんなが笑ってるところを見たいの」

「みんな……？」

「そう、みんな。出会った人たちみんなが幸せにしてたらいいなって」

ペトリナからの返答はなかった。

エリザの言葉をゆっくりと咀嚼《そしゃく》するように、エリザの眼《め》を見つめている。

「それにね。民草を蔑《ないがし》ろにするということは、命を賭《と》して休戦協定を勝ち取った父と兄の行いを無に帰することでもある。生きている人も大切だけど、わたしは死んでいった人たちの誇りも守りたいの。皇帝への恨みを晴らすというのは、今生きている人を不幸にして、死んだ家族を侮辱すること。そのどちらも、わたしは守りたい」

「欲張りっすね」

「ええ、貴族ってそういうものだから」

「…………？」

不思議そうに首を傾《かし》げるペトリナに、エリザは微笑《ほほえ》みだけを返す。

父が語った貴族の恥の歴史。強欲に王の権力を奪った過去。その果てに自分がいる。

けれど、だからこそ自分は民を愛することができている。

ならばせめて民のためにこそ、この欲望を使いたい。

もしかしたら父の言う『王や貴族というものは民草のために戦えるからこそ貴《とうと》いのだ』という言葉の真意もそこにあったのかもしれない。

エリザは少しだけ心に温かみを感じながら、ケーキへと手を伸ばす。

◆
◆
◆
◆

「それにしてもビル爆破の方法なんて何処《どこ》で習ったんだい？」

みなとみらい駅を爆破したマリナへ、ヒロトはそう問いかけた。

マリナたちが降りた駅は商業ビルの地下四階に存在した。そこに溢《あふ》れた泥人形たちを、マリナは上階へ続く全てのエスカレーターと通路を爆破することで閉じ込めたのだ。これで暫くは泥人形との追いかけっこをする必要はない。

ただヒロトはその手際《てぎわ》と、更にはビルの中で破壊してはいけない箇所を読み取る観察力について気になったらしい。まあ特に隠す必要もないので素直に答える。

「デルタにいたアフリカ系アメリカ人で眼鏡の爆破技師にコツを教わったんです」

「なにその武器商人と一緒に居そうな奴《やつ》……」

呆れたように笑うヒロトには答えず、マリナは運河沿いのベンチへ腰を下ろす。

今、マリナとヒロトは遊園地にいた。みなとみらい駅の長い長いエスカレーターを上り、商業ビルを出た直後、正面に現れる観覧車を見て、サチが行ってみたいと言い出したからである。

マリ姉たちが何処かへ行っちゃうのは仕方がない。

けど最後に一緒に遊びたい、と。

正直、自分でも随分と感傷的なことをしていると思う。

そのサチはといえば「次に乗るもの選んでくる！」と宣言して、遊園地の何処かへ消えてしまった。マリナとヒロトは観覧車の下にある休憩スペースでサチを待っているところだ。

「にしても、こんな町中にあるんだな。横浜の大観覧車」「ふふ……横浜に来られるのは初めてですか山下様」「そういう仲村さんは詳しそうだね」「いえ、初めてです」「……ねえ、仲村さんって僕のこと嫌い？　嫌いでしょ、ねえ⁉」「いえ、そうではなく」

マリナはすぐそばに聳《そび》え立つ巨大な観覧車を見上げ、

「誰も来たことが無いのなら、誰の記憶から再現したものなのかと思いまして」

ヒロトは「ああ、そういうことね」と矛を収め、

「記憶から〝縁〟を導き出して、『アーカーシャの記録』を参照してるんだろうな」

「……わかりやすくお願いします」

ヒロトの言葉は何一つ理解できない。長くこの世界にいる彼にとっては常識なのかもしれないが、マリナはこの世界に来てまだひと月ほどなのだ。

「そうだね……。喩《たと》えるなら『みなとみらい』って単語をネットで検索してストリートビューを基にジオラマを作ってる感じかな。その検索エンジンはこの空間、データサーバーが『アーカーシャ』。アーカーシャは冥界の渦と同じで世界の区別が無いらしいからね」

俗っぽい説明だが、イメージは湧いた。

「多分、仲村さんのその〝武器を召喚する能力〟も同じだと思うよ？」

「わたくしのコレが？」

「ああ。同じ所で検索して3Dプリンティングしてるんだと思う。異世界からいちいち武器を召喚してたら魔力がいくらあっても足りないからね」

「……では、わたくしが使ったことのない武器でも、召喚可能なのですか？」

この遊園地と、この武器を生み出す能力が同じというならそういうことになる。要は『検索ワード』と3Dプリントする為《ため》の魔力があれば良いという話だからだ。

それに対しヒロトは「理屈の上では」と、なんとも歯切れの悪い答えを返した。

「しかし何事にも〝縁〟というのが必要だ。仲村さんが知らない武器は召喚できないし、知っているだけでも難しい。『撃ったことがある』か『その武器に撃たれたことがある』くらいは必要だと思うよ」

ヒロトが指摘した点に関しては、マリナも思い当たる節がある。

例えば手榴弾《しゅりゅうだん》。事細かにイメージなどしていなかったにも拘《かか》わらず、マーク2手榴弾ばかりスカートから溢れてきた。それは民兵時代、自衛隊の倉庫から廃品処分代わりに流れてきたものだ。それを散々使い倒した経験がマリナとの〝縁〟ということか。

「まあ、ここら辺は僕をこの世界に呼び出した〔長命人種《エルフ》〕からの受け売りだからね。僕自身はこの世界の成り立ちについて詳しいわけじゃない。話半分に聞いてくれ」

「もちろん。山下様は信用なりませんから」

「……うん、君、いつか酷《ひど》い目に遭うと思うよ」

「たっだいまーっ」

とすん、と背中に衝撃。

振り返れば、小さなおさげ髪がマリナの背中で揺れている。どうやら一通り遊園地を探検し終えたらしいサチが、マリナの腰に抱きついていた。

「おかえり、サチ」

「何の話をしてたの？」

「オレがどうして武器を召喚できるのかって話だ」

「ん？　武装戦闘メイドになったからじゃなくて？」

きょとんとするサチに苦笑する。サチは防空壕《ぼうくうごう》に潜んでいる時にはマリナが溜《た》め込んでいた漫画本を読むことが多かった。そのせいか、サチが持つ『武装戦闘メイド』のイメージもマリナに近い。「ま、そんなとこだ」とだけ返しておく。

「武器といえばマリ姉、何かの宣伝してたよね？　散弾銃みたいの」

言われて思い出す。ニッポン統一戦線がネットを利用した宣伝活動をしようということになり、当時まだ11歳だったマリナにお鉢が回ってきたのだ。

「AA－12の販促動画にオレが使われることになった時だな。本当、勘弁してくれって感じだったぜ」

「それでマリ姉、ネットで『マリリン』って呼ばれてたんでしょ？」

「え？　仲村さん『マリリン』って呼ばれてたの？　あっはっはっ似合わな……ごめん、なんでもない、黙るね」

マリナが突きつけた拳銃を見て、ヒロトが口にチャックのジェスチャーをする。

「ねえマリ姉、ひとつ訊《き》いてもいい？」

「なんだ？」

「あたしはどんな風に死んだの？」

言葉に詰まった。途端、サチが「ごめんなさい」と顔を伏せる。

「謝らなくていい。オレの問題だ」

そう、サチは何も悪くない。

死んだ理由もそうだ。他の子供たちのように病気だったわけでも、大怪我をしていたわけでもない。一から十まで、仲村マリナに責任がある。

サチは、

「オレが撃ち殺したんだ」

――思い出す。

サチが死んだのは『大洗《おおあらい》の悲劇』と呼ばれる自衛隊と米軍が大打撃を受けた作戦のすぐ後のことだった。自衛隊が撤退――いや敗走し、例によってマリナが撤退支援のための無茶ぶりをさせられる事になった。敵野戦将校の狙撃任務。それ自体は慣れたものだが、問題はマリナが保護していた孤児たちのことだった。事態の急変に彼らの避難が間に合っておらず、アテにしていたNGOも追い出されてしまっていた。子供たちが避難する時間を稼ぐためには、民兵上層部からの命令通り北軍の野戦将校を潰すしかない。だがそうなると子供たちを守る者がいない。マリナは苦渋の決断をすることになった。

つまり『子供たちだけで逃げさせる』と。

「その時、引率を任せたのがサチだったんだ」

「あたしが……」

「ただ、お前は気負い過ぎた」

北軍の中には山賊紛《まが》いの部隊もあった。正規軍の作戦など知ったことではなく、略奪が目的の部隊。その一つに子供たちは見つかり、サチは他の子供を守るために囮《おとり》となって捕まってしまったのだ。

「クソ運の悪いことに、そこの隊長はオレと因縁のある相手でな。オレとサチの関係を知ったそいつは、サチを利用してオレを誘《おび》き出し殺そうとした。お前の頭に拳銃を突きつけてオレの名を呼んでな。『武器を捨てて出てこい』ってよ」

話は佳境に入った。入ってしまった。

カウントダウンが始まる。

「オレはそこで、そいつを狙撃した」

「さっすがマリ姉」

「いや……確かに狙撃はした。だが当てたのは二発目だった」

断頭台への階段を上るような感覚がした。

だが、ここまで話してしまえば止めることはできない。あとは自らを断罪するのみ。

「一発目は――――お前の胸を撃ち抜いた」

サチの顔を見ることができない。

お前を殺したのはオレだ、と罪の告白をするのが怖いのではない。

もっと矮小《わいしょう》で、自己中心的な理由だ。

50口径徹甲弾を受け、水風船の如《ごと》く弾《はじ》け飛んだ彼女を思い出してしまうのが辛《つら》いのだ。

「風の影響の計算をミスったんだ。建物の隙間で予想以上に風が巻いて——いや、よく見れば分かったはずなんだ。木の枝の揺れや鳥や虫の動きをもっと見れば。いやそもそも上手《うま》くアイツを誘い出して」

「マリ姉」

その声に、過去の記憶に沈んでいたマリナの意識がすくい上げられる。

顔を上げる。

「もう大丈夫、ありがとう。教えてくれて」

木製のマリナの手を、両手で包み込んで深山サチは笑った。

それ以上の言葉は、二人の間に必要なかった。

仲村マリナに慰めは苦痛でしかない。だから深山サチも謝罪を求めない。

仲村マリナは決して自身を許しはしない。だから深山サチも許さない。

だから——二人は何も言わない。

血の繋がりなどない。共に過ごした時間も僅か一年と少しだけ。友人とも、姉妹とも呼べない不思議な関係。確かなことは、今こうして繋いでいる両手以上の絆《きずな》を二人は育んだということだけ。もちろん他に手段があったかもしれない。そんな『たられば』は、マリナ自身が死ぬその瞬間まで考え続けてきたこと。今更だ。

しかし、仲村マリナが本気で深山サチを救うべく行動したことだけは間違いないのだと。

そう〝知っている〟と、深山サチの瞳が語っている。

「マリ姉、わがまま言ってもいい？」

「いいぜ」

「膝枕して」

「もちろん」

生前と同じように、マリナはサチが頭をのせやすいように正座を少し崩す。

そこへサチは、えへへと笑いながら頭をのせる。

「もう一ついい？」

「なんだよ」

「いつものアレして。スヤスヤ眠る準備はＯＫ？　っていうの」

「いやあれは……」

ヒロトを見やる。

「良《い》いよマリ……ナさん。僕は見ないようにするから」

言って、ヒロトは背を向けてしまう。もう逃げ道はない。

咳払《せきばら》いを一つ。

「お手洗いには行きましたか？　仏様にお祈りは？　わたくしの膝の上でスヤスヤ眠る準備はＯＫ？」

「え、待って待って待って。そんなマンガを読み聞かせてたのマリリン？　マリリンって厨二病《ちゅうにびょう》？　てかマリリンの趣味って少し――待って待ってごめんごめん本当ゴメンだから銃をこっちに向けないで撃たないでマリ」

撃つ。

「撃った！　ホントに撃ったよこの人⁉」

クスクスと笑うサチの身体《からだ》の熱を感じる。

夢を見ているようだった。

いや、実際これは夢なのだ。何もかもが本物からコピーしただけの偽物《にせもの》の世界。何もかも蛇足で出来た世界。

なのにどうしてこんなに、心が安らいでいるのだろうか。

◆　◆　◆　◆

ほどなくして聞こえてきたサチの寝息。

子供特有の熱い鼻息が、緩やかなリズムで膝に当たる。その顔は本当に生きているかのようだ。

サチの髪を優しく撫でながら、マリナは疑問に思っていたことを問い質《ただ》す。

「山下様は、あの翼人種とはどういうご関係だったのですか？」

「あの？」

無人のアイスクリーム屋からソフトクリームを作って戻ってきたヒロトが、口の端《はし》についたバニラクリームを拭きながらマリナへ視線を向ける。

「列車で襲ってきた彼です。ニキアス、とお呼びになってらしたでしょう？」

「ああ」

途端、ヒロトはマリナから視線を逸《そ》らす。

動揺を隠そうとしているのだろう。反射的にした行動は、むしろ本人の心の内をより明確にする。そこに見えるのは、マリナが深山サチへ抱いていた後悔と近しいもの。故にマリナは、その傷を開かれる痛みを正確に想像できる。

「彼は不思議なことを仰《おっしゃ》っていました『陛下の瞳が私の死を見た』と」

「……言ったね」

「その眼帯の下には、一体何があるんですか？」

「まあ、大した話じゃないんだけどさ」

ヒロトはアイスクリームを急いで口の中へ押し込むと、コーンを包んでいた紙を丸めてゴミ箱へロングシュートを決める。

そして「よし」と無感動に呟き、

「僕はね、〝人類種の滅亡の回避〟のために、〔魂魄人形〕になったんだ」

そんなことを言い放った。

「……は？」

「笑うだろ？　まるでラノベの主人公みたいだ」

眉をひそめるマリナへ、ヒロトは芝居がかった態度で肩をすくめてみせる。

「この星の暦で今から百五十年は前かな。僕はある長命人種によって〔魂魄人形〕にされたんだ。その長命人種に頼まれたのさ。〝人類種の滅亡の回避〟のために力を貸して欲しいって」

何でもないことのように言うが、割ととんでもないことのように思う。この世界には何か問題があるのか。いやまあ、社会制度には問題ばかりだとは思うが。

「人類種の滅亡、というのはどのような？　いつ頃の話なのでしょう」

「すまないがそれは言えない。天命を漏らせば〝世界《システム》〟から弾かれるからね」

意味がわからない。

まあ言えないというのなら仕方がない。マリナは質問を変える。

「山下様には、何か特別な力が？　わたくしの〝武器を生み出す力〟のような」

「〔主従誓約《テスタメント》〕によるものかい？　残念ながら誓約を結んだ長命人種は僕を庇《かば》って死んでしまってね。誓約は白紙になって今の僕はただの人形だよ。その代わり、その長命人種からある物を貰《もら》った」

「それは？」

ヒロトは何も言わず、右眼《みぎめ》を覆っていた黒い眼帯を捲《まく》りあげてみせる。

そこには〔魂魄人形〕の蒼《あお》い眼球とは違う、緑色の瞳があった。

「歴代最高の〝星読み〟と称された長命人種。――ラキス・パルカの眼球さ」

「星読み？」

「簡単に言えば、未来が視《み》える瞳ということさ」

どこが『ただの人形』だ。マリナは内心で吐き捨てる。

つまりは未来予知。充分に反則級の能力だろう。

この青髪の青年と会ってから常々「こんな奴《やつ》が一つの国を治められるのか」と疑問だった。軍閥ひとつ率いるのも苦労しそうな性格をしてるくせに、皇帝を名乗って『騎士』などというバケモノ相手の戦争ができたのか。それも『未来予知』ができるというなら話は変わる。正解だけを選び続けられるのならば、こんな荒事と無縁のお人好《ひとよ》しでも戦争に勝てるし、皇帝を名乗ることも困難だが不可能ではないだろう。

　だが、そうなると別の疑問が出てくる。

「そんな眼があるのなら、どうして〔複体幻魔〕に捕まるような真似《まね》を？」

「深い理由は無いよ。単に〔複体幻魔〕がいるなんて知らなかったんだ」

「……どういうことです？　その瞳は未来予知ができるのでしょう？　それとも、未来予知ができる人間から譲り受けただけで、未来予知そのものはできないと？」

「残念ながら、この〔星読みの瞳〕はそこまで万能じゃなくてね。――いや、本来の持ち主なら全ての可能性を見通せたんだが、今の僕には無理でね」

「では何が見えるのですか？」

「――『未来が確定する選択肢』が視える。あと、その結末もね」

　確定する選択、というのが厄介でね、とヒロトは語る。

「今現在の行動や選択はその時、その事柄だけに結果が現れるわけじゃない。『何かを選択することは未来で自分が選択するものを決めることでもある』――場合によっては遠い未来の〝結末〟まで。この瞳はそうして『未来を確定する選択肢』とその結末だけを教えてくれるんだ」

ヒロトの言うことはどれも難解だが、それはマリナにも理解できた。

例えば、誰かが『大義』のために親しい友人を殺したとしよう。そうなれば、その人物は『大義』が示す道しか歩めなくなる。『大義』を否定し価値を貶《おとし》めることは、友人を殺した選択が間違っていたと認めることになるからだ。その人物に残された道は『大義』に従い貫き通すか、過《あやま》ちを認めて自身を断罪するかの二つしかない。

ヒロトの言う『未来を確定する選択肢』とは、そうしたものを可視化したものだろう。

「もっと簡単に言えば、ギャルゲーの選択肢とバッドエンドだけが視える感じかな」

急に分からなくなった。

「ぎゃるげー、とはなんですか？」

「……ごめん、忘れてくれ」

言って、ヒロトは顔を覆ってしまう。何か恥ずかしいことを言ってしまったのだろう。

ヒロトの羞恥心など知ったことではないので、マリナは話を進める。

「まあ、つまり〔複体幻魔〕に喰《く》われただけでは、わたくし共の死は確定しないと」

「そういうこと。……まあ、呑《の》み込まれてからずっと、君と僕の『終わり』がチラついている。死は確定していないが隣り合わせ、ということだ」

そうヒロトは肩をすくめるが、マリナとしては確定していないだけで充分だ。自分の知らないところで死が確定することなどありふれたこと。まだ自らの手で未来を切り開く可能性が残っているだけでありがたい話だ。

「最初の質問に答えるとさ」

そう呟くヒロトはもうマリナを見ていなかった。

絡《から》めた自身の両手をじっと眺め、

「僕は、ニキアスが死ぬと分かっていてバラスタイン会戦へ送り出すしかなかった。何故《なぜ》ならそれが——人類種の存続のために必要だと、この瞳が言っていたから。彼を助ける選択をすれば、人類種の滅亡が確定すると知ってしまったから」

脳裏に過《よ》ぎる、電車内でのヒロトの動揺。

「……正直なところさ。人類種の滅亡なんて話、僕はどうでも良いかもしれない。でもあの時。この世界に来たばかりの僕が、魔人種に殺されそうになった時——自らの命を捨ててまで僕を助けてくれた女の子が、僕をこの世界に喚《よ》んだ彼女が、ラキス・パルカが願ったんだ。——『人類種の未来をお願いします』ってね」

「………………」

「最初はただその言葉を忘れることができなかっただけなんだ。生き残ったからには、その意志を継がなきゃならない。自然とそう思った。理解してくれる仲間を探して、いつか来る人類種の滅亡を避けるために、色んな人を助けて、色んな人に死んで貰った。でもそのうちに助ける相手や殺す相手が『人』から『国』に変わってさ。そこから先はもう誰も後戻りできなかった。仲間を死なせなくちゃならないという時も、迷うわけにいかなくなった。僕も、仲間も、みんな」

「……だから、彼のことも？」

「そう、ニキアスは僕の同志だったからね。笑顔で引き受けてくれたよ。建国戦争以来の友人の最後の言葉は『陛下一人に背負わせてしまい申し訳ありません』だった。巻き込んだのは、僕だっていうのにね……」

なるほど。彼は『大義のために友人を殺した人間』なのだ。

山下大翔という人間は『人類種の滅亡回避』という目的のために、自身が大切にしてきた多くを斬り捨ててきた。故に、彼はもう違う道を選ぶことができない。彼が斬り捨ててきた者たちの死が無駄で無かったことを証明するために進み続けるしかない。

故に、彼がこれから歩む道筋は既に決まっている。

決まってしまった結末へ向けて死に続ける、まだ死んでいないだけの人形。

「この百五十年、人類種のために沢山殺し続けたよ。人の国を乗っ取って、他国を侵略して、帝国を建国して、貴族からの解放と嘯《うそぶ》いて王国へ戦争を仕掛けて。……でも時々思うんだ。僕のやってる事は本当に人類種の存続のためになっているのかなって。誰より人類種を殺しているのは他ならない僕自身じゃないかってね」

それは山下大翔という〔魂魄人形〕の懺悔《ざんげ》だった。

その懺悔に、マリナは返す言葉を持たない。

マリナ自身、保護した戦災孤児を生かすために敵兵を山ほど殺してきた。目的のために『命の選別』をしてきたという意味で、仲村マリナと山下大翔は同種の人間なのだから。

会話の行き所を失ってマリナは空を見上げる。爆撃機も無人機も飛んでいない平和な空。

マリナにとって空は警戒する対象であり、こうしてゆっくり眺めることなどなかった。

『アーカーシャ』とかいうサーバーには、そんな世界も記録されているのだろう。

死んでいったあの子たちは、どうしてこんな世界に生まれなかったのだろう。

膝にはサチの頭の重みと、温かい寝息。

◆◆◆◆

「どうした、砂虫《ワーム》にでも群がられたような顔して」

シュコダールの市場から戻ってきたペトリナをダリウスはそう評した。

陽《ひ》は既に傾き始めている。酒場でお腹《なか》いっぱい食べてきたエリザとペトリナは、行きと同じようにカエルの魔獣、ジャスミンの背に乗ってダリウスの待つ研究所へ戻ってきた。

ペトリナは息も絶え絶えに、

「もう、カエルに乗るのは、勘弁ッす」

「なんだよ跳ばせたのか？　アイツ言えばちゃんと歩いてくれるぞ」

「そういうのは……先に……言って欲しかったっす」

「言わなかったか？」

ジリリリリリリ、と。

二人の会話を遮った念話伝信具の呼び出し鈴に、ダリウスは「あいあいあいよー」と怠《だる》そうに返事をして、伝信具の受話器を取る。そして途端に破顔した。

受話器の集音器側を手で押さえ「辺境伯！」と呼ばわる。

「朗報だ。早速、子爵から伝話だぜ」

「本当ですか!?」

ダリウスの〔雷火式念信具〕によって伝えられた暗号が、シュラクシアーナ本家を経由してリーゼへと伝わったのだろう。航天船が来れば〔複体幻魔〕を見つけ出すことも、自動人形を使って〔複体幻魔〕を誘《おび》き出すことも現実味を帯びてくる。

喜びのあまり、エリザは受け取った受話器に思わず叫ぶ。

「リーゼちゃん！」

「あ、エリザお姉ちゃん？」

「――――、」

思わず拳を握り締めた。

集音器に乗らないよう深呼吸をする。

「あれ？　魔獣の声が聞こえるけど、もしかしてまたマイキーを連れてきてるの？」

僅かな沈黙。

「あはは、バレちゃった？　航天船の中は暇でさ」

「ふふ、ロジャーさんに怒られちゃうよ？」

「ロジャーは今ここには居ないの。それよりエリザお姉ちゃん大丈夫なの？　〔複体幻魔〕に襲われたって――」

「うん、今は大丈夫。ダリウスさんと一緒に居るから」

「そっか。他には誰か居る？　助けは呼んだ？」

「あとは帝国の護衛が一人。連絡したのはリーゼちゃんだけだよ」

「そうなんだ。うん、良い判断だと思う。開戦派に知られるわけにいかないもんね」

「……リーゼちゃん。今、どの辺りにいるの？」

「すぐ近く。もうすぐそっちに着くよ」

「そう。ゆっくりでいいから気をつけてね」

「あはは、そんなにエリザお姉ちゃんを待たせたりしないよ。じゃあね」

　伝信がプツリと途切れる。

　受話器を置いた。

「ダリウスさん」

「なんだ？」

「これからここに〔複体幻魔〕が来ます」

「――は？　おい、急になんなんだよ」

　視界が暗くなっていく。深呼吸をして意識を保つ。

「……怒らなかったんです」

「は？」

　わけがわからん、という顔をするダリウスへ何とか伝えようと言葉を紡ぐ。

「彼女は……リーゼ〝ちゃん〟って言うと怒るんです。もう子爵なんだから、立場があるんだから子供扱いしないでって。——それだけじゃありません。リーゼちゃんは大の魔獣嫌いなんです。航天船に魔獣を乗せるなんてあり得ません」

「…………おい、それってつまり」

「伝話してきたのは、〔複体幻魔〕です」

崩れ落ちる。もう限界だった。

「リーゼちゃんじゃ、なかったんです……」

「まてまて落ち着け辺境伯。伝話の相手は確かに〔複体幻魔〕だったんだな？」

「はい」

「なら、子爵は生きてる。喰われちゃいない」

「……え？」

駆けよってきたダリウスを見上げる。

「〔複体幻魔〕が人を喰って成り代わったんなら、記憶までそっくり写し取る。『ちゃん付けで怒る』のなんてので見分けがついたりしねえよ」

「……………………………良かった」

心の底から安堵《あんど》した。

リーゼはエリザにとっては歳《とし》の離れた妹のような存在だ。〔複体幻魔〕に喰われたわけではないと知って、ようやく身体《からだ》に力が戻ってきた。ダリウスの手を借りて、エリザはよろよろと立ち上がる。

「まあ、俺たちがやばい状況っていうのは変わらないけどな」

ダリウスの言う通りだった。

伝話の相手が〈複体幻魔〉であることには違いない。理由は定《さだ》かではないが、敵がこちらの居場所を特定しているのだ。伝話してきたのは念には念をといったところか。

「どうするっすか？　逃げた方がいいんじゃ」

そう言うペトリナの言葉を、ふるふると首を振って否定する。

「いえ、向こうには〈首なし騎士〉が居ます。下手に動いて【輝槍《きそう》】による攻撃で町に被害が出てはいけません」

「じゃあどうする？」

問われ、エリザは情報を整理する。

「〈複体幻魔〉は『他に誰かに連絡したか』と確認もしてきました」

「なるほど、他に事情を知ってる奴《やつ》がいないか探りを入れてきたわけか」

「はい、ですから〈複体幻魔〉は周囲に悟られないよう、コッソリとわたしたちを喰《く》い殺したいんだと思います。まだ皇帝とすり替わることを諦めてないんでしょう」

「なら、この研究所に立てこもれば大丈夫だな」

「どうしてっすか？」

少し安堵したようなダリウスに、ペトリナが問う。

「ここには要塞用の〔魔導干渉域〕発生器がある。全身が魔導式で出来ている〔複体幻魔〕は中に入ってこれねえ。〔首なし騎士〕が持つ【輝槍】の固有式も防ぐことができるし、敵さんが派手に動けないなら航天船が来るまでの時間も稼げるだろ」

「確かにそれなら何とかなりそうっすね……」

「いえ、〔魔導干渉域〕は展開しないでください」

「はあ？」

そのエリザの言葉に、ダリウスが遠慮なしに『頭に虫でも湧いてるのか？』という視線を向けてくる。

けれどここは譲るわけにいかない。

「〔魔導干渉域〕を展開すれば、わたしたちは大丈夫かもしれません。でも、こちらが〔複体幻魔〕の存在に気づいている事が相手に伝わります。その時、〔複体幻魔〕が町の住民を人質にしないとも限りません」

「じゃあどうするってんだ？　何もせず〔複体幻魔〕に素直に喰われろってか？」

「そうです。わたしたちを喰ったと安心すれば、〔複体幻魔〕に町の人を襲う理由はありません。わたしたちが囮《おとり》になるんです」

「……言っとくがな辺境伯。〔複体幻魔〕の体内から脱出するのがそう簡単だとは思うなよ？　メイドと合流すれば楽勝とでも思ってるんじゃないだろうな」

「ダリウスさん、忘れたんですか？　わたしたちが出かける前に用意したものを」

「……まさか、あの偽《にせ》辺境伯でどうにかしようってんじゃないだろうな？」

そのまさかだ。エリザが頷くとダリウスはバリバリと髪を掻《か》きむしって、

「〔複体幻魔〕の魔力探知をどうやって掻い潜《くぐ》る？　ガキのかくれんぼじゃねえんだ。地下室だろうが天井裏だろうが、魔力反応を辿《たど》られたらそれまでだぞ」

「ええ。ですから誤魔化す必要があります――つまり、」

時間はない。エリザは思いついた作戦を口早に説明する。

ダリウスは「流石《さすが》はあのメイドの主人《あるじ》だ。いかれてやがる」と笑い、

そしてペトリナは「生涯恨むっす」と睨《にら》みつけた。

――そして〔複体幻魔〕がやってきた。

◆　◆　◆　◆

空が、ぱたぱたぱたりと裏返る。

それが〔複体幻魔〕が何かを呑《の》み込む際の現象だと、マリナとヒロトはこれまでの経験から悟っていた。これまでも何度か空が裏返り、その度に建物や生きた人間が落ちてきたからだ。残念ながら、落ちてきた人間はこちらが助ける前に彼らの記憶から作り出された泥人形に殺されてしまい、助ける事は叶《かな》わなかったが。

見上げた空は夕暮れ時から蒼天《そうてん》へと切り替わる。

「山下様、」

「ああ」ヒロトは悩ましげに瞳を細める「辺境伯たちでないと良《い》いけど」

その時、見上げた茜《あかね》色の空で何かが陽光を反射して煌《きら》めいた。

煌めく何かは風切り音を纏《まと》って一直線にマリナたちのもとへと落下。カッと小気味よい音と共に、アスファルトに突き刺さった。

それは陽《ひ》を反射して光る銀色の長物。竜の骨格標本を思わせる槍《やり》。

【万槍】だった。

「槍――だけか？」

「いえ、あちらにマネキンのようなものが落ちております」

「〈自動人形〉か？　しかし何でそんなものが」

と、

『マリナさん⁉　そこに居ますか？』

「エリザか⁉」

脳内に響くエリザの声。今まで繋《つな》がらなかった念話が回復していた。

見れば【万槍】の竜の眼《め》にあたる宝玉が光り輝いている。確かエリザが【万槍】を使ってみせた時も光っていたはずだ。もしかしてコレで何か細工をしたのだろうか。

「どうやって……念話は繋がらないんじゃなかったのか？」

『詳しい話はまた今度に。いつまで保《も》つか判《わか》りません。ですので記憶の共有を行います』

「記憶の共有？」

『強力な念話のようなものです。リチャードに斬られた時に、マリナさんの過去をわたしが垣間見《かいまみ》た時のものを意図的に起こします。マリナさん、【万槍】に触れてください』

言われるがままに、マリナは【万槍】の柄の部分に触れる。

――途端、マリナの脳裏にエリザの経験が流れ込んできた。

なるほど記憶の共有とはこういう事か。エリザが見聞きしたものが映像としてマリナの脳裏で再生される。〔複体幻魔〕から逃れるために穴を掘ったこと、翼人種のペトリナとの会話、ダリウスとの再会、巨大なカエルに乗ってすっごく楽しかったこと——カエル？

そして何より重要な〔複体幻魔〕からの脱出方法と、救出作戦の内容。

『……マリナさん、大丈夫ですか？』

同じようにマリナの記憶を覗《のぞ》いたらしいエリザが呟く。

思わず苦笑する。コイツはいっつも人の心配ばかりしてるな。

マリナは「気にするな。慣れてる」と言い切り、

「それよりそっちの方が大変だろ。これから〔複体幻魔〕とその仲間を騙《だま》して倒そうっていうんだから。航天船が来るまでもう無茶すんじゃねえぞ？」

『ふふ……もう、マリナさんこそ心配し過ぎですよ』

ふと、エリザの言葉が途切れ、

『すみませんマリナさん、もう念話が保ちそうにありません』

「そうか……それじゃあ、また明日《あした》な」

『ええ、また明日』

主従の間に、それ以上の言葉は必要なかった。

念話が途絶える。【万槍】の複製体の瞳からも光が消えた。完全に外との繋がりが切れてしまったのだろう。

それを認めてヒロトがマリナに声をかける。

「どうやら君の主人は、こちらを助ける算段を立ててくれたようだね」

その言葉にマリナは胸を張って答えた。

「ええ、もちろん。――わたくしのご主人様ですから」

◆　◆　◆　◆

そうして【万槍】の複製体との繋がりは途絶えた。

エリザは暗闇の中で、自身が救えなかった孤児たちを殺し続けたメイドのことを思う。

早く、あんな世界から助け出さなくてはならない。

「ダリウスさん、どうですか？」

「ちょっと待て」

エリザと身を寄せ合って隠れているダリウスが、自身の魔杖《まじょう》を手繰り魔力反応を探る。

魔導反応を出さないために受動式《パッシブ》の魔導具を使っているらしく、ダリウスはなかなか判断を出さない。

しばらくして、

「大丈夫そうだ。大きな魔力反応が二つ、施設から離れていった。恐らく〔複体幻魔〕と〔首なし騎士〕だろう」

「じゃ、じゃじゃじゃじゃじゃあ早く出たいっす！　こんなところ！」

途端、ダリウスを挟んで向こう側に隠れていたペトリナがダリウスを揺さぶる。翼人の膂力《りょりょく》は凄《すさ》まじいものがある。揺さぶられたダリウスは目を白黒させながら、

「わあった！　わあったから……ジャスミン！」

その言葉と共に、エリザたち三人は巨大なカエルの口から外へ吐き出された。

三人は〔複体幻魔〕の魔力探知から隠れるために、巨大蛙《がえる》の口の中に潜んでいた。魔力反応は確かに壁の向こう側からでも透視されてしまうが、その代わり強い魔力には遮られてしまう。であれば、魂魄《こんぱく》の崩壊によって常に強い魔力を放っている魔獣の体内であれば、自分たちの魔力を隠し通せると踏んだのだ。

「お風呂《ふろ》……お風呂に入りたい……」

全身をカエルの涎《よだれ》と体液でベトベトにしたペトリナは、息も絶え絶えに立ち上がる。濡《ぬ》れそぼった自身の翼をつまみ上げ、「羽を全部取り替えたいっす」とぼやいた。

まあ、確かにお風呂には入りたいと思うが、そこまで気落ちすることだろうか。

エリザはペトリナの消沈ぶりに首を傾《かし》げつつ、功労者を賞賛することにする。

「ありがとうねジャスミンちゃん」

「ゲコッ」

大きな額をエリザに撫でられ、巨大蛙のジャスミンは嬉しそうに鳴いた。

ペロリ、とエリザの頬を舐《な》める。ジャスミンなりにエリザについた涎を綺麗《きれい》にしてくれているつもりらしい。魔獣とは思えないほど心優しい蛙だと思う。

そんなエリザと魔獣の様子を、ダリウスは苦笑しながら見つめていた。

「辺境伯、魔獣使いの才能あるんじゃねえか？」

「え……そんなそんな――本当にそう思います？」

「なに嬉しそうにしてんすか。あれだけ長い時間カエルの口の中にいてよく平気っすね」

「可愛《かわい》いから大丈夫だよペトリナさん」

「可愛くもないし、可愛くても大丈夫じゃないんすよ‼　普通‼」

「諦めろ嬢ちゃん、この辺境伯はちょっとおかしいんだ」

「……？　それはどういう意味ですか、ダリウスさん」

「言葉通りの意味だよ、カエル大好き辺境伯」

◆◆◆◆

「マリ姉の〝ご主人様〟ってちょっと変わってるね」

サチはエリザのことをそう評した。

あれからマリナは【万槍】を通じて知った作戦の内容についてヒロトとサチに話していたのだが、そこで「マリ姉のご主人様ってどんな人なの？」というサチの言葉で、エリザの話になったのだった。まあマリナ自身、エリザのことは変わっているとは思う。

「でもそっか……マリ姉は夢を叶えたんだね」

「まあそういうことになるな」

「…………じゃあ、帰らなきゃだもんね」

寂しそうにサチが顔を伏せる。

マリナにかけられる言葉はない。たとえ何があろうと『帰らない』という選択はあり得ないからだ。ならば、サチへの謝罪も慰めも自己満足にしかならないだろう。

と、

「仲村さん、これはもしかしたらの話なんだが」

「なんでしょう？」

「サチちゃんも一緒に外へ出れるかもしれない」

「……どういうことですか？」

ヒロトは「いやつまりさ」と身を乗り出し、

「彼女は〝発信機役〟として作られたが故に、他の泥人形と違って身体《からだ》の隅々まで精巧に作られている。ということは恐らくこの世界の外に出ても、魔力の供給さえあれば存在できると思うんだ」

「そんなことが？」

「まあ、人間版の〔幻獣〕と言ったところかな。〔人工妖精〕には人格を持ったものもいるし恐らく不可能ではない。普通ならそう長くは保たないだろうが、今回は錬金術士の大家であるシュラクシアーナ家と、その研究設備を備えた航天船が来る。ただ消えてしまうに任せるより、一度試してみてもいいんじゃないか？」

ヒロトの口ぶりからして前例のあることではないのだろう。しかし同時にまったく可能性が無いわけでもないらしい。

「マリ姉、」

期待に満ちた眼差《まなざ》し。

「一緒に来るか？」

「…………………うんっ」

弾《はじ》けるような笑顔。こちらまで嬉《うれ》しくなる。それが少しだけ恥ずかしい。

「仲村さんッ」

ヒロトの焦るような声に顔を上げる。

気づけば、すぐ隣に一組の男女が立っていた。

——泥人形！　いつの間に、
マリナはサチを抱いて背後へ跳ぶ。スカートを翻し、ＡＡ－12の銃口を二体の泥人形へ突きつける。

しかし、男女の泥人形はいつまで経《た》ってもマリナやヒロトを襲おうとはしなかった。

疑問に思い、マリナは背後のヒロトへ問う。

「山下様のお知り合いですか？」

「いや、全然知らない人だね……」

では一体、誰の記憶から生み出された泥人形なのか。マリナは男女の姿を見比べる。

女の方は明らかに人間ではない。両手は鱗《うろこ》で覆われ、その瞳は金色に輝いている。そして長いドレスの裾の下からは、鱗に覆われた太い尻尾が伸びている。

対して男の方はやたら長い銀髪が目立つ以外にはこれといった特徴はない。

ただ、その首元には見覚えのある形のブローチがあった。

「あれは、エリザの……？」

二つの宝玉が嵌《は》まったそれは、どう見てもエリザの髪飾りだった。

「もしかしてだけど、これは【万槍】の記憶なんじゃないか？」

マリナの横でヒロトが呟く。なるほど、あり得る話だと思う。エリザの【万槍】はドラゴンがその姿を変えたものだという。ならばこれは、その〔旧界竜〕の記憶なのかもしれない。となれば、エリザの髪飾りを首から下げているのはエリザの先祖ということか。

「本当にいいんだね？　[redacted]——？」

男の方が女竜の名前を呼んだようだった。しかし、ところどころ声が掠《かす》れてよく聞き取れない。生きた人間の記憶でないが故の不具合なのか、それとも別の理由か。

「構わぬ。これが儂《わし》の望み故。何度も語ったであろ？」

「そうだったね」

「それよりも貴様の方が苦労するであろうよ。この世界に新たな秩序を敷かねばならぬのだからな」

「大丈夫さ。君がくれたこの首飾り——これがあれば僕は僕のままでいられる」

「……では誓約が果たされた暁には、冥界にて再び相見《あいまみ》えよう」

「ああ、必ず。──たとえ僕が無理でも、きっと僕の子が。子が無理なら孫が、孫が無理ならその子供が。幾百幾千幾万年かかろうとも、我等バラスタインの子は、必ずドラクリアへと至る」

「信じておるよ」

二人は互いに頷きあい、どちらからともなく口を開いた。

「「──我は誓う　」」

それはマリナがエリザと交わした〔主従誓約〕の始まりの言葉だった。

声を合わせ、男女は誓約を告げる。

「「我は汝《なんじ》に願いを託す者。──汝の願いこそ我が宿願　」」

男が腰に提げた細剣《レイピア》を抜き放ち、女はその剣先を優しく指で摘《つ》まむ。

女は剣先を、その胸元へそっと寄せた。

「「汝は我に夢を見せる者。──我が腕によって汝は宿命を得る　」」

「「不遜にして傲慢なる我等の欲望に従い、我は汝と共に世界へ溶けよう　」」

「「我等だけがいない世界に、全てが満たされると信じて　」」

そして、男が女の胸に剣を突き立てた。

途端、突き立てられた剣へ吸い込まれるように女が姿を変じていく。ドロリと肉体が溶け水銀のような液体となり、それが細剣へと纏《まと》わりつく。水銀は徐々に姿を変えていき、やがて見慣れた槍《やり》の姿へとなった。

なるほど、この光景はドラゴンが【万槍】へと生まれ変わった時の記憶らしい。

男は胸に提げた二つの宝玉の嵌まった首飾りを撫で、呟く。

「[redacted]、僕は君以外の全ての幸せのために、この槍を振るうと誓うよ」

そして男は【万槍】を振るった。

打ち砕いたのはエリザが寄越してきた方の【万槍】だ。途端、男は雨が染みこむように地面へ還《かえ》り【万槍】も地面へ吸い込まれていく。〔複体幻魔〕に消化されてしまったのだろう。故人に殺されるという運命は【万槍】の複製体ですら避け得ぬものらしい。

「これで魔力が補充されちゃったかな?」

ヒロトが不安げに呟く。

エリザらが立てた救出作戦は〔複体幻魔〕の魔力を消費させて、マリナたちがいる異空間を維持できなくするというもの。〔複体幻魔〕が持つ魔力総量次第で、その実行は困難になる。ヒロトの不安は尤《もっと》もだ。しかし、

「問題ないでしょう。【万槍】が吸い込まれることは、お嬢様の方でも把握されているは

ず。念のため、駅に閉じ込めた泥人形を殺して多少は魔力を削って――」

ふと、頬に水滴が当たって言葉を止める。

雨でも降ってきたのか。わざわざ天候まで再現するとは丁寧なことだ。そんなことを考えつつ、マリナは頬を拭う。

拭った手袋が、真っ赤に染まっていた。

「なんだ……」

ヒロトも気づき空を見上げる。

そして、大粒の雨を見た。

◆　◆　◆　◆

あまりに静かだった。

エリザとペトリナは町の役場へと向かっているところだった。ひとまず危機を乗り越えたとはいえ、マリナと皇帝を救出するにはまだ〔複体幻魔〕を〔魔導干渉域〕によって倒すという作業が残っている。その際に万が一のことがあってはならないと、町の人たちに避難を呼びかけるつもりだったのだ。

だが、あれだけ活気に溢《あふ》れていた市場から一切声が聞こえてこない。

「みんな家の中に戻ったのかしら」

「〈複体幻魔〉が来たって事は近くに〈首なし騎士〉も居たはずっす。それを見てみんな隠れたんすかね……？」

それにしては整然としすぎている。

ついさっきまでいた市場の人々が忽然《こつぜん》と姿を消したような……。

「おーい、誰か居ないっすかー〈首なし騎士〉はもう居なくなったっすよー」

言って、ペトリナが近くの酒場へと入った。エリザもその後に続く。

――最初、「なんで床にビールジョッキを置いているのだろう」と思った。

こういった酒場でよく見るブーツ型のジョッキ。それに似た何かに、液体がなみなみと注《つ》がれて床に並べられていた。だからジョッキだと思ったのだ。

しかし考えてみればすぐ分かることだ。

だって、酒場のテーブルの上には飲みかけの陶器製のジョッキが幾つも残されている。

だって、酒場の壁の下の方には不自然な切れ込みが入っている。

だって、床に置かれたブーツには、真っ赤な液体が満たされている。

――まさか、

嫌な予感に後ずさり、背後にあったテーブルがエリザとぶつかって倒れた。

その横に残されていたブーツが巻き込まれ、その中身が溢れ出す。

真っ赤な鮮血に浸された、蒼白《そうはく》の肌色。

血まみれの、人の足だった。

「うッ――」

背後でペトリナが吐く気配がした。

それを尻目にエリザは駆け出す。構っていられなかった。

「誰かッ！」

叫ぶ。

「誰かいませんか⁉」

扉を開く。足だけがある。隣の家へ飛び込む。足だけがある。屋台の後ろ。足だけがある。馬車の御者台。足だけがある。足だけが足だけが足が足が足が足が足が足が足が足が足が足が足が足が足が足が足が足が足足足足足足足足――

「おや？」

そして、エリザはその男を見つけた。

男は町の中央にある噴水広場の端に腰掛け寛《くつろ》いでいた。そして屋台で買った果実水でも飲むかのように、何かを口に運んでいる。

人間の足首だった。

「おやおやおやおや、これはこれは。バラスタイン辺境伯ではありませんか」

男は剽軽《ひょうきん》に笑う。

エリザはその男を一度だけ見たことがある。あの廃村で見たことがある。

その男は〔複体幻魔〕が作り出す、実体を持つ幻影。

つまり、そういうことだった。

数千人いたシュコダールの住民は全て、足首を残して〔複体幻魔〕に喰《く》われたのだ。

わたしが、この町に逃げてきたせいで。

わたしが、中途半端《ちゅうとはんぱ》なことをしたせいで。

わたしが、わたしが、わたしが――。

〔複体幻魔〕は足元の影沼をゆらゆらと揺らして、

「しかしおかしいですねぇ、さっき確かに貴女《あなた》を食べたと思ったのですが。何か細工をされましたか。いやはや、これは一本取られました………なんて、ね」

表情を一変させ、〔複体幻魔〕は持っていた足首を投げ捨てる。

「そう何度も同じ手にはかかりませんよ。随分と時間がかかりましたがこれで私の仕事も終わりです」

〝影沼〟が拡《ひろ》がる。

一秒にも満たぬ刹那の後、影沼が自身の足へ届くだろう。

その時エリザは何もできなかった。自身のしでかした事に押し潰されてしまっていた。

だから、エリザが助かったのは別の要因である。

「エリザベートさん！」

いきなり身体が宙に浮く。そのまま一気に二階建ての旅籠《はたご》の屋根の上に放り出された。

「なに呆《ほう》けてるっすか！」

バチンと頬を叩《はた》かれる。

そこでようやく、エリザは自身を助けたのがペトリナだと気づいた。

眼下で〔複体幻魔〕が苛立たしげにこちらを見上げている。

「翼人種――ペトリナ・ゼ・オーキュペテーか」

〔複体幻魔〕は地上に広げていた〝影沼〟を、屋根の上のペトリナへと差し伸ばす。

ペトリナはそれをヒラリと躱《かわ》し、

「そう簡単に捕まらないっすよ。――オッサン！」

「俺はオッサンじゃねえ！」

叫び声と共に、旅籠の屋上に一体の翼竜が舞い降りる。ダリウスが操る魔獣だった。

ペトリナは呆けたままのエリザを翼竜の背中に放り投げ、

「どこか逃げ込む場所あるっすか⁉」

「研究所しかねえだろ！　要塞用の〔魔導干渉域〕を展開して立て籠《こ》もる！」

「〔首なし騎士〕は？　固有式が使えなくても槍を振り回されるだけで脅威っすよ」

「どうしようもねえが、外にいるよりゃマシだ！」

そんな二人のやり取りを、エリザは他人事《ひとごと》のように聞いていた。

わたしは一体何をしていたのだ。

誰も彼も助けたいと思って、一番の結果を望んで、そのせいで最悪の事態を呼んだ。

わたしは——。

◆◆◆◆

空から大粒の雨が降ってきた。

それは一粒一粒が人間ほどの大きさもある数千の雨粒。

真っ赤を撒《ま》き散らして、地上を命に染めていく。

〔複体幻魔〕に喰われた人間たちだった。

空から落ちてきた彼らは地上に落ちても死ぬことはない。なにしろマリナもヒロトもそのように落ちてきたのだ。だが、生きながらえたとしてそれは幸運なのか。彼らは一様に足首から先が無い。現れた泥人形たちから逃げることもできず、ただ殺されるしかない。

数千人規模の殺戮《さつりく》が、マリナの眼前で繰り広げられている。

「くそッ」

「お待ちください山下様」

落ちてくる人間を助けようと駆けだしたヒロトをマリナは引き留める。

「けど仲村さん、」

「見てください。全員足を斬り落とされております。自ら走れない人間を抱えて泥人形から逃げ切ることは不可能です。仮に逃げ切れたとしても、あの出血量では助かりません。

――故に、わたくしどもにできることは一つだけ」

マリナは人間が降り注ぐ空を見上げる。

「この方々を喰らったクズ野郎を殺すことです」

そして何より、早くこの世界から脱出しなくてはならない。

きっとエリザは自分を責めている。自身の考えが甘かったとか、自分に力が無いからだとか、わたしが殺されれば良かったとか、そんな阿呆《あほう》なことを考えているに違いない。そんなわけがあるか。どんな事情や経緯があろうと殺した奴《やつ》が悪いに決まっている。少なくとも皇帝と成り代わるだけなら、こんな殺戮は必要なかったのだから。

だが、この様子ではエリザたちも〔複体幻魔〕に襲われているだろう。正直、状況は芳《かんば》しくない。

「外からの救出が望めない以上、わたくしたちが自らの手で脱出するしかありません」

エリザと共有した記憶には、万が一に備えてマリナたちが自ら脱出する方法もあった。

それは再現に多くの魔力を使う泥人形を〔複体幻魔〕に生み出させて、そいつを殺すこと。エリザの記憶の中では『炎槌騎士団』の四人を殺せば〔複体幻魔〕が空間を維持できないほどの魔力を消費させられるという話だった。この空間で故人を呼び出すにはその相手に『もう一度会いたい』と願えば良いらしい。正直、もう二度と会いたくもなければ戦いたくもないが、そうしなければならないというなら願ってやろうじゃないか。

「けど仲村さん、これはマズイんじゃないか」

現状でも充分マズイのに他に何かあるのか。

マリナは意図せず、ヒロトへ問い詰めるような視線を向けてしまう。

対してヒロトは「だからさ」と不安そうに空から降り注ぐ人間たちを見つめて、

「これだけ人間を喰ったということは、それだけ魔力を補充したってことだろ？　それに影沼の大きさも一度に数千人喰えるだけ巨大だったたってことだ。想定していたよりも〈複体幻魔〉の保有魔力量はずっと多いことになる」

ああ、なるほど。そいつはマズイ。

つまり――――

「自力で脱出するには、僕たちは一体どんな泥人形を倒せばいいんだ？」

◆◆◆◆

「ざっと『炎槌騎士団』を数百回は倒す必要がある」

研究所へ逃げ込み〈魔導干渉域〉を展開したダリウスは、「仮に中のマリナたちが自力で脱出するとしたら、どうすれば良いか」と訊《き》いたペトリナにそう答えた。

「この町一つを一気に喰えるほどの〝影沼〟を展開できるんだ。総魔力量は当初の想定の数百から数千倍になる。そこに数千人分の魔力が取り込まれたんだ」

飼育棟の机にある階差機関で算出した結果を見て、ダリウスは文字通り頭を抱えた。

「この魔力量……星一つを焼き払えるレベルの奴を倒さなきゃなんねえ」

「星一つ――」

それきりペトリナは言葉を失う。

辛《かろ》うじて残っていた『もしかしたら』という希望。それがあっさり撃ち砕かれた。

「辺境伯、これは無理だ」

ダリウスの声色が変わる。

それは冷徹に現実を見据える、魔導士のソレだった。

「こうなったら戦争になることを前提に動いた方がいい。開戦派に知られるかもしれねえが、とにかく王政府に連絡して、」

「待ってくださいダリウスさん、それはつまり――」

色めき立つエリザへ、ダリウスは「その通りだ辺境伯」と苦々しく肯《うなず》いた。

「講和会議は諦めるしかねえ」

◆◆◆◆

「――と、向こうでは考えているだろう」

ヒロトは外にいるエリザたちは『こちらの救出を諦め、戦争に備えて動くであろう』と推測していた。マリナも妥当なところだとは思う。向こうは〔複体幻魔〕と〔首なし騎士〕から逃れるので手一杯だろう。もし仮に航天船が予定より早く到着し〔首なし騎士〕の制御を奪えたとしても、その時点で〔複体幻魔〕は姿を隠すはずだ。皇帝と成り代わることはできなくなるが、だからと言って素直に殺される道理もないだろう。

そして王都へ向かった皇帝が〔複体幻魔〕に喰われたとなれば戦争は避けられない。

——だが、

「いえ、大丈夫ですよ」

それは杞憂《きゆう》だ。

「お嬢様は、ここで判断を間違えたりはしません」

◆　◆　◆　◆

「救出作戦は続行します」

「は？」

「え、」

戸惑いの声はダリウスとペトリナの両方から漏れた。

異常者でも見るような視線を浴びながら、エリザは続ける。

「これで〈複体幻魔〉を誘《おび》き出す必要は無くなりました。順序は逆になりましたが、これは好機です」

「何言ってんだ鍬《くわ》振り泥まみれ辺境伯！　頭の中まで土になっちまったのか⁉」

ダリウスは絶望的な計算結果を示す階差機関を叩《たた》き、

「メイドさんが今の〈複体幻魔〉の体内から脱出しようと思ったら、『星の表面すべてを焼き払える故人』を倒さなくちゃなんねえ。それを航天船が来るまでの数時間で成し遂げられるってのか、ええッ⁉」

「はい、彼女はやります」

断言する。

平然と答えるエリザにダリウスは更に気勢を上げて、

「どうしてだ！　どうして諦めていないと言えるッ！　どうしてあのメイドがやり遂げると信じられるッ！」

◆

◆

◆

◆

「どうしてそう言える？　どうしてあの十七歳の辺境伯が諦めてないと言える？」

ヒロトは不可解だとばかりに眉をひそめる。

そこでふと、マリナはヒロトの言動の理由に思い至った。

そうだ。この男はエリザベートがどういう人間なのか知らない。何をしてきたのかを知らない。だから順当に考えて『諦めるだろう』と言っているのだ。

そう、知らないのであれば――

◆　◆　◆　◆

――教えてあげればいい。

「マリナさんは絶対に諦めません」

言葉を待つ二人に、エリザは胸を張って微笑《ほほえ》んみせる。

エリザは思い出す。

「ダリウスさんの魔獣に襲われた時も、『断罪の劫火《ごうか》』リチャードに町が焼き払われた時も、『炎槌騎士団』が領民の命と引き換えにわたしを差し出せと言った時も、マリナさんは諦めなかった。むしろその逆境を笑い飛ばしたんです」

◆◆◆◆

「しかし、わたくしが『炎槌騎士団』を倒すために立てた作戦では結局、『断罪の劫火』までは殺し切ることができませんでした。――あの時、わたくしは一瞬だけ諦めた」

そう。自分の命まで賭け金にした勝負に負けたのだ。

だが、

「ですが、お嬢様は諦めていませんでした」

ああ、今でも鮮明に思い出すことができる。

リチャードに頭を摑《つか》み上げられ、今まさに殺されようという時だ。

爆破された城壁を背に揺れる銀髪。

身に纏《まと》う夜会服は焼け焦げ、その下の肌もあちこちが火傷《やけど》に爛《ただ》れていて、
それでも泥に塗《まみ》れながらこちらへ駆けてくる少女の姿。

「武器なんか持ったこともないのに。鍬を握り締めて、わたくしを助けるためにリチャードへ立ち向かったんです。……そういう人なのです」

◆　◆　◆　◆

「だからたとえ、星一つを破壊するような敵を倒さなくてはならないとしても」

◆　◆　◆　◆

「だからたとえ、避け得ぬ戦争を前にしているとしても」

◆　◆　◆　◆

「それでも彼女《マリナさん》は諦めない」

「それでも彼女《エリザ》は諦めない」

第六話　それを彼女は我慢できない

――かつて、この世界には『運命を計る者』と呼ばれる星読みがいた。

彼女は未来を読み取る魔眼を持ち多くの者へ助言を与えた。各部族が散り散りに存在していた長命人種《エルフ》たちが連邦国家を成すことができたのも、彼女のお陰だと言われている。

しかし強すぎる力は反撥《はんぱつ》を生む。彼女の瞳を消し去ろうと、あるいは奪おうとする者が多くあった。大抵は簡単に退けられたがある時、長命人種の上院議員の一人が反旗を翻《ひるがえ》した。ただ未来が視《み》えるだけの女など容易《たやす》く葬《ほうむ》り去れると侮《あなど》った上院議員は、その愚かしさの代償をこの星そのものをもって支払った。

それは、たった一人の長命人種が起こした大魔導式にして大災害。

「それを、後の人類種は『天球凍結』と呼んだそうだよ」

「どういった魔導式なのですか？」

「結果から言えば、その魔導式が使われた数時間後に氷河期が来た」

「なるほど。かなり大袈裟《おおげさ》な魔導式なようで」

「まあやってる事は一つだけなんだけどね」

ヒロトは両手で見えない球体――惑星を抱えるようにして、

「この星全ての分子運動を計測、予知して、リアルタイムで制御するのさ。まあ、分子運動を止めたり加速したりはできなくて、その方向を操作するだけのものだけどね。そうして生み出せるのも停滞低気圧だけ。ただその規模が尋常じゃなかった」

「というと？」

「彼女が作ったのは、一つ一つが大陸ほどもある巨大な台風だった。五つの台風が通り過ぎた後には、全てが凍りついた土地だけが残ったそうだよ」

「……台風で土地が凍るのですか？」

いまいちイメージが湧かない。なるほど、大気の分子を操り風向きや気圧を制御できるのであれば、巨大な台風の一つや二つ生み出せるかもしれない。だが、それと氷河期という単語が結びつかないのだ。

そのマリナの戸惑いにヒロトは、「わかるよ、僕も最初そうだった」と苦笑する。

「その魔導式は台風の中心を無理やり０・１気圧以下に落とすんだ。そうすると断熱膨張によって温度が下がって、更に対流圏界面上層の零下50℃の空気も吹き下ろしてくる」

「なるほど」

ようやく得心がいったマリナは、視線を水平線の向こうへ飛ばす。

「つまり、わたくしたちはその巨大な台風の目の中にいるのですね」

マリナが見やった先には天まで届く巨大な雲の〝壁〟がある。

ヒロトの話が真実ならばあれは台風の目――その縁に当たる部分なのだろう。対流圏の最上層にまで届くとすれば、その高さは10キロから15キロにもなる。

そして地上に目を戻せばきらきらと煌《きら》めく大地が広がっている。それは急激な気圧と温度変化に耐えられなかった高層ビルのガラス片であり、零下50℃の強風に晒《さら》されて凍結した大気中の水分だ。瞬時に対流圏上層と同じ環境になったのだから当然の摂理だろう。もし自分が〔魂魄人形《ゴーレム》〕ではなく人間のままであったのなら、極薄の空気を吸った瞬間、即座に昏倒《こんとう》してそのまま冷凍保存された事だろう。

「ですがこれなら――」

「ああ、〔複体幻魔《ドッペルゲンガー》〕にこの星全体を演算させられる。再現に使う魔力は膨大なものとなるはずだ」

ヒロトの視線の先、凍りついた運河に一人の少女が立っている。

脱色したような白髪。ナイフのように鋭利で長い耳。神秘的で妖精のような少女。

彼女が、山下大翔《やましたひろと》の傷。

彼をこの世界に召喚し、彼を守って死んだ長命人種の少女。

ヒロトは哀《かな》しみとも痛みともつかない表情を浮かべ呟《つぶや》く。

「ラキスを殺せば、この空間を崩壊させる事ができるだろう」

◆　◆　◆　◆

この空間から脱出する為《ため》、ヒロトはかつて自身を庇《かば》って死んだ少女の召喚を提案した。

その長命人種の名は『ラキス・パルカ』。

ヒロトから聞かされた『ラキス』という少女の能力は以下のようなものだ。

まず彼女には大凡《おおよそ》の魔導式が通用しない。騎士がもつ〔魔導干渉域《フ　ー　ス》〕のようなものは無いが、単純に魔導士として優れているため大抵の魔導式の構造を見取って分解してしまえるらしい。まあマリナは魔導式を使えないので、これは関係ない。

問題は『分子運動を操る魔導式を主体にして戦う』という事だ。

耳の尖《とが》った泥人形《スワンプマン》の周囲には光る幾何学模様が幾重にも舞い、ドーム状の膜を構築している。ヒロト曰《いわ》く、それは空間に刻まれた魔導陣が大気中の魔力と反応して魔導干渉光を放っているものだとか。そしてあのドームを境界面にして、その外側の分子運動を全て操っていると。なるほど、マクスウェルが提唱した架空の悪魔は異世界にいたらしい。

そして分子運動の方向を操るという事は熱量の操作が容易というだけでなく、それよりもマクロな物体の動きも操れるという事でもある。

つまりあの泥人形には物理攻撃が一切通用しない。

ただし、それにも弱点はある。

「一つ疑問なのですが、あの泥人形にも未来予知の能力があるのでは？」

『それはない』

耳元にヒロトの声。右耳のトランシーバーから届く声だ。

今ヒロトはマリナの傍《そば》にはいない。マリナがいるのはパシフィコ横浜《よこはま》と呼ばれる巨大展示場の屋外広場を囲む塀の上。対してヒロトが居るのは凍りついた運河の上だ。

マリナはスカートを翻して双眼鏡を生み出す。覗《のぞ》いた向こう側で、トランシーバーを持ったヒロトが不安そうにこちらを見上げていた。

『彼女の瞳は概念的に複製が不可能なものだ。僕の右眼《みぎめ》以外には存在し得ない。だから分子運動操作にしても、〔複体幻魔〕は予知能力を使わずに上辺だけ再現しているんだろう。だから本人のそれよりもずっと魔力を消費しているはずだ』

「それを聞いて安心しました。それでは手はず通りに」

『ああ、頼むよ』

既に作戦は決めている。

ヒロトは凍りついた運河の上に立つ、ラキスという少女の泥人形へ近づいていく。

『まあ、ヒロト！』

途端、ヒロトの姿を認めた泥人形が破顔した。ヒロトに持たせたトランシーバーからは嬉《うれ》しそうな声まで聞こえてくる。どいつもこいつも、コイツの姿を見ると笑いやがるな。

とマリナは苦笑した。この男の真の能力は〝他人に好かれること〟なのかもしれない。

近づいて来るヒロトを見て、耳の尖った泥人形は周囲に炎を生み出す。そうか、分子を操れるのだから発炎もお手の物というわけか。

炎を操りながら、耳の尖った泥人形は「むう」と口を尖らせる。

『ねえ聞いてヒロト、アトロったらまた同級生を殴ったらしいの』

「……アトロ、とはどなたですか？」

『彼女の妹さ』ヒロトはマリナの危惧を先回りする。『大丈夫、故人じゃない』

「助かります。これ以上増えたら困りますから」

泥人形が生み出した炎をヒロトへと差し向ける。

想定通りヒロトを標的に定めてくれたようだ。

「さあ、山下様。走ってください」

『了解っ』

双眼鏡の向こうでヒロトが駆け出す。

マリナとヒロトが考えた作戦はごくごく単純なものだ。

ヒロトを囮《おとり》にして泥人形を罠《わな》に嵌《は》める。ただそれだけ。

あの泥人形が展開している分子運動を操るドームは上下左右360度をカバーしているわけではない。彼女の足元、半径2メートルの範囲にはその効力が発揮されていないのだ。

もし地面と自身の間にもドームを展開してしまえば、地面と足の摩擦すら消滅してしまい彼女は歩くことすらできない。当然と言えば当然のことだった。

であれば対処は単純。足元から攻撃してしまえばいい。

『仲村《なかむら》さん！　ビルに入った、入ったよ！』

「見えております」

ヒロトが飛び込んだのは、みなとみらい駅の上層に位置する三棟の高層ビル。

クイーンズスクエアと呼ばれる三棟の高層ビルの通路には、一列にM18クレイモア地雷を並べてある。地雷《クレイモア》は数百の鉄球を内包しており、C4爆薬によって周囲に鉄球を撒《ま》き散らす。地雷が泥人形のドームの内側に入った段階で起爆すれば、万単位の鉄球が泥人形を挽肉《ひきにく》へと変えてくれるだろう。

そして、

「山下様、ビルに泥人形が入ってきました」

『よし……何とか上手《うま》くいきそうだね』

双眼鏡の向こうにいる泥人形は、まだ入り口付近をゆったり歩いている。

確実を期するために、世界的に有名なネズミのお店の前辺りまで誘《おび》き寄せたいところ。

「山下様はそのまま出口へ向かって走ってください。あと五秒でビルを爆破します」

『は？　え？　爆破って何？』

「ビルの爆破解体を見た事ありませんか？　アレをやります」

『ちょ、ちょっと待って。外まであと何メートルあると思って、』

「カウント開始します。５、４、３……」

『くっそおおおおおおおおおおおおおおおおおおおおッ！』

冗談だったのだが、真に受けたらしいヒロトが必死の形相で通路を駆ける。

まあビルを爆破するのは本当だ。それは『みなとみらい駅』に封じ込めた泥人形が溢《あふ》れ出した時の備えだったが、利用しない手はない。

と、泥人形がヒロトへ向けて手を伸ばした。何らかの魔導式を放つつもりらしい。マリナは即座に上層階のＣ４を起爆。途端、ヒロトと泥人形の間に渡り廊下が落ちる。ほぼ同時に泥人形が放った光の筋は、渡り廊下に防がれた。

ヒロトが西側出口へ続くエスカレーターを駆け上る。出口まであと五秒ほどか。

「サチ、タイミング合わせ」

その声に、マリナの隣でサチが緊張に満ち満ちた顔で「りょ、りょうかいっ」と返す。

二人で同時にカウントする。

「「3、2、1――起爆」」

クイーンモール橋を挟んだ向こうから大量の爆竹を叩《たた》きつけたような音が届く。

耳長の泥人形の足元にあるクレイモア地雷を一斉に起爆したのだ。数万個の鉄球が泥人形へと襲いかかる。トドメとばかりに高層ビル基部に仕掛けたC４も全て起爆する。途端、轟音《ごうおん》を立てながらビルが自重によって内向きに歪《ゆが》み、クシャリと潰れていく。

果たして、横浜の一大商業施設は轟音と共に地下へと没した。

「――はぁ、はぁ……や、やった……」

数百メートルを走りきったヒロトが、息も絶え絶えにマリナの足元に崩れ落ちる。

〔魂魄人形〕に心肺機能の限界など無いはずだが、まあ気持ちの問題なのだろう。

「ご苦労様でした。山下様」

「本当にね……ご苦労でしたよ……」

立ち上がり、ヒロトは、

「でもこれで――」

言葉は続かなかった。

一点を見つめたまま、ヒロトは固まっている。

「嘘《うそ》だ」

「山下様？」

ヒロトの視線を辿《たど》る。

視線の先、パシフィコ横浜の屋外広場。そこに白髪の少女が立っていた。

ナイフのように鋭利で長い耳を持った、神秘的で妖精のような少女。

「チッ」

舌打ちせずにはいられない。どうやってビルの倒壊やクレイモア地雷の一斉爆破から逃れたというのか。そして何よりの問題は、一体いつの間にこんな場所まで近づかれたのかということ。

ともかく距離を取らねばならない。視界に長耳の泥人形を収めつつ、背後に下がろうとして――視界の端を白い影が横切った。

ヒロトだった。

「何故《なぜ》だラキス……なんで、どうして、それができるならどうして、僕を——」

この馬鹿野郎！

罵倒する暇もない。マリナは咄嗟《とっさ》にヒロトの襟首を摑《つか》んで左へ倒れ込む。瞬間、ヒロトが立っていた位置にレーザーのような何かが通り過ぎていった。

マリナはスカートから閃光手榴弾《せんこうしゅりゅうだん》を取り出して耳長の泥人形へと放る。物理攻撃を無力化してしまう〝ドーム〟に対して下手な攻撃では意味がない。相手の視界を奪い、その隙に距離を取って体勢を立て直す。そのつもりで放ったものだった。

だが、

「消えた……？」

マリナがヒロトを物陰に押し込んだ時には、既に耳長の泥人形の姿はどこにもなかった。

「どこへ行った……？」

「〔空間転移〕を使ったんだ」

力の無い声。隣でうなだれているヒロトのものだった。

「〔空間転移〕……？　テレポートのようなものですか？」

「まさしくそうだ」

言って、ヒロトは頭を抱えてしまう。

「だが、あれは優れた魔導神経を持っていても才能が無ければ使えない。彼女は使えないはずだ。……そのはずだ、そうじゃなきゃおかしい。おかしいんだ。じゃなきゃなんで僕を庇《かば》って死んだんだ。僕なんか放って逃げてしまえば――」

「山下様」

マリナはヒロトの襟首を掴み上げ、その蒼《あお》い目を正面から覗き込む。

「悔恨は後に。いずれ分かる時が来ましょう。今は、泥人形を倒す方法を考える時です」

泥人形、のひと言を殊更に強調する。

その意図を理解してヒロトは「……すまない仲村さん」と謝罪する。どうやら落ち着きを取り戻したらしい。そうでなくては。

「けれど、マズイことになったな」

「具体的には?」

「〔空間転移〕ができるということは、彼女に察知されずに攻撃する必要がある。そして彼女は今のビル爆破で仲村さんの魔力を覚えてしまった。自分を倒すことのできる脅威としてね。今後は仲村さんが近づくだけで〔空間転移〕を使って逃げてしまうだろう。現に、仲村さんがフラッシュバンを投げただけでどこかへ消えてしまった」

「つまり、地雷等《など》で足元を崩す策はもう使えないと」

「ああ。仲村さんが生み出した武器にも僅かだが仲村さんの魔力が残っている。先ほどのように爆薬を仕掛けても近づいてこないだろうな。もし可能性があるとすれば、彼女に察知されないほど遠方から攻撃をすることだ」

「ですが、わたくしの狙撃では彼女の〝ドーム〟を突破できません」

「そうだ。彼女を屠《ほふ》るには〝ドーム〟を対抗魔導式で分解するか、それ以上の大規模魔導式、魔導武具の固有式等で無理やり押し切るしかない。だが――」

そこから先を、ヒロトは口にしなかった。

言うまでもないことだからだ。

仲村マリナが持つ攻撃手段は異世界製《メイド・イン・ファンタジア》の武器のみ。近づくことも、罠を仕掛けることも、狙撃すらままならないのでは、仲村マリナが持つ全ての技能を封じられたも同然だった。

だが、諦めるわけにはいかない。

――考えろ。考えろ仲村マリナ。まだ、まだ何か方法があるはずだ。

「ねえ、もしかしてさ」

その声は、マリナの足元から聞こえた。

視線を下げると、そこにメイド服の裾を引っぱるサチの姿があった。

「あたしなら、どうにかできるんじゃない？」

「サチ……？」

「あたしは、あの女の子と同じ泥人形なんでしょう？　警戒されないんじゃないかな」

「なるほど。それならいけるかもしれない」

　ヒロトの声に希望の色が宿る。

「サチちゃんはこの世界と同じ魔力で構築されている。だからラキスの泥人形も君を敵視することはないだろう。そして何よりドームもサチちゃんと同じ魔力で作られている」

「どういうことですか？」

「言っただろう？　泥に泥をぶつけても嵩《かさ》が増えるだけ、って。——つまりサチちゃんはあのドームに触れても影響を受けない。むしろサチちゃんが触れた所はサチちゃんと同化してドームが無くなるはずだ」

「……山下様、それではまだ意味がありません」

「どうして？」

「ラキスという泥人形はわたくしの魔力を避けているのでしょう？　ということは彼女にわたくしの武器を持たせても逃げられてしまう。仮にこの世界の構成物で武器を作ったとしても、それは泥に泥をぶつけるようなもの。殺すことはできません」

「……そうだったな」

再びヒロトは肩を落としてしまう。

笑い声。

その二人の会話を聞いていたサチが、くすくすと笑い声をあげていた。

「マリ姉、変なこと言うね」

「なにがだ？」

「もう分かってるくせに」

「……それは、」

その通りだ。

一つだけ、ほぼ確実に上手くいく方法がある。

分かっていた。真っ先に思いついた。──故に、真っ先に否定した。

「だからさ」

「言うな、サチ」

「あたしごと、撃てばいいんだよ」

サチの言う通りだった。

分子運動を操り銃弾をも弾《はじ》き返す〝ドーム〟をサチが潜《くぐ》り抜ける瞬間、そこにはサチの身体《からだ》以外に何も無い。そしてサチは耳長の泥人形に警戒されることなく近づくことが可能。

ならば、サチごと撃ち抜くことで耳長の泥人形を倒すことができるだろう。

けど、それは、

「マリ姉」

「オレはッ」

叫ぶ。

「オレはそんなことのために、狙撃訓練を続けてきたんじゃない！」

脳裏に蘇《よみがえ》るのは、ピンポン球のように飛び出して転がっていく眼球だった。

そして、それにすら動揺せず、狙いを修正する自分の行動。スコープの中で何かを喚《わめ》く北軍《ホクグン》の小隊長。声は聞こえずとも何を言っているのかは分かった。

――この悪魔が。

「オレは、オレはもう二度と、サチを撃ち殺さないためにっ」

そっと抱きしめられる。

小さくて頼りない胸に抱かれる。

「ありがとうマリ姉、そんなに、あたしのことを思ってくれてたなんて」

耳元で聞こえる声は風鈴が鳴るように涼やかで、優しい。

サチの吐息が〔魂魄人形〕の頬を撫《な》でる。

「あたしは偽物《にせもの》だけど、この身体が感じてる『嬉《うれ》しい』って気持ちは、きっと本物のサチも同じように感じたはずだよ」

「オレは、オレはお前を助けられなかった……」

「そうだね。……でも、助けようとしたのは本当でしょう？　それで充分だよ」

マリナの後頭部を抱きしめていた細い腕が離れ、両頬に添えられる。

顔をそっと持ち上げられた。

正面に、サチの顔があった。

その前髪を漉《す》いてあげたことを覚えている。伸びた髪を三つ編みにして欲しいと頼まれたことを覚えている。その小さな口の端についたケチャップを拭ってやったことを覚えている。その睫《まつ》毛《げ》の長さも、小さな肩も、全部覚えている。

そのサチが、見たことのないような顔をしていた。

まるで小さな子供を叱るように、

「しっかりしてよマリ姉。夢を叶《かな》えたんでしょ？　理想のご主人様に出会えたんでしょ？　だったら何をしてもその夢を守ってよ。あたしは……その夢を応援したいよ」

サチが微《ほ》笑《ほ》む《え》。

「あたしに応援させて。マリ姉」

「………………………………………………………………ずりぃよ」

ようやく絞り出せたのは、その言葉だけだった。

「……サチ。それは、ズルい」

「えへへ。マリ姉に憧れてたからね。ズルいこともできるようになったんだ」

思い出す。

そうか、さっきのサチの口ぶりはマリナが孤児たちを叱る時のソレと同じだ。

「それに、あたしは偽物だよ。泥人形なんだよ。本物の深山《みやま》サチをもう一度殺すわけじゃない。ただの泥人形を撃つんだよ」

でしょう？　とサチは首を傾《かし》げてみせる。

そう思えと、この少女は言っている。怖いだろうに、寂しいだろうに、そこまで強がってみせている。この——情けない姉のために。

「………チクショウが」

立ち上がる。

小さく深呼吸。パチンと、ブレーカーを落とすように意識を切り替える。

ニッポン統一戦線、特二級抵抗員——仲村マリナへと心を再構成する。

「山下様」

「なんだい？」

「作戦を変更します」

スカートを翻す。

生み出したるは全長70センチ余り、重量12キロの鉄塊。

その名を、バレットM82A1。

人一人を貫いてなお、弾道を保持する事のできる50口径徹甲弾を放つ対物狙撃銃。

かつて、深山サチという少女を撃ち殺した異世界製《メイド・イン・ファンタジア》の武器。

「この泥人形ごと、標的を狙撃します」

◆◆◆◆

それからマリ姉は、一度もあたしと口を利《き》こうとしなかった。

泥人形なんかと話す必要はないって事だと思う。思い返せば、カズキやアヤカの偽物を撃ち殺す時も何も言ってなかった。

だから今、マリ姉にとってあたしは偽物になってしまったんだと思う。

寂しかったけれど『あたしは偽物だ』と言ったのは自分なのだから仕方がない。

でもこれで良かったのだと思う。本物の自分はもう死んでいて、この身体は死んだ自分をコピーしたもので、この記憶も、この感情も、本物を真似《まね》た偽物だと言われても頭がこんがらかってしまう。あたしが覚えているのはマリ姉が北軍の偉い人を殺しに行く時に、「みんなを頼む」と任せてくれたところまで。

マリ姉だけにぜんぶ背負わせなくて済むことが嬉しかったところまで。

その気持ちを抱いて、ここまでついてきた。

本物のあたしがそう思っていたように、今のあたしもマリ姉の役に立ちたいと思っている。そのために一番正しい選択をしたと言い張れる。

マリ姉は理由もなくあたしや他の子供たちを殺すようなことは絶対にできない。

だから『あたしは偽物だ』と言って、納得させなくちゃいけなかった。

本当、手のかかる姉だと思う。

でも、そんな姉のことを一番理解して支えられるのはあたしだけ。他の子供たちより役に立てている自分にちょっとだけ優越感を覚える。きっと本物のあたしよりもマリ姉の役に立てているはずだ。すごい。見たか、本物のあたし。

「サチちゃん、重くないかい？」

話してくれないマリ姉の代わりに、一緒にいた髪の青い男の人が色々と話しかけてくるようになった。これからすることの為《ため》にたくさん荷物を持たなくちゃいけない。その手伝いをしてくれたのだ。

マリ姉から教わった通り、お礼をちゃんと言う。

「ありがとうございます。でも大丈夫ですよ、青髪でヘタレなお兄ちゃん」

「サチちゃんはお姉ちゃんに似て口が悪いね……」

似てる、という言葉は良《い》いなと思った。

「訂正します。青髪で見どころのあるお兄ちゃん」

「はは、ありがとう……」

その言葉を背に『シーバス』と書かれた波止場から凍りついた海へ飛び降りる。

マリ姉が狙撃する標的は海の上にいた。波止場から大体3キロくらいの場所に一人で立っている。そこから何をするでもなく、青髪のお兄ちゃんを見つめているのだ。このおっきな台風で少しずつ殺すことにしたんだろうって、マリ姉とお兄ちゃんが話していた。

凍りついた海を歩き出す。

背中にはマリ姉が切り落とした橋の欄干に、消化されてしまった人間の衣服を巻きつけて作った旗が数本。それはマリ姉が正確な狙撃をするために必要なものだ。５００メートルおきに、凍りついて雪原のようになった海面に突き刺すように言われている。風に揺れる衣服で風を読むのだという。

——ざくり、と旗を突き立てる。

真《ま》っ直《す》ぐに突き立てて、旗にした誰かのシャツが風になびくように調整する。

ふとマリ姉の方を見る。何百メートルも向こうに、マリ姉と、青髪の男の人の姿が見えた。マリ姉は対物狙撃銃をレンガの上に載せて狙撃の準備をしていた。その姿は昔のままだ。髪は真っ赤、暗視ゴーグルの代わりに片眼鏡《モノクル》、3型迷彩はメイド服になっているけれど間違いなくマリ姉だ。聞けば、マリ姉も実は死んでいるらしい。あの身体は〈魂魄人形〉という全身義体なのだという。カッコイイと思う。

いやそうじゃない。マリ姉は出会った頃からカッコ良かった。

——ざくり、と旗を突き立てる。

マリ姉と出会ったのは、自分の家の前だった。

空襲警報が鳴ったあの日、友達みんなで小学校に避難した。小学校は『せんじじょうやく』とかで爆弾が落とされないことになっていた。本当かどうか分からないけど少なくとも爆弾は落ちてこなかった。

代わりに北軍の兵隊が沢山来た。

まず男の人たちが全員撃ち殺された。多分、それが目的だったんだと思う。南軍《ナングン》の反攻作戦が成功して、北軍の兵士を沢山殺したって大人たちが話していた。きっとその復讐《ふくしゅう》だったのだ。

そして女の人は順番に犯された。あれが『犯される』ってことなんだって初めて知った。保健の授業で聞いた『こどもができるまで』なんて嘘っぱちだと思った。泣き叫ぶ同級生、優しかった音楽の先生、みんなが嫌ってた教頭先生。良いも悪いも好きも嫌いも区別なく、みんな酷《ひど》いことをされた後に頭を撃たれて死んだ。

あたしはその時、一人だけ体育倉庫の中に隠れていた。

小学校に行けばお母さんお父さんが居ると思ったのに居なかったから、あちこち捜し回っていたのだ。そんな時に北軍が来たから慌てて隠れたのだ。

——誰か助けて。

——お父さんとお母さんに会いたい。

北軍が居なくなってから、逃げて、逃げて、逃げて、逃げて、どうにかして家に帰った。

家は玄関だけが残っていた。お父さんとお母さんも少しだけ残っていた。

そこでどうでも良くなってしまった。

北軍に捕まれば犯される。南の民兵に捕まれば爆弾にされる。でも一人では飢えて死んでしまう。過程はどうあれ、あたしの結末は決まっているのだ。

あとは死ぬだけ。そう思っていた。

だから、

「どうしたよ、シケた面《つら》して」

そう声をかけられた時も「ああ、この人に殺されるんだ」としか思わなかった。

お腹《なか》が空《す》いて顔を上げるのも億劫《おっくう》だったけれど、聞いておきたい事があった。

「北の人ですか？」

「いや違うな」

ということは爆弾だ、と思った。

殴られたりしないし一瞬で死ぬから痛くもない。北に捕まるよりマシな気がした。

「あたしはいつ死ぬんですか？」

「なんだ、死にたいのか？」

「死ぬしかないから。――でも、どう死ぬのか知りたくて」

「そうか」

言って、その人は被《かぶ》っていたヘルメットと覆面を取った。そこでようやく、話しかけてきたのが自分より少しだけ年上の女の子だと分かった。

女の子は世界全てを小馬鹿にしたような笑みを浮かべ、こう言った。

「じゃあ、まずオレんとこに来て飯でも食え。死に方はその後に一緒に考えてやるよ」

それが、マリ姉との出会いだった。


——ざくり、と旗を突き立てる。


マリ姉の傍《そば》には、他にも沢山の子供たちがいた。

最初の頃は防空壕《ぼうくうごう》じゃなくてアパートで暮らしていた。マリ姉はびっくりするくらいお金持ちで、ニッポンのあちこちにマリ姉の家があった。セーフハウスとマリ姉は呼んでいたけれど、他の家と何も変わらない。マリ姉と、あたしと、他の子供たちの家だった。

あたしたちは家族のようなものだった。

時々、ＮＧＯの人が来て子供たちを引き取っていった。だけど二度と会えないなんてことはなくて電話すればすぐに話せたし、一度だけ引き取られた子たちも含めて動物園に行ったこともあった。あたしもＮＧＯの人から「安全な所で暮らさないか」と訊《き》かれた。

でも、あたしはマリ姉と一緒に居ることを選んだ。

だって、マリ姉は言ったんだ。

マリ姉の所に行って、ご飯を食べて、一緒に死に方を考えてくれるって。


——ざくり、と旗を突き立てる。

あたしは、マリ姉と一緒に死にたかった。

——ざくり、と旗を突き立てる。


そして辿《たど》り着く。

鉄砲の弾も防いでしまうバリアーのようなもの。カズキが「ばりあー」とふざけていたようなものとは違う、本物のバリアーだ。

手を伸ばす。

本物のバリアーは、あたしの手を簡単に通した。

良かった。これでマリ姉の作戦は上手《うま》くいく。

でも、この心にあるわだかまりは何だろうか。

何か、何か大切なことを忘れている気がする。告げるべき言葉があった気がする。

ふと、バリアーを抜けたことで人形のような可愛《かわい》い女の子の声が聞こえた。

漫画本に出てくるような綺麗《きれい》な女の子。真っ白な髪に、長くて尖った耳。いつかマリ姉に読んで貰《もら》った漫画に出てきたエルフとかいうやつだと思う。

そのエルフの女の子は泣いていた。

「ごめんなさい、ヒロト、ごめんなさい」

あの髪の青いお兄ちゃんのことだ。

白い髪のエルフは、お兄ちゃんの名前を呼びながらずっと謝っている。

謝りながら、泣き続けている。

「ごめんなさい、貴方《あなた》を庇って死ぬことを許して。こうすれば必ず、貴方は人類種滅亡の回避のために頑張ってくれる。貴方の気持ちを利用して、ごめんなさい」

だというのに、

「でも、どうしてこんなに嬉《うれ》しいのかしら」

エルフは——泣きながら笑っていた。

「だって、わたしが死ぬことで、貴方がそこまで傷つくなんて思ってなかった。わたしが死ぬことをそこまで悲しんでくれることが、こんなにも嬉しいなんて。ずっとこの気持ちの理由を考えていたけれど——今、ようやく分かったの」

なんて、晴れやかな笑顔。

「わたし、貴方のことが好きだったのね。貴方の人生にわたしを残したかったのね」

白い髪の女の子は、それきり何も言わなくなった。

けど、それで充分だった。

「……そっか。そういうことだったんだ」

ようやく分かった。

「あたしも同じなんだ。あたしを、マリ姉の人生に刻みたかったんだ」

この身体《からだ》は本物の深山サチをそっくり真似《まね》たものらしい。

なら、今こうして感じている胸の高鳴りは、頭の中に広がる炭酸のシュワシュワのような興奮は、本物の深山サチも感じたもののはずだ。

だって。

犯されるのでもなく、爆弾になるのでもなく、マリ姉の銃弾で死ねるのだから。

一番じゃないけれど、二番目には嬉しい死に方だ。

振り返る。

「マリ姉！」

言わなくちゃ。

聞こえなくても、きっと伝わる。

ううん、伝わらなくてもいいのだ。だってこれは、あたしが勝手に抱いた想《おも》いだから。

「きっと！　きっと、あたしは――」

最後に一本だけ残していた旗を振る。

バリアーを無効化できた時にする合図だ。この合図を見てマリ姉は銃を撃つ。

マリ姉の『バレット』の弾はここに届くまで三秒かかるらしい。

それだけあれば、あたしの気持ちを伝えることができる。

「あたしはっ、」

マリ姉がいるはずの建物の窓で何かが光った。

弾が届くまであと三秒。

「マリ姉のことが、大、大、大好きでした！」
3、2、1、ぜ――

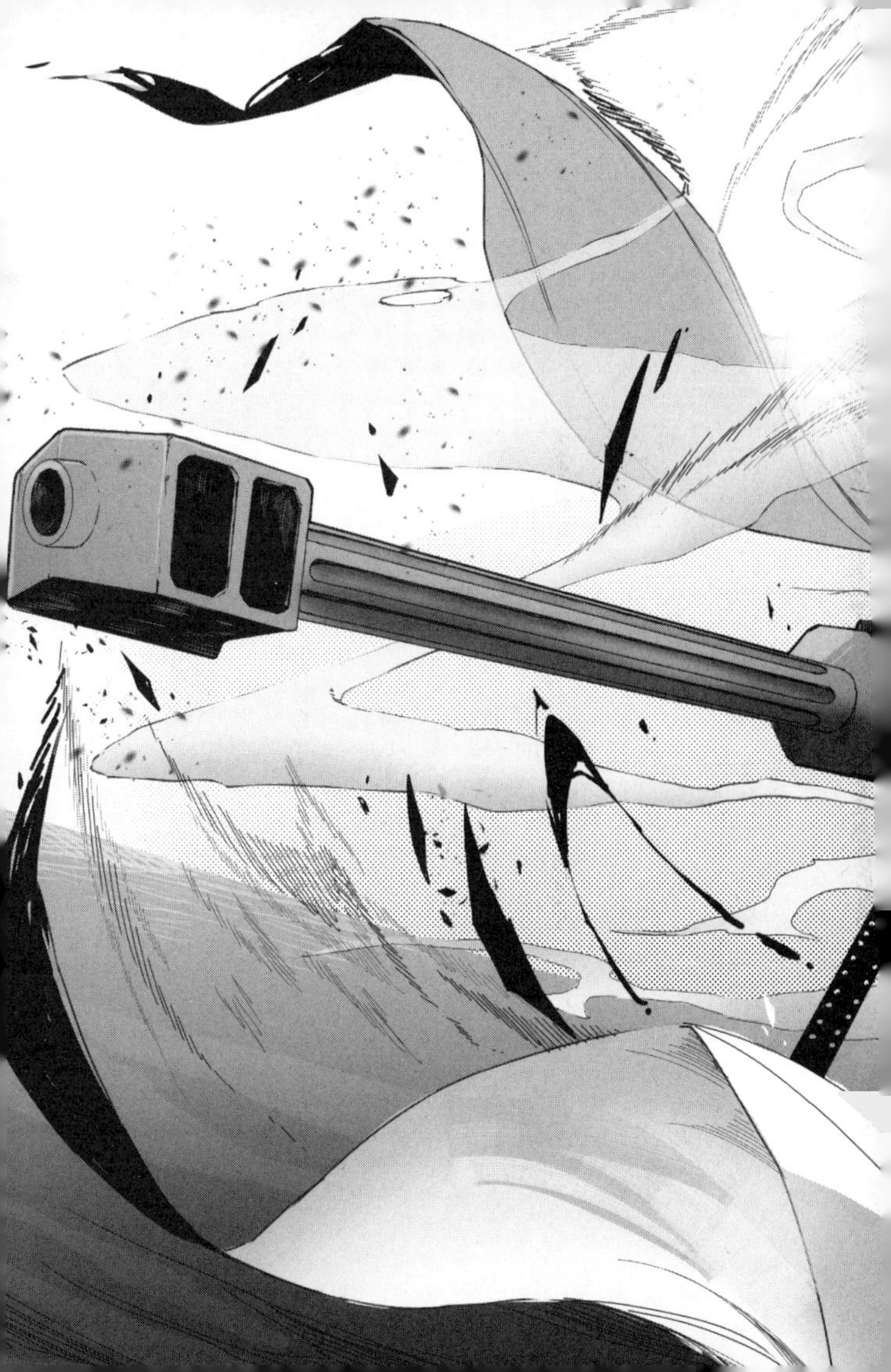

◆　◆　◆　◆

スコープの中で、真っ赤な華が二つ咲いた。

ご丁寧にも風船のように弾《はじ》ける子供の身体を再現して、泥人形は黒い砂塵《さじん》へと還《かえ》る。

そして、空に巨大なヒビ割れが入った。

それは星一つ全ての大気を制御するほどの泥人形の魔力が失われたことによる揺り戻し。

〈複体幻魔〉がこの空間を維持できなくなっている証《あかし》だろう。

マリナは極低気圧に保たれていた空間に流れ込む風の中に立つ。

今、撃ち抜いたのは泥人形だ。ヒロトにも耳長の泥人形をそう思えと言った。

だから、泥人形なのだ。

そう、決めたはずだ。

「山下様、」

だけど、それでも――

「どうして、わたくしたちは誰かを殺さねば前へ進めないのでしょうね」

返ってくる言葉はなかった。

空が割れる。

◆◆◆◆

研究所の地下施設へ逃げ込んだエリザたちのもとに、覆い被さるような爆発音が届く。

それは〔魔導干渉域〕の発生器が破壊された音であり、破滅の音だった。

研究所に逃げ込み〔魔導干渉域〕を展開したまでは良かったが、そこに飛び込んできた〔首なし騎士《デュラハン》〕はどうしようもなかった。〔魔導干渉域〕の中では【輝槍《きそう》】の固有式は使えないが、〔首なし騎士〕はただ槍《やり》を振るうだけで三階建ての地上施設を破壊し、ダリウスが迎撃に出した魔獣たちをあっさり屠《ほふ》った。そして遂《つい》には〔魔導干渉域〕発生器まで破壊してしまったらしい。

そして、

「ああ、ようやくですか。結構時間がかかりましたね」

エリザたちの眼前に〔複体幻魔〕が現れる。

邪魔だった〔魔導干渉域〕が無ければ、肉体を持たぬ〔複体幻魔〕はどんな場所にでも入り込める。ダリウスがこしらえたバリケードなど何の意味も無かった。

〔複体幻魔〕はどこかの青年の幻影《ホロ》を生み出して、わざとらしく肩をすくめてみせる。

「よく逃げたとは思いますが、大人しく私の養分になってください。大丈夫、最後に貴女《あなた》のご家族と会えますよ」

——そこでエリザはソレに気づいた。

安堵《あんど》と喜びが胸の内に満ちていく。

だからエリザはあえて〔複体幻魔〕が浮かべるソレと同じ笑みを浮かべた。

「貴方、ご自身が今どういう状態かお分かりになっていないのですか？」

「——はい？」

「ご自身のお腹《なか》をご覧になってください」

見下ろし、〔複体幻魔〕の薄笑いが消える。

青年の姿をした〔複体幻魔〕の腹から、一本の腕が突き出ていた。

白い手袋に黒い袖。

それは——メイド服を纏《まと》った何者かの腕だった。

更にもう一本〔複体幻魔〕の腹を突き破ってメイドの腕が生える。二本の腕は何かを探すように〔複体幻魔〕の身体をまさぐり、やがて〔複体幻魔〕の口を見つけると、上顎と下顎にその手を添えた。

メイドの両腕は重い扉をこじ開けるように、〔複体幻魔〕の口に力を込める。

ギチギチと筋が切れるような音と共に〔複体幻魔〕の口が上下に大きく拡《ひろ》がっていく。

「は、ま、まっへ――やめ、」

最後まで言い切ることなく〔複体幻魔〕は口を境にして縦に引き裂かれる。

〔複体幻魔〕が崩れた後には、降りしきる血の雨に濡《ぬ》れる赤髪のメイドが立っていた。

その足元には疲労困憊《ひろうこんぱい》した様子の皇帝陛下の姿。

武装戦闘メイド、仲村マリナが帰ってきたのだ。

エリザは一歩前へ出て、メイドを出迎える。

「おかえりなさい、マリナさん」

「遅くなってしまい申し訳ありません、お嬢様」

「マリナさん……？」

彼女の話し方に違和感を覚える。

仲村マリナという少女は、他人に対してはメイド然とした態度を崩さない。

しかしエリザに対してだけは常に素の対応をしてきた。だというのに今、エリザに対しても メイド然とした対応を取っている。

「少し、懐《なつ》かしい夢を見ておりました……」

その理由はすぐに分かった。

マリナとエリザは〔主従誓約《テスタメント》〕で繋《つな》がっている。念話の経路を通じて、仲村マリナの感情は全て伝わってくるのだ。

今の彼女からは深い後悔と、全身を引き裂く哀しみと、身を焦がす怒りが伝わってくる。

その怒りを『武装戦闘メイド』としての顔で抑え込んでいるのだ。

であれば——わたしも彼女の主人《あるじ》として相応《ふさわ》しい対応をしなくては。

「ところでお嬢様。一つ、ご提案があります」

「なにかしら」

「このお屋敷《やしき》を少々、綺麗《きれい》にさせて頂いてもよろしいでしょうか？」

「良い提案ね。ここはリーゼちゃんのおうちだけど、綺麗にしてあげたらきっと喜ぶわ」

「ありがとうございます。では、清掃に入らせていただきます」

彼女がスカートを翻す。

くるくると回して構えたそれは、かつてチェルノートで振るっていた『ジュウ』。

仲村マリナが語ったその名はドラグノフ式狙撃銃。

武装戦闘メイドが振るう、鋼鉄の箒《ほうき》。

視線の先には、地下蔵にこびりつくカビのような〝影沼〟がある。

「さあ、お掃除の時間でございますよ。──覚悟はよろしいですか、ゴミ屑《くず》」

◆　◆　◆　◆

──それは、わたしの運命を決めた出会いだった。


「ですから、貴女のご家族は皇帝に殺されたのですよ」

皇帝の護衛を命じられる一ヶ月前。わたしに接触してきた男は、そう言った。

男は父と兄が死んだ経緯を見てきたかのように語った。バラスタイン会戦に至るまでの戦争の経緯。それらが全て皇帝の思惑であった事の証左。それら全てを。

「皇帝は〔長命人種〕から奪った〝星読みの瞳〟を持っているのです。当然、何をすれば何が起こるか全て知っている。そして貴女のお父上へ命令を下したのは皇帝陛下」

男は「つまり」と身を乗り出し、

「かの皇帝はご家族が死ぬと分かった上で戦場へ送り出したのです。死ねと言って戦わせたのです。もちろん軍に所属する以上、死は覚悟の上でしょう。ですが皇帝のそれは相手の『死』を見た上でのもの。死刑宣告に他なりません」

いきなり言われても戸惑ってしまう。男の言葉が信じられず、思いつく限りの疑問を男にぶつけてみる。だが男の話に矛盾点は見つからず、むしろ男の話が真実であると強固に証明していった。

つまり皇帝が、家族の仇《かたき》──？

「仇を討ちましょう」

「仇……？」

男は頷《うなず》く。

「私には貴女の無念がよく分かります。ご家族へ何もできなかった事を悔やんでおられるのでしょう？　愛されていたのに、何も返せなかった事が耐えられないのでしょう？」

男は自分でも整理のついていなかったわたしの苦悩を、事もなげに言語化してみせる。

そうか、わたしは愛されていたんだ。

そうか、わたしは愛したかったんだ。

愛されていたのに何もできなかった過去の自分が、何もしようとしない今の自分が、どうしても許せないのだ。

「私なら、貴女に復讐の手段をご用意できます。貴女には沢山の同志がいるのです。皆であの皇帝へ復讐を果たしましょう」

男はわたしの手を取る。

こちらを気遣うような双眸《そうぼう》が、わたしをじっと見つめている。

「ペ、ト、リ、ナ・ゼ・オ、ー、キ、ュ、ペ、テ、ー、。

貴女がご家族への愛を証明するにはこれしかありません」

出会った男が〔複体幻魔〕だと知ったのは、皇帝の護衛に任じられた後だった。

◆◆◆◆

——そして今、わたしは此処《ここ》にいる。

ペトリナは状況を把握する。〔複体幻魔〕は瀕死《ひんし》の重傷を負い今にもメイドに殺されようとしていた。すぐに殺されないのは〔複体幻魔〕の背後に〔首なし騎士〕がいるからだろう。エリザベートさんとメイド、そして魔獣使い《ビーストテイマー》は〔首なし騎士〕の突進に備えて各々《おのおの》の武器を構えている。全員の意識が〔首なし騎士〕へ向けられている。

この瞬間を、どれほど待ち望んだことか。

あれから〔複体幻魔〕に従って帝国軍へ入隊——いや、忍び込んだ。〔複体幻魔〕が用意した軍服と身分証を着けただけで、警備の厳重なコンスタンティノポリス要塞に苦もなく入ることができた。

書類上ペトリナの所属は『第501特別捜索翼人大隊《エクストラ・ハーピーズ》』と呼ばれる部隊となっていた。訓練中の怪我《けが》で療養中だったが、その間に部隊が壊滅したため宙ぶらりんになっている新任少尉、ということらしい。

そうして宙ぶらりんの新任少尉に新たな任務が下された。『皇帝陛下の王都訪問における護衛作戦』。魔導反応を出すことなく空を舞うことができる翼人種《ハーピー》が必要とされたため、ペトリナに白羽の矢が立った――そういうことになっていた。恐らくは〔複体幻魔〕か、その仲間が手配したのだろう。

まあ、結局〔複体幻魔〕はペトリナごと皇帝を喰《く》らうつもりだったのだが。仇討《かたきう》ちをさせてやる、と唆《そそのか》されて良いように利用されたわけである。

だが幸いにしてペトリナは〔複体幻魔〕の奇襲から逃れられ、更に幸運なことに奇襲を逃れた人間がもう一人いた。エリザベートという名の王国貴族だ。

自分も危険な状況だというのに、わたしを助けようと駆け出すようなお人好《ひとよ》し。

これは使える、と思った。

助けるフリをして貴族の〔魔導干渉域〕発生器を壊し、当て身で意識を奪った。彼女が起きた後は『貴女が助けてくれた』と誤魔化し、彼女の知り合いである魔獣使いを頼って皇帝とメイドの救出作戦を立てさせた。救出作戦の方法には『〔複体幻魔〕の居場所が分からない』という問題があったが、それはペトリナが解決可能だった。

ペトリナは護衛作戦開始前に〔首なし騎士〕の制御用の魔杖《まじょう》を与えられていたのだ。

皇帝一行を〔複体幻魔〕の待つ廃村へと追い込めたのも魔杖を使ったもの。廃村で〔複体幻魔〕の魔力探知から逃れられたのも、〔首なし騎士〕を操りその魔力で自分とエリザの魔力反応を隠したから。その時と同じように、〔首なし騎士〕を町へと誘導することで〔複体幻魔〕を誘《おび》き出すことができる。

無論ただ〔複体幻魔〕を呼び寄せてはこちらへ疑いの目が向けられてしまう。居場所を漏らした何者かがいるはずだと、ペトリナが疑われる。故に会話を誘導しブリタリカ国王に疑いの目を向けさせた。しかも航天船を呼びつけた後ならば『航天船の動きを国王に悟られた』という疑念によってこちらへの疑念を逸《そ》らすことができる。

ただ、迷いはあった。

〔複体幻魔〕を呼び寄せれば、町の人間が犠牲になるかもしれない。しかし航天船が町に着いた後では、いざ皇帝を殺そうとしても王国の魔導士に阻《はば》まれる可能性が高い。つまり航天船が町に着くまでのこの数時間が唯一の好機にして、最後の機会。

この手で、必ずこの手で皇帝を殺したかった。

故に〔複体幻魔〕を呼び寄せた。シュコダール住民二千人の命より復讐を優先した。わたしはどうしても復讐を果たさねばならなかった。でなければ自分を許せない。家族のために何もできなかった、しようともしなかった、その上家族の顔すら忘れようとしている自分を。そんな自分自身を看過することなど、どうしてもできない。

そう。どうしても、だ。

――わたしはそれを我慢できない。

僅かに腰を落とす。

皇帝も、魔獣使いも、メイドも、エリザベートさんも、皆わたしに背を向けている。それは信頼の証《あかし》。ペトリナ・ゼ・オーキュペテーを仲間だとこの四人は信じている。

右脚を引き、半身となって父の形見である野太刀を脇に構えた。野太刀を上段に構えれば影が落ちて悟られる。中段では刃長六尺余りの野太刀に剣勢を乗せる間合いが足りない。脇構えならばペトリナの前に立つ四人に悟られず、かつ充分な加速距離が得られる。

メイドが〔首なし騎士〕から視線を離さずに話す。「エリザ、少しこっちに寄ってくれ」

「はい」「それとソイツを貸してくれ」「ええ、どうぞ」

メイドが皇帝を守るように、その正面に移動する。

――今だ。一撃で〔魂魄人形〕の核たる蓄魔石《ちくませき》を撃ち抜く。

野太刀が逆袈裟《ぎゃくけさ》の軌道を描く。ペトリナが放った凶刃《きょうじん》は過《あやま》たずに皇帝の背へ伸びた。

しかし――

「ッ!?」

――ペトリナの野太刀は、メイドが持つ【万槍《ばんそう》】によって弾《はじ》かれた。

何故《なぜ》だ。メイドは皇帝の前に立っていた。こちらの動きは皇帝の身体《からだ》が邪魔になって見えなかったはず。そもそも眼前の〔首なし騎士〕に注意を向けている状況。背後の動きにこうまで素早く反応などできるわけがない。だというのにメイドはこちらが野太刀を振るう瞬間、皇帝に足払いをかけつつ自身の身体と皇帝の身体の位置を入れ替え、そのままペトリナの野太刀に正対する軌道で【万槍】を振るい、必殺の一太刀を弾いてみせた。

まるで、最初から知っていたかのように。

ペトリナの困惑の視線に、メイドが微笑《ほほえ》む。

「それは、存じております」

◆　◆　◆　◆

ペトリナという橙《だいだい》色の髪の翼人は、続く反撃を警戒して大きく背後へ跳躍した。

左脚を引いて半身となって野太刀の鋒《きっさき》をこちらへ向けている。マリナは剣術には明るくないが守りの構えだろう。当てられると思っていた一撃を防がれて警戒しているのだ。

ペトリナが口を開く。

「どうして分かったっすか？」

「ペトリナさん」

その問いに応えたのは、エリザだった。

「わたしは、魔導武具の固有式を満足に使いこなせないんです」

「……は？」

「【万槍】の固有式は〔増殖〕。ですがわたしは複製体を一本しか作れません。だから廃村で襲われたあの時、頼みの〔魔導干渉域〕も壊れた状態では助かるはずがなかったんです。

──誰かが〔首なし騎士〕の攻撃を逸らせでもしない限り」

「それだけで？　なんだ、案外エリザベートさんも人間不信なところあるんすね」

「いえ」

そこからマリナは話を引き取る。ドラグノフ式狙撃銃でペトリナの額を狙いながら、

「お嬢様と【万槍】を通じて記憶を共有した際、貴女《あなた》が魔杖を隠し持っているのを見ました。翼人種は武器を基本的に一つしか持たないと聞いております。もちろん軍人ともなれ

ば予備武器の一つも持っていてしかるべきでしょう。しかし〔首なし騎士〕に襲われた際も、その後も、貴女がその魔杖を使っているところを見ておりません。加えて、」

マリナは自身の後方に立ち尽くしている〔首なし騎士〕をアゴで指し、

「この研究所への襲撃時にも〔首なし騎士〕は積極的な行動をしていない。〔複体幻魔〕が操っているのであれば、〔魔導干渉域〕が消えた時点で施設ごと【輝槍】で焼き払った方が早かったはず。ですがしなかった。いえ、できなかったのでしょう。そして〔複体幻魔〕が操っていないとすれば、他に誰かが〔首なし騎士〕の制御を行っていたはず」

マリナはペトリナが腰に差している魔杖を指差す。

「それは、意思を持たない〔首なし騎士〕を操る道具か何かではないのですか？」

「……あーあ」

ペトリナはあらぬ方向を見つめながら野太刀で肩をポンポンと叩き、

「全部バレバレっすか。ま、即興で考えた嘘なんて、そんなもんすよね」

「ペトリナさん」エリザの苦々しい声。「仇《かたき》を、討ちたいのですか？」

「そっすよ、決まってるじゃないっすか。あ、そうだっ！」

とんでもない名案が浮かんだとばかりにペトリナは表情を明るくして、

「エリザベートさん。今さらっすけど、一緒に皇帝を殺しませんか？」

答えはなかった。しかしペトリナは構わず続ける。

「言ってたじゃないっすか。皇帝は家族を殺した仇だって。一緒に仇を討ちましょうよ。他の誰かに皇帝を殺されるのは御免ですけど、エリザベートさんとなら良いっすよ」

「……ごめんなさい、ペトリナさん」

マリナの背後で震える声がした。

「わたしも確かに皇帝陛下のことは好きになれない。貴方《あなた》が戦争を始めなければって何度も思ったし今でも思ってる。でも……それでも、」

「……いいっすよ、エリザベートさん。もういいっす」

エリザの言葉の続きをペトリナは拒絶した。

「エリザベートさんが、そういう人だってことは知ってるっす。きっと、多くの人にとってはそれが望ましい選択なんすから。エリザベートさんは、今生きている人が大事なんすよね？　死んだ人の誇りも守りたいんすよね？　とても良いことっす。素晴らしいっす」

「ペトリナさん、皇帝陛下は――」

「ああ、人類種の滅亡を回避するためにどうのこうのって話っすか？」

心底興味の無い顔でそう答える。

ペトリナは柄の毛羽だった繊維を千切り捨てながら、

「〈複体幻魔〉から聞いたっす。当たり前じゃないっすか。死ぬと分かっていながら、お父《とう》とお兄《にい》を戦場へ送り出したっていうなら、その根拠を訊《き》くに決まってるっす。陛下がこれまでにしてきたことは全部〈複体幻魔〉から聞いたっすよ。本当、よく百五十年も頑張ってこれたと思うっす。見ず知らずの人のためによくもそこまで頑張れるなって」

えらい、えらい。と野太刀を握ったまま手を叩き、ペトリナは剽軽《ひょうきん》な笑みを浮かべた。

そして、

「――で？　それがどうかしたっすか？」

きょとん、と肩をすくめた。

「世界のためなら家族が殺された恨みを忘れられるんすか？　違うっすよね？　単に世界全部を敵に回すのが怖いだけっすよ。自分が悪者になる勇気を持てないだけっす。もちろん世の中には世界を救うための尊い犠牲なら仕方がないって、恨みを忘れられる人もいると思うっすよ。それかエリザベートさんみたいな考え方の人とかね」

「ペトリナさん…………」

「でもわたしは違うっす。人類種の未来程度で家族を殺された恨みは忘れられない。人類の未来のためだからと言い訳しながら生き続ける苦しみを背負うくらいなら、今、世界を敵に回す方を選ぶっすよ」

「はっ、」

気づけば、マリナの口から笑い声が漏れていた。

ペトリナの潔《いさぎよ》さが思いのほか心地好《よ》かったのだ。マリナは『ニッポンの未来のため』と戦わされた過去を思い出す。『言い訳しながら生き続ける苦しみ』とは生前のマリナが経験したものだ。それをクソ食《く》らえというのは正直悪くない。

故にマリナは笑顔をもって、復讐者《ペトリナ》を迎える。

「良い覚悟です。その純粋さと潔癖さ――気に入りましたよ小鳥さん。ですがわたくしはエリザベート・ドラクリア・バラスタインに仕える武装戦闘メイド。お嬢様の求める幸せのために戦うと決めております。故に、そこの根暗男を殺させるわけには参りません」

ペトリナからの答えはない。衝突は織り込み済み。もはや言葉は必要ないのだろう。

その代わりに背後でダリウスとヒロトがコソコソと話し始める。「根暗男って陛下のことですか?」「彼女には嫌われているみたいでね」「気にすることないですよ、あのメイドはいつもあんなんです」マリナはそれを「そこ、うるさいですよ」と言って黙らせる。

だが、

「ねえ、ペトリナさん」

エリザはまだ諦めきれていないようだった。

「もしかして貴女が最も許せないのは皇帝陛下じゃなくて、自分自身なんじゃないの？」

「……はあ？」

ペトリナがあからさまに『何言ってんだコイツ』という表情をした。

しかしエリザは言葉を止めない。

「戦争に行くことを止められなかった自分を、父と兄のために何もできなかった自分を責めているんじゃないの？」

「大した想像力っすね」

「だって、わたしがそうだから」

「………………」

「わたしも恨んだわ。父と兄を殺した帝国軍を。許せるはずがない。でもわたしが塞ぎ込む事で父と兄が残してくれた僅かな領地と領民を蔑《ないがし》ろにする事は、もっと許せなかった。わたしはペトリナさんに比べて幸福だったんだと思う。だって復讐よりも先にすべき事があった。そのやるべき事はわたしのやりたい事でもあった。わたしは他人を幸せにする事で満たされる人間なんだって気づけた。——でも、ペトリナさんにはそれが無かった。家族の仇を討たないという選択をする自分を許せなかった。だから復讐するしかなかった」

ペトリナは目を細め、エリザの話をただ聞いている。

「だけどねペトリナさん。皇帝陛下を殺して、戦争が再開して、それでまた多くの人が死んだ時――やっぱり貴女は自分を許せない」

「許せないって、何がっすか？」

「ペトリナさん、吐いてたでしょう？〔複体幻魔〕に喰《く》われた町の人を見て」

「………よく見てるっすね」

「それは自分がしてしまった事に後悔したんじゃないの？　死体を見て気持ち悪かったというなら、廃村で魔獣に襲われた人たちを見ても吐いていたはずだもの。だから――」

エリザは少しだけ躊躇《ためら》ってから、その結末を口にした。

「ペトリナさん。貴女は皇帝を殺した後、きっと自分のことも殺してしまう」

長い。長い沈黙があった。

そして、

「そっか、その通りだ。わたしどうやっても死ぬんだ。もう終わってるってことっすね」

ペトリナは野太刀を肩に乗せたまま、顔を伏せて、

「あとは終わり方を選ぶだけってことっすか」

「ペトリナさん。わたしはその終わりを見たくない。あなたが幸せになるところを、前に進むところをみたいの。だから、」

「エリザベートさん。ひとつだけ、言っていいっすか？」

エリザの言葉を遮り、ペトリナが顔を上げた。

そして、右手だけで支えていた野太刀の柄《つか》に左手をかける。

「わたしの人生はわたしのものだ。アンタのもんじゃねえんだよッ！」

まずい、

「エリザ、下がれ！」

そう叫んだ時には、ペトリナの姿はマリナの横を通り過ぎていた。

迅《はや》いッ——騎士並みかコイツ。

慌てて振り返り、背後のペトリナへドラグノフ式狙撃銃の銃口を向ける。

しかしそこにあったのは、野太刀を振り抜いた状態で天井を見上げるペトリナの姿のみ。

「忘れて貰《もら》っちゃ困るな。俺は〔魔獣使い《ビーストテイマー》〕だぜ？」

皇帝は天井に張りついた巨大なカエルの舌に巻き取られていた。間一髪、ダリウスがあのカエルの魔獣を使って皇帝を助けたのだろう。

ペトリナが苦々しく呟く。

「……これだからカエルは嫌いなんすよ」

「カエルだけで済むと思うなよ、翼人の嬢ちゃん！」

ダリウスが指を鳴らす。途端、地下倉庫の奥からのそりのそりと新たな魔獣が現れた。その身を白銀の甲冑《かっちゅう》で包んだ巨大な獅子《しし》。

かつてエリザとマリナを襲い、あらゆる魔導式を無効化する〔魔導干渉域〕と、重機関銃の弾を跳ね返す鎧《よろい》を纏《まと》った帝国軍の魔獣──『ティーゲル』だった。

「死んでも恨むなよ！」

「恨まないっすよ。死なないんで」

襲いかかる『ティーゲル』。〔騎士甲冑《サーク》〕を纏う魔獣に尋常の攻撃は通用しない。

故に──それを破ったのは尋常の攻撃ではなかった。

ティーゲルの額が弾《はじ》け飛んだ。

遅れて、全ての音を断ち切るような破裂音がマリナの赤髪を揺らす。頭部を半分以上失った魔獣が崩れ落ちたのは、更にその後だった。

それを為《な》したのは、ペトリナが突き出した野太刀──らしい。

断言できないのは野太刀の動きを追うことができなかったからだ。マリナには〔騎士甲冑〕で守られていた頭部がひとりでに爆発したようにしか見えなかった。しかしペトリナが野太刀を突き出したままの姿勢でいるために、そう判断せざるを得ないだけ。他にはペトリナが放った突きの周囲の地面に走る、幾筋もの亀裂のみ。

しかし、これだけ揃《そろ》えば何が起こったのか予想がつく。できてしまう。

突きに遅れて聞こえてきた破裂音。

弾け飛んだ魔獣の頭。

床や天井に走る亀裂。

つまりそれらは、超音速の〝突き〟より生じた『衝撃波《ソニックブーム》』が引き起こしたものだろう。

その推測を証明するかのように野太刀の先端が赤熱していた。仮にその高熱の理由が、速すぎる切っ先から逃れられなかった大気が断熱圧縮され生じた高熱によるものだとすれば、彼女の太刀の最終的な速度は優に音速の数倍をということになる。いや一瞬であれほど熱せられるはずもない。つまり突きの初動の時点で最低でもマッハ３は超えているはず。となれば最高速度は音速の四倍か、それとも五倍か。

ジャスミンの舌から解放されたヒロトへ問う。

「山下様、ティーゲルの甲冑の厚みは、ＲＨＡ換算でいかほどになりましょう？」

「安心してくれ。〔首なし騎士〕や王国の『大騎士』より薄い。およそ50㎜ほどだ」

「なるほど。30㎜クラスの機関砲であれば余裕で貫《ぬ》けますね」

つまり最低でも、かつてマリナが『炎槌《えんつい》騎士団』を倒す際に持ち出したＧＡＵ－８の劣化ウラン弾と同等の威力ということだった。

　しかし、翼人が持つのは全長2メートルを超える野太刀である。

　弾丸が持つ威力、熱量、仕事量は、その重量と速度に左右される。例えば北軍が使っていた牽引《けんいん》式の100㎜対戦車砲が放つ装弾筒付翼安定徹甲弾《APFSDS》の弾体重量は約5キロ。速度はマッハ4～5程度である。その場合の貫徹力はRHA換算で200㎜以上。仮に翼人の持つ野太刀が鋼で作られているならば、その重さも、最終的な速度も同等。

　訂正しよう。あの翼人の一突きは、30㎜徹甲弾ごときとは比較にならない。

　あれは――対戦車砲の一撃に等しい。

「くそ！　とりあえず逃げるぞ！」

　ダリウスが魔杖《まじょう》を振って魔獣を呼び込みながら、地下倉庫の奥へと駆け出す。

「子爵の航天船が来るまで時間を稼ぐしかねえ！　魔導干渉域の中じゃ〈首なし騎士〉も固有式は使えねえし、何とかやりようはあるだろ――な、メイド⁉」

「わたくしですか？」

「そうだよ！　あの翼人さえ殺せれば、〈首なし騎士〉もただの木偶《でく》人形と変わらねえ。どうにかして翼人を殺す方法を考えるんだよ！」

「待ってください！」

◆　◆　◆　◆

「待ってください！」

聞き捨てならない言葉だった。

エリザはダリウスの手を摑み、無理やり引き留める。

「ペトリナさんを殺すのですか？」

「それしかないだろうが！」

コイツは何を言ってるんだ、と目が語っていた。

「辺境伯、今はあんたの欲張りは抑えてくれ」

「――ッ、マリナさん……」

エリザの背後を守っている赤髪のメイドへ振り返る。

だが、

「悪いがエリザ、オレも同意見だ」

「そんな、」

マリナはエリザとダリウス、皇帝の三人を地下倉庫の奥へと押し込みながら、

「エリザ、アイツは強い。殺すだけでも難しいのに、生け捕りなんて無茶をする方法は思いつかない」

「でも、」

「それにアイツ自身が言ってただろう。もう終わってるって」

「……ッ」

「あいつが復讐を始める前なら何とかなったかもしれねえ。ソレよりも前に誰かが止めていれば、他にアイツがアイツ自身を許す方法を示していれば、こんなことにはならなかったかもしれない。だが、もう無理だ。アイツは皇帝の護衛を殺した挙げ句数千人が〈複体幻魔〉に喰われる原因を作った。アイツが誰かを殺す前に止められなかった以上、もう結末は変えられない。せいぜいどう死ぬかの違いしかねえ」

「辺境伯、残念だが仲村さんの言う通りだと思う」

それまで沈黙を守っていた青髪の皇帝が口を挟む。

彼の『星読みの瞳』が隠された眼帯を押さえて、

「この眼《め》でも彼女が生き残る未来は視《み》えない。こちらがどう動こうと、たとえ僕が死んだとしても彼女は死ぬ。誰かに殺されるか、自死を選ぶかの違いでしかない」

「なあ分かっただろエリザ、あいつはもう終わってるんだ。

言ってみりゃまだ死んでいない《アンデッド》だけなんだよ。

ここで終わらせてやるのが、せめてもの情けじゃねえのか？」

「いやです。終わらせません」

「どうしてだ？」

どうしてそんな事を訊《き》くのだろうかと思った。

マリナさんなら、それくらい分かっていると思っていた。

でも言葉にしなければ通じないというなら、何度だって言おう。

「わたし、欲張りなんです。彼女が幸せになった姿を見たいんです」

復讐を果たさねば前に進めない。

家族を愛していたと、過去の自分に胸を張れない。

愛してくれた相手に何も返せなかった自分を許せない。

そんな風に考える人が、人を殺した後に幸せを得られるだろうか。

自分が笑うことを許せるだろうか。

わたしは知っている。誰かを守るために他人を殺し続けて、自身への殺意を抱くに至った少女のことを。未《いま》だ、自分自身を許すことのできない少女のことを。

わたしは、その少女の主人なのだ。

だからこそ彼女の選択を認めるわけにはいかない。

告げる。

「彼女が動く死体《アンデッド》というならば、生き返らせればいい」

「そんなことできるわけ――」

「できますよ」

彼女の手を取る。

「わたしと、マリナさんの二人なら。……そうでしょう?」

「――、」

手を握られたマリナは一瞬だけ呆《ほう》けたように目を丸くした。

そして唐突に、

「く、くくくく、ははははははははははははッ!」

いつかと同じ笑い声。エリザが『相手が不幸になりたいと泣き喚《わめ》く人であろうと、無理やりにでも幸せにしたい』と自身の欲望を吐露した時のソレ。

その時、念話を通じてマリナの記憶が見えた。

それは小さなお下げ髪の女の子の顔だった。誰かは分からない。

ただマリナにとって大切な誰かである事だけが、マリナの優しい感情から伝わってくる。

そしてその大切な誰かを——二度、殺したことも。

「ああ、そうだな。まったくもってその通りだエリザ。オレたちは二人だ」

仲村マリナの顔に、いつか見た不敵な笑みが浮かぶ。

「あの動く死体《アンデッド》に、オレたちがどれだけ欲張りか教えてやろう」

「…………ええ！」

ああそうだ。その笑みだ。

全ての困難を打ち払う笑みだ。

わたしの独りよがりな欲望に、中身を与えてくれる笑みだ。

この笑みを浮かべた彼女となら、わたしは何だってできる。

「だがなメイド」

手を握り合って見つめ合う二人に、呆《あき》れ顔のダリウスが割り込む。

ペトリナと魔獣たちが繰り広げる剣戟《けんげき》の音の方向を指差し、

「いずれにしてもアイツをぶん殴って黙らせないと始まらねえだろ。その方法はどうする？　メイドの武器じゃ、アイツに攻撃を当てることなんてできねえんだろ」

「それでしたら問題ありません。手段はわたくしの主人《あるじ》が持っております」

「え、わたし？」

「はい」

赤髪のメイドの口元には、あらゆる逆境を嗤《わら》うあの笑みがある。

「お嬢様は満足に固有式も使えない貴族、ですから」

◆◆◆◆

128体目の〈自動人形《オートマトン》〉と36体目の魔獣を倒して、地下倉庫はようやく静かになる。

ペトリナは野太刀を振って、こびりついた血を落とす。

エリザとメイドは皇帝を連れて地下倉庫の奥へと逃げたらしい。きっと航天船が来るまで時間を稼ぐ算段だろう。それは構わない。こちらとしては皇帝さえ殺せれば後はどうなってもいい。地下倉庫の奥まで逃げればそれだけ航天船からの応援の到着も遅れる。むしろタイムリミットが延びたようなもの。

ペトリナは倉庫の奥へと続く扉を開ける。

そして、

「見つけたっすよ、エリザベートさん」

そこは一本道の通路だった。

その通路の先で、横倒しにした収納棚でバリケードを組んでその身を隠している。バリケードの隙間からはメイド服が覗《のぞ》いていて、その手には鉄の棒が握られている。メイドが生み出した炎薬式の『電磁投射弓《レイルバウ》』だろう。ここで迎え撃つ構えだ。

「皇帝を差し出すんなら今の内っすよ。そこにいるとうっかり殺しちゃうかもっす」

返答はない。つまり覚悟を決めたらしい。

少し寂しい。

ペトリナは腰に挿していた魔杖を操り〈首なし騎士〉を呼び寄せる。そして誰も逃げられないよう通路の入り口に立たせた。これならば万が一、航天船からの応援が予想よりも早く現れたとしても多少は時間稼ぎができるだろう。

さて、と状況を確認する。

皇帝一行がこの一本道を迎撃場所に選んだのは、こちらの得物が全長七尺の野太刀でありこちらが翼人であるからだろう。閉鎖空間では野太刀を自由に振るえず、空を飛ぶ事もできない。こちらの武器を二つ封じることができるというわけだ。

浅慮、と言わざるを得ない。

騎士や翼人が修める多くの航天剣術において、禁忌とされる事が二つある。

一つは閉鎖空間での戦闘だ。

空で戦うために編み出され、長大な刀剣を扱うための剣術が閉所での戦闘に適さないのは自明。閉鎖空間での戦闘はそれを得意とする兵科が行うべきである。

しかし合戦翔法《かっせんしょうほう》『エキナデス』においては少し事情が異なる。

そしてそれはエキナデスが誕生した事情に理由があった。

エキナデスは復讐剣であるからだ。

遥《はる》かな昔、初代オーキュペテーはとある兄弟の翼人種によって姉妹を惨殺《ざんさつ》されたという。

初代は復讐のために剣術を学び、その研鑽《けんさん》の果てに一つの航天剣術を編み出すことになる。

それこそが合戦翔法『エキナデス』。――しかし長い年月をかけて醸成された恨みはもはや、直接手を下した兄弟の翼人種を殺すだけでは満足し得ない。初代の復讐心はその兄弟が所属していた一団に対しても向けられていた。『アルゴナイタエ』と呼ばれる航天船で旅する一団を殺すため、エキナデスには狭い船内での技法が存在する。

ペトリナは待ち構える四人を前にして、太刀の柄《つか》から手を離した。

即座にその峰に手を添えて、くるくると廻転《かいてん》させ始める。

刀剣操法の一――『躍剣《やくけん》』。

そもそも、閉鎖空間とはいえ人が通れるのであれば縦七尺以上の空間が存在している。

それより狭ければ敵自身も動きを制限されてしまうからだ。ならば全長七尺の野太刀もこの空間に収まってしかるべき。であるのに、同じ尺の刀剣が振るえぬのは何故か？

それは腕の延長として携えるからである——と、初代は考えた。

元々が二尺ある腕の先に更に刃長六尺の刀剣を携えれば、腕の分だけ長くなる。柄を床に着けて置けば楽に存在できる野太刀が、とんでもなく邪魔なものに思える。

であれば手で持たなければ良い。腕の延長と考えなければ良い。

太刀を一つの生き物と考え、身体《からだ》に這《は》わせ、纏《まと》うことができれば閉所であろうと自由に行動することができる。

初代オーキュペテーが編み出した解が、この刀剣操法『躍剣』であった。

駆ける。

同時、敵がいる方角から無数の鏃《やじり》が発射された。

それらをペトリナは事も無げに避《よ》け、時に野太刀で弾《はじ》きながら通路を疾駆する。

翼人にとって地面とは足の爪で捉えられる全てだ。ペトリナは壁や天井へ爪を突き立てながら前へ進む。鏃がペトリナを追う。しかし追いつけない。音速付近の速度で飛行しながら戦闘を行う翼人の動体視力は騎士のそれすら上回る。たとえ鏃がペトリナより速く飛べたとしても、それを扱う者の目はどうしようもなく鈍重だ。敵が天井にいるペトリナへ矢を向けた時には、既にペトリナは地上を駆けている。

個魔力《オド》の量は平凡で魔導式も使えず、膂力《りょりょく》であれば一部の翼竜の方がよほど強い。それでも獣人種《ゼリアン》——ひいては翼人が戦場に立ち続けることができるのは、この目、この翼、そしてこの脚のお陰だった。

そして、それは相手も知っている。

——何か仕込みがあるはず。

ペトリナは速度を落とすことなく見極めようとする。

敵が持つ武器の中で警戒すべきは、エリザが持つ【万槍】だ。皇帝へ放った初撃が弾かれたように、ペトリナの野太刀では【万槍】を破壊することはできない。そもそもが〈騎士甲冑〉を貫くために生み出されたもの。流し込まれる個魔力により自身の強度を高めている魔導武具は仕手が手を離さぬ限りまず破壊されず、敵のあらゆる武具を砕く。

だが幸いにして【万槍】の固有式は〈増殖〉であると知れている。

加えて、仕手のエリザベートはその複製を一本しか生み出せない。

その一本は『偽《にせ》・辺境伯人形』と共に〈複体幻魔〉に喰《く》われたきり。本体のみが手元に残っているはず。だというのに、その一本はエリザの手にない。ではどこに？

——『躍剣』を解き、ペトリナは野太刀を諸手《もろて》左上段に構える。

途端、メイド服が放つ鏃の雨に指向性が生まれる。地上に鏃を集中させ高所にペトリナを拘束しようという意図だ。長大な野太刀を上段から振るうには、頭上に空間が必要となる。そして『躍剣』を解いた今、鏃を弾くことはできない。避けることしかできない以上は動きを制限できる。

――ま、そう思うっすよね。

航天剣術における二つ目の禁忌。それは〝突き技〟である。

多くの航天剣術において『突き技は死に太刀』とされ、これに関してはエキナデスにおいても例外ではない。

何故《なぜ》なら「分かりきった攻撃ほど対処の簡単なものはない」からだ。

そもそも航天剣術において突き技が求められる場面というのは、〔騎士甲冑〕の装甲の隙間を狙えない、装甲が硬すぎて薙《な》ぎ斬れない場合である。万策尽き、装甲を正面から撃ち抜くために翼人の膂力全てを注ぎ込むしかない時であるのだ。エキナデスにおいて、その技は『穿鉄《せんてつ》』と呼ばれる。

しかし、相手からすればこれほど対処の容易い技もない。

充分な威力を持たせるには助走と溜《た》めが必須であるが故に、翼人側の意図が明白。その太刀筋すらも読み取れる。突きを避けてしまえば、腕が伸びきり太刀に剣勢も消えた鴨が一羽《わ》残るだけ。仮に技が成功しようとも、深々と肉に突き刺さった刀は翼人の動きを止めてしまう。その一瞬で他の敵に殺されるのがオチ。技の成否に拘《かか》わらず翼人が望めるのは相討ちまでであり、多くはそれすら成せずに終わるのが普通だ。

その隙を、ペトリナの父――ニキアスは以下の工夫で打ち消すことを目論《もくろ》んだ。

敢《あ》えて、敵前で諸手左上段に構える。敵はこれを見て袈裟《けさ》斬《ぎ》りを警戒し、更に後の先、先の先による迎撃を考えるであろう。しかし実際にはいずれも正解ではない。

ペトリナは野太刀を上段に構えたまま、宙返りするようにバリケードを飛び越えた。

意識が加速し、上下が逆転した周囲の光景が停滞する。

眼下にはメイド服と、その背後で魔獣使いと共に隠れる皇帝。

そして――【万槍】を振り上げるエリザベート・ドラクリア・バラスタイン。

やはり隠していた。

ペトリナは内心で苦笑する。この辺境伯は未《いま》だに『誰も死なせない』なんて考えているらしい。なにしろ【万槍】の穂先はペトリナではなく、振り下ろされる野太刀と正面から打ち合う軌道を取っていた。【万槍】と野太刀がぶつかれば野太刀の方が折れる。武装解除させ拘束する腹なのだ。鏃の雨でペトリナの動きを誘導し皇帝を囮《おとり》にすれば、自然、その太刀筋も限定される。野太刀を振るなら天井を足場にするか、今のペトリナのように宙返りしながら刃《やいば》を振るしかなくなる。そこに勝機を見出《みいだ》したのだろう。

しかし父が編み出した技の真の目的は——ただ敵の背後へ回ることのみ。

上段に構え柄尻を敵に向けて刃長を隠すのも太刀筋への警戒と興味を誘う為。敵の剣筋を限定する為の手段に過ぎない。上段に構えた太刀は防御の為のそれであり、敵が振るった剣を受け流し、自身の頭部を守るためだけのもの。

故に、ペトリナは何もしない。

野太刀の軌道を狙ったエリザの【万槍】が虚《むな》しく空を切る。

つまりこの数瞬、彼女たちにコチラの攻撃を防ぐ手立ては無くなったということ。

隠剣を見切られた以上、実力で劣る者が強者に勝つ方法などありはしない。

皇帝の背後に降り立ち、その両脚の爪を地に突き立てる。

野太刀の鋒《きっさき》をその背に添えた。

父の技は本来、敵を通り過ぎた後に脚で敵を摑み、敵と自身の相対速度をゼロにする。

無論、それだけ密着していては太刀を加速させる為の距離も、落下時の位置エネルギーも得られない。〔騎士甲冑〕を貫《ぬ》くにはもう一つ、手管が必要だ。

瞬間、ペトリナは爪先、膝、腰、胸、肩、腕、右手へと一挙に廻転させる。

奇跡的なタイミングで噛《か》み合った各部位の運動エネルギーが野太刀の鋒へと集中した。

それこそがもう一つの手管。と同時に、奥義《おうぎ》と称される所以《ゆえん》。

足りない助走距離を自身の骨格と背丈で代用する。爪先から指先に至るまで、全ての筋力によって落下エネルギーを代用する。

異世界においては『寸勁《すんけい》』とも称されるそれを翼人の膂力をもって行った時——

——野太刀は装甲を撃ち貫く徹甲弾となり、肉体は対戦車砲と成り果てる。

突き立てた爪はアンカーであり、骨格は砲身であり、躍動する筋肉は炸薬《さくやく》。

父が編み出したる奥義——『穿鉄』改め『旋徹《せんてつ》』。

この刃、何者も防ぐに能《あた》わず。

だというのに。

何故、野太刀に刃が無い。

何故、無いはずの三本目の【万槍】がそこにある。

何故、

「お前がそこにいるっすか！　メイド——‼」

「ですから、申したはずです」

一糸纏わぬ姿の〔魂魄人形《メイド》〕が嗤う。

「それは存じております、と」

メイドの【万槍】によって切断された野太刀の刀身が、カランと落ちた。

◆◆◆◆

そう。

分かりきった攻撃ほど対処の簡単なものはない。

ペトリナは必ず、彼女の父親の技を使う。家族への愛を証明することに拘《こだわ》る彼女が使う技は他にあり得ない。でなければ父親の形見の野太刀など持ち歩くものか。

そしてその技を仲村マリナは見ている。〈複体幻魔〉が作り出した世界で、此処《ここ》と同じ閉鎖空間である列車の中で、彼女の父であるニキアスが使った技を見ている。

深山サチの泥人形が身代わりになったその技を、仲村マリナは忘れていない。

故にマリナはこの場所を選んだ。こちらの作戦を『閉所での迎撃である』と誤認させわざと背後に皇帝を隠した。そうすればペトリナは父親の技を使うはず。

しかしそれだけでは足りない。

彼女の思考を制限するには、油断させるには、『勝った』と思わせなくてはならない。

自ら危機を乗り越えたのだと確信した時、誰しも心に大きな隙が生まれるものだ。

その為にマリナは【万槍】を使った。騎士が持つ武器である【万槍】は当然〔騎士甲冑〕を貫けるだけの刃を持つ。つまりこの場で唯一、ペトリナの野太刀を防ぎその刀身を折ることのできる存在だ。しかしエリザは【万槍】の複製体を一つしか生み出せない。その一つは〔複体幻魔〕に喰《く》われてしまった。故に現存するのは本体のみ。当然、ペトリナもその一本を警戒している。

だがもし、槍の複製体をもう一つ生み出すことができたらどうか？

本体をブラフとして使用し、ペトリナがそれを防いだとしたら。自身のメイド服をダリウスが用意した自動人形へと着せ替え、自身はバリケードの陰に身を隠したとしたら。もう一本複製した【万槍】を持っていたとしたら。

結果は通路の奥へと後退したペトリナの手の中にある。

ペトリナは刃を失った野太刀の柄《つか》だけを構え、こちらを睨《にら》みつける。

「エリザベートさん、人が悪いっすよ。幾らでも槍《やり》を生み出せたんすね」

「ううん、ペトリナさん」エリザはふるふると首を横に振る。「わたしは本当に一本しか複製を作れなかったの。ついさっきまでは」

「土壇場《どたんば》で才能に目覚めたんすか？　そんな都合のいい――」

「万槍の固有式はね『所持者が幸せを願った人の数』だけ生み出せるの」

「は？　なに、幸せ……？」

「万槍を生み出した旧界竜《エルダー・ドラゴン》と初代ブラディーミアの誓約は『誰かの幸せのために槍を使うこと』だった。つまり万槍は、使用者が幸せを願う対象の数だけ数を増やすことができる」

それはマリナが〔複体幻魔〕の体内で見た、【万槍】の記憶からの推測だった。

男と女竜が交わした〔主従誓約〕の中身。

それは二人が『他者の幸せ』を願って交わしたものだった。

そして王都で出会ったファフナーという名のドラゴンは『誓約のために槍を振ること』で【万槍】の能力を引き出せると語った。それが正しいのであれば、エリザベート・ドラクリア・バラスタインは確実にもう一本、槍を生み出せる。

何故ならば――

「わたしは今、心の底からあなたの幸せを願った。それだけのことです」

「お分かりですか？」

マリナは一歩前に出る。

「皇帝陛下を殺すだけなら〔首なし騎士〕に襲わせれば良かった。企《たくら》みを隠したければ、そのような父親の形見の野太刀を持つべきではなかった。この瞬間刃を届かせたかったたなら、父親の技ではなくただの凶刃《きょうじん》を振るえば良かった。貴女様《あなた》の敗因は復讐ではなく、家族への愛を証明しようとしたこと。そして、」

そして仲村マリナは誇りを胸にそれを告げる。

我等主従であれば、終わってしまった少女の物語すら変えることができるのだと。

「我が主人《あるじ》――エリザベート・ドラクリア・バラスタインに愛されてしまったことです」

ペトリナの手から野太刀の柄《つか》が落ちる。

父の形見を折られた時、本当は彼女の心も折れていたのかもしれない。

意地だけで支えていた心が、今、本当に崩れ落ちてしまったのだろう。

ペトリナは顔を伏せ、深くため息を吐《つ》く。

「そっすか」

そして、

「なら、せめて一番許せない奴《やつ》だけでも殺しておかないとっすね」

ペトリナの手には、〔首なし騎士〕を操る魔杖《まじょう》があった。

途端、通路を塞ぐように立っていた〔首なし騎士〕が疾走する。

「マリナさん！」

「分かってるッ」

駆ける。しかし間に合わない。

魔杖から与えられた命令に従って、〔首なし騎士〕がその槍でペトリナを貫いた。

脇腹に突き刺さった槍が、そのまま横薙《よこな》ぎに振るわれる。ペトリナは為《な》す術《すべ》もなく地下倉庫の壁に叩きつけられ、そのまま鮮血を撒《ま》き散らしながら地に崩れ落ちた。

間髪容《い》れず、ペトリナに向かって駆け出す〔首なし騎士〕。

今度は間に合った。

マリナが放ったパンツァーファウスト3の弾頭が〔首なし騎士〕を掠《かす》める。途端、〔首なし騎士〕は大きく跳躍してマリナとペトリナから距離を取った。〔魔導干渉域〕によって固有式を使えない今、成形炸薬弾頭を警戒したという事は、もしかしたら素材にされた騎士の記憶が残っているのかもしれない。

マリナはペトリナを守るようにその前に立ち、遅れてエリザとダリウス、ヒロトもペトリナの傍《そば》へ駆け寄る。

「エリザ、コイツが意識を失わないよう話し続けろ。——山下様、有事外傷救護の教育は受けていますね？」「百五十年前に義務教育で一応」「採点はしませんから及第点の処置を」「マリナさん、血が止まらない。どうすれば、」「大丈夫だエリザ。〔首なし騎士〕をやったらオレが処置する」「おい何する気だメイド！」

マリナの答えを聞いてダリウスが、マリナのメイド服を掴む。

「〔首なし騎士〕の甲冑《かっちゅう》はそこらの騎士よりよっぽど硬《かて》えんだぞっ！　翼人の嬢ちゃんみてえな剣も無くてどうしようってんだ。逃げる方が先だろうがッ！」

「ダリウス様は一つ勘違いをされていらっしゃるようですね」

スカートを翻す。

「剣ならば、わたくしも持っております」

舞台を覆う幕のように、通路に拡《ひろ》がるメイド服の白と黒。

それは〔首なし騎士〕への幕引きに他ならない。

翻ったスカートが元の長さへと戻ったその時、仲村マリナの傍には細い通路を埋め尽くさんばかりの巨大な鉄塊があった。

鉄塊は長大な砲身を持ち、射手を守る砲防盾を持ち、牽引《けんいん》用の一対のタイヤを持ち、反動を受け止める為《ため》の二つの脚を持つ。

その巨大な鉄塊はしかし、単なる鞘《さや》に過ぎない。

マリナは鉄塊に備え付けられた大型重機でも操作するようなレバーを引く。途端、雷管を通して炸薬に着火、相転移による爆圧で砲身を滑り、居合い術で刃が鞘走《さやばし》るように剣が撃ち出された。

その剣は音速の四倍を超える速度で飛翔《ひしょう》し、〔首なし騎士〕の胸へ過《あやま》たず突き刺さる。

その威力はペトリナの剣に勝るとも劣らない。突き刺さった剣は〔首なし騎士〕の胸に大穴を開け、超音速による衝撃波が内から〔首無し騎士〕の身体《からだ》をこの生臭い血煙へと変える。死体に刻まれた死霊《しりょう》術式ごと破壊された〔首なし騎士〕は再生する事も叶《かな》わず、文字通りこの世から消え去った。

それは本来、戦車に為す術もなく蹴散らされるだけの砲兵が懐《ふところ》に忍ばせる秘剣。

全長9メートル。重量2750キログラム、口径幅100㎜の貧者の対戦車兵器。

放たれた突きは、タングステン弾芯を内包した装弾筒付翼安定徹甲弾《APFSDS》。

その剣の名はMT－12　100㎜対戦車砲――

――《細剣《Rapira》》の名を持つ対戦車砲である。

◆　◆　◆　◆

邪魔な〔首なし騎士〕を排除したマリナは、急ぎペトリナへ駆け寄る。

腹部の傷は本当にヤバい。血液を大量に保持している肝臓や脾臓《ひぞう》、腸管類が傷つけば一発で出血性ショック死に繋がる。だが幸い〔首なし騎士〕の槍による傷は銃創と比べ綺麗《きれい》なものだった。力なく項垂《うなだ》れていた事が功を奏したのだろう。変に踏ん張らなかったお陰で損傷は最小限。主要な臓器に損傷はない。となれば出血と共に警戒すべきは急性腹膜炎の方だろう。「山下《やました》様、腸はまだ戻さないで。感染症になります。ダリウス様は魔獣用で構いませんから手術器具を」と指示を飛ばす。

「エリザベート、さん。……やめてくだ、さい」

皇帝に無理やり回復体位を取らされたペトリナが、エリザに手を伸ばす。

「わたしは、わたしを許せない……だから……」

そうだ。ペトリナが最も許せないのは皇帝ではない。

自身を愛してくれた家族へ何も返せなかった自分自身なのだ。

しかし家族へ愛を返すことは、いかなる手段を用いても果たされることはない。返すべき相手はもうこの世に存在しないのだから。仇討《かたきう》ちですら結局は自己満足。『家族に何もできなかった自分』を覆《くつがえ》すことにはならない。

そんな相手に言葉を届けられる人間がいるとすれば――

――同じく『愛されるばかりで、愛することができなかった』人間だけだろう。

故に、

「許さなくていい」

その言葉はエリザにしか伝えることのできないものだ。

エリザは伸ばされたペトリナの手を握る。

「許さなくていいんですすペトリナさん。むしろ許してはいけない」

「……え？」

「あなたの心が許さないと言っているのだから許すべきではないんです。それは自分を殺すこと。自殺と変わりありません。自分を殺すことだけは絶対にしてはいけない。それを教えてくれたのはペトリナさん、あなたでしょう？」

そこでエリザは一瞬だけ言葉に迷った。

だがすぐに、何かを決意するように頷《うなず》いて、口を開く。

「わたしも自分が許せません。〔複体幻魔《ドッペルゲンガー》〕が町に来た時、研究所に隠れるのではなく表に出て〔複体幻魔〕を町から引き離すこともできたはず。だというのにわたしはそれをしなかった。そのせいで、たくさんの人が犠牲になってしまいました」

「そんな……それは、わたしが〔複体幻魔〕を呼び込んだからっすよ。わたしの罪まで背負わないで」

「いいえ、これはわたしたち二人の罪です」

「だから、やめて……エリザベートさん、そんなこと忘れて、自分の幸せをね」

「ペトリナさんはわたしの幸せを願ってくれるんですね」

何かを言いかけたペトリナを、エリザはその笑みで遮った。

「──なら、わたしはペトリナさんの幸せを願います。

二人とも自分を許せない罪人だとしても、自分の幸せを願えなかったとしても、
それでも誰かが幸せを願ってくれるなら、いつかは幸せを掴む方法が見つかるはず。

自分を許《こころ》さず、罪を背負って、それでも幸せになれる方法を二人で探すんです」

「エリザベートさん……」

「それとも、その相手がわたしでは物足りませんか?」

マリナはダリウスから受け取った器具で止血処理を進めながら、ふとエリザの顔を見た。

ああ、そうだ。

これがオレの主人だ。

どこまでも貪欲に他者の幸せを願う。死者の尊厳を守り、それでいて生者の命を祝福する。全部が欲しいと叫ぶ。この世全ての幸せを願う、強欲で貪欲でごうつくばりな少女。

ペトリナの目尻から、一筋の涙が零《こぼ》れた。

「ホント、欲張りっすね……」

「ええ、そうです」

エリザの顔に浮かぶのはマリナがいつか見た、貴族的な笑み。

「これでも貴族ですから」

◆◆◆◆

「くそ、くそっ」

夜明け近くの湖畔を、悪態を吐《つ》きながら一人の男が歩いている。

――〔複体幻魔〕だった。

「くそが、くそがぁ」

魔力の消費が激しい。蓄えていた魔力の殆《ほとん》どを失ってしまった。魂魄《こんぱく》の崩壊が加速しているのを感じる。このままでは早晩、魂魄の形を維持できずに全身が魔力に還元されてしまうだろう。

早く。

誰でもいい。誰でもいいから喰《く》わなくては。どこかに人類種は――

「どこへ行くのかね？」

「っ⁉」

声に振り返る。まさかメイドたちが。

そう思って身構えた〔複体幻魔〕の前に居たのはしかし、一人の老人だった。

どこかの屋敷の執事なのだろうか。こんな森の中だというのに、埃《ほこり》ひとつない三《み》つ揃《ぞろ》えのスーツに白い手袋までしている。

老紳士は怪訝《けげん》そうに眉をひそめ、

「怪我でもしているのかね？」

「……ええ」

何という幸運だろうか。こんなところで生きた汎人種《ヒューマニー》に出会えるとは。

コイツを喰らえば死は避けられる。そうしたら慎重に、少しずつまた人間を喰らって身体を大きくしていこう。そして以前よりも身体が大きくなったら、あの憎きメイドと辺境伯と翼人種《ハーピー》を喰い殺してやる。できる限りの悪夢を見せて、それから喰ってやる。

その為に、まずはコイツを喰らおう。

「ありがとう、助かりました」

影沼を老人の足元へ伸ばすべく、僅かに残った魔力をかき集め、

「ああ。すまないが、君を助けに来たわけではないのだ」

影沼の動きが止まった。

それだけではなく幻影《ホロ》として作り出した身体も動かない。一切の身動きができない。

何故《なぜ》。

「ああ、君もか」

老人はおもむろに手袋を外す。

「〔旧界竜《エルダー・ドラゴン》〕を見るのは初めてかな?」

そこにあるのは翠玉《すいぎょく》色の鱗《うろこ》に覆われた左手。

それが示す事はただ一つ。

「【変転律】のファフナーっ⁉ 何故こんなところに」

「いやなに。誓約者《メンター》に頼まれてね。僅かばかり手助けに来たのさ」

ファフナーは手袋をはめ直し、

「話は変わるがエリザベート嬢とはいささかばかり縁があってね。縁と言ってもまあ、せいぜいが知人の孫娘といったところなのだが。その知人は事情があって今は動けない。だからまあ、友人の代わりに祖父役でもしようかと思うのだ。つまりだね——」

ファフナーの瞳が、縦に割れる。

「——孫に手を出す不埒者《ふらちもの》には容赦しないということだ」

逃げなくてはならない。しかし、一歩も身体を動かせない。

何故、動けない！　何故、影を展開できない！　どうして、なんで!?

「儂《わし》は【変転律】、この世全ての【変化】の概念を司《つかさど》る旧界竜。儂の前で自身の形状変化も、魔導式による状態変化も、できるはずがあるまい」

「――あ、いやだ。やめ、」

「それ、鼠《ねずみ》にでもなってしまえ」

ぐにゃりと、自身の肉体が魔導式から物質へと変化していく。

端がぼこぼこと筋肉と脂肪の紅白へと変化し皮で覆われ灰色の毛が生える。〔複体幻魔〕の本体である影沼が有機物に変化しているのだ。もはや幻影としての人影も作れない。地面の上でぐちゃぐちゃと動く肉塊になってしまった。そして肉塊が一箇所へ集まり始め、それにつれ思考が曖昧になっていく。身体が鼠に変わるにつれ、思考の主体が魂魄から脳髄へと引っぱられているのだ。しかしそれはネズミの脳でしかない。じんかくなどたもてるはずもない、このままではかんがえることもできなくなる。いやだいやだ、ぼくがなくなる。ぼくはまだやることがあって、わがおうにみとめてもらって、それから、
あれ？　ぼくってなんだっけ？


――チュウ、という鳴き声が湖畔に小さく響いた。

Conection-Part　そして彼の選択

あれから一週間が過ぎた。

万事塞翁《さいおう》が馬とでも言えば良いだろうか。終わってみれば、全て予定通りに事が運んだ。

皇帝はエリザが呼び寄せた航天船に乗って無事王都へと辿《たど》り着いた。開戦派騎士の襲撃が警戒されたが、シャルル王が派遣したファフナーも同乗しているとなれば、誰も手出しはできない。最初からそうしとけと思ったが「これで僕の寿命は十年縮んだかな」と笑われてしまっては何も言えない。リーゼから緊急事態を聞かされた故の行動だったらしい。

一つ懸念と言えば、〔複体幻魔《ドッペルゲンガー》〕を捕らえることができなかった事だ。結局、〔複体幻魔〕の背後にいたであろう存在については分からずじまい。とはいえ、海路からやってきた帝国側の別の護衛団も合流したらしい。ひとまずは安全だろう。

今ごろ二人の『陛下』は、講和条約締結へ向けて最後の調整を行っていることだろう。

そしてマリナは今、チェルノート城の廊下を歩いている。

その手には紅茶の入ったポットとカップ。エリザのために用意したものだ。

今回のは自信作だ。なにしろババア——ミシェエラからも『近年希《まれ》に見る出来映え』と言われている。顔を顰《しか》めていたのは、きっとオレの成功を妬んでいるのだろう。年甲斐《としがい》もなく嫉妬しているのだ。笑える。

そのエリザはと言えば、チェルノート城の新しい住人のところにいる。

マリナは新しい住人と戯《たわむ》れているであろうエリザへ紅茶を届けるべく、中庭へ続く扉を開いた。

「エリザ」

「あ、マリナさん」

振り返ったエリザの手には、果物の籠《かご》。

そして、

「ゲコッ」

中庭に新しく作られた大きな池に、巨大なアマガエルが居た。

その名を、ジャスミンというらしい。

ジャスミンの催促するような声に「ごめんね、ジャスミン」と言って、籠の中からリンゴを一つ取って宙へ放る。それをジャスミンは舌を伸ばしてキャッチ。咀嚼《そしゃく》する。

「ジャスミン、甘いものが好きみたいなの」

「そうか」

マリナにはこの巨大アマガエルの可愛《かわい》さは理解できないが、エリザが楽しそうなので「まあ良《い》いか」と思っている。それに頭も良さそうだ。もしかしたら芸の一つや二つ仕込めるかもしれない。番犬ならぬ番蛙《ばんがえる》として城の守り神になってもらおう。

ちなみにジャスミンの元の飼い主であるダリウスもチェルノートに来ていた。勤めていた研究所があの有様《ありさま》である。次の職場が決まるまでチェルノート城お抱えの『魔獣使い《ビーストテイマー》』としてジャスミンを含む魔獣や幻獣の世話を担当していた。今はシュヴァルツァーの商会で、魔獣の餌や研究設備を注文している頃だろう。

エリザは新しいリンゴを手に取って、

「マリナさん、カエルは嫌い？」

「いやまあ、嫌いじゃねえけど。得意でもねえっていうか」

マリナとしては可愛い云々《うんぬん》よりも蛙は〝非常食〟というイメージが強い。こうやってエリザが可愛がっているのを見ると少し後ろめたさがあるのだ。

それをどう受け取ったのかエリザはどこか遠くを見つめて、

「ペトリナさんもあんまり好きじゃないみたいだったな」

「そうか」

結局、ペトリナは罪人として帝国へ送還される事になった。

皇帝暗殺を企《たくら》み多くの犠牲者を出したのだから当然と言えば当然なのだが、エリザとしては不本意であったろう。実際、皇帝に対して『どうか彼女を処刑するのだけは』と、訴えかけていた。

それに対する皇帝の答えは「ああ、もちろんだとも」というものだった。

「僕としても彼女には生きていて欲しい。これまでも彼女のように僕を恨む人間はいたが、残念ながらみんな僕を許してしまったんだ。それでも彼女なら全てが終わった時、きっと僕を断罪してくれる。だからその時まで彼女を死なせないと誓うよ」

まったく、あの皇帝も不器用な男である。

大義や正義に酔ってしまえば良いのに、自身が断罪されるべきなどと言うのだから。

結局、あの皇帝は自分を殺し続けた人間だった。『人類種滅亡の回避』という大義に操られるしかない、これからも操られ続ける一体の〔魂魄人形《ゴーレム》〕。

まあそれが本人の望みならば仕方ない。

「山下《やました》様。貴方《あなた》の目的が『人類種滅亡の回避』ならば、お嬢様と協力しあえることもあるでしょう。その時にまたお会いしましょう」

「そうだな……。そうなった時にはよろしく頼むよ」

ヒロトはそう寂しげに笑って、王都へと向かったのだった。

「たぶん大丈夫だろ。皇帝が殺したくないってんだ、処刑されたりしねえさ」

「そうね」

「そうさ。講和条約が締結されたら、刑務所に面会にでも行けばいい。無理って言われたら皇帝に文句言ってやろう」

「それでも無理だったら？」

「そうだな」マリナは少し考え「ハ●ターハンターの最終回のネタバレをするって脅してやる」「なにそれ」「異世界の物語だよ。アイツにはそういう方が効きそうだ」「異世界の物語かあ。わたしもいつか読んでみたいな」「ああ、そういや」

あの時のことを話していたからだろう。忘れていた疑問を思い出した。

「なんで最初、【万槍《ばんそう》】の複製体を一本だけ生み出せたんだろうな」

「……え？」

「エリザ、誰か好きな人でもいたのか？」

「それ言わなくちゃダメ？」

「ダメってことはないが……気になっただけだ」

途端、エリザは大きなため息を漏らした。

「まあ、いっか。きっと言っても今のマリナさんには伝わらないだろうし」

言って、エリザは口を尖《とが》らせてしまう。

そして唐突に、

「ねえ、マリナさん覚えてる？　ペトリナさんが言ったこと」

「何をだ？」

「〝わたしの人生はエリザベートさんのものじゃない〟って」

確かに、あの翼人の少女はそんなことを言っていた。

エリザはその場面を思い返すように瞳を閉じる。

「思ったのわたし。人を愛することって、誰かの人生を欲《ほっ》することなのかなって。わたしはペトリナさんの幸せを願った。どうしたら幸せにできるだろうって沢山考えた。そうしたら【万槍】が応えてくれた」

唐突に、エリザは身を翻《ひるがえ》して町がある方向を見る。

「わたし、チェルノートの人たちのことが好き。みんなが幸せだったら良いのにって思う。それだけじゃなくて、会ったことのない人もみんな幸せだったら良いのにって思う。この世界が幸せで満ちていたら良いのにって、思ってしまうの。誰にも、ペトリナさんのように苦しんで欲しくないの」

エリザの言いたいことが見えてきた。

つまり、

「人の幸せを願うことが人の人生を欲することなら、
わたしはきっと、この世界全てを自分のものにしたいんだと思う」

少し、違和感があった。

エリザの言うそれは、確かに【万槍】の能力を引き出す条件ではあるのだろう。つまり【万槍】は他者を愛することを、自身と同一視する事であると考えているわけだ。そのように【万槍】となったドラゴンは考えていて、もしかしたら同じ考えを持つことで更に【万槍】の能力を引き出せるのかもしれない。

だが、それは本当に『愛すること』であり『幸せを願うこと』であるのだろうか。

「なあ、エリザ――」

「エリザ姉！　居る⁉」

振り返る。

そこに居たのは顔を金色の仮面で隠した童女子爵、リーゼだった。失われた研究所の後処理のため、彼女もダリウスと共にチェルノートへ来ていた。

リーゼはどこからか急いで駆けてきたらしく、ぜぇぜぇと肩で息をしてヨタヨタとこちらへ歩み寄ってくる。見かねたエリザがリーゼの身体《からだ》を抱きとめ、

「どうしたのリーゼちゃん」

「あのね、おお落ち着いてね、聞いてね、あのッ」

「まずは子爵が落ち着いてください」

言って、マリナは紅茶のカップを差し出すと、リーゼは思わずといった態《てい》で受け取り一気に飲み干した。途端「まっずッ！」と言って吹き出す。そんな馬鹿な。

だがそれで少し落ち着いたらしい。リーゼは息を整え、

「ルシャワール皇帝が、」

その名で一気に身体に緊張が走る。

あの青髪の皇帝の名と、リーゼの慌てようから最悪の事態が思い浮かぶ。

「まさか、開戦派に暗殺されたのですか？」

「いや違う。逆だ」

「逆？」

「ああ、ルシャワール皇帝がシャルルル陛下を暗殺した」

その言葉を妙な納得感をもってマリナは受け入れた。

そうか。

それがテメエの選択か。

リーゼはヒロトの選択によって選ばれた未来を告げる。

「これから戦争が始まる」

◆　◆　◆　◆

——コンコン、と。

全身を鈍く包むようなノックに、リチャード・エッドフォードは夢から醒《さ》めた。

途端、右肩と右眼《みぎめ》に炙《あぶ》られるような痛みを覚える。

リチャードは朦朧《もうろう》としながら右眼を押さえようとして——身体が動かない事に気づく。

全身が何かに押さえつけられている。いや、そもそも右肩から先の感覚も無ければ、右眼も開かない。ジリジリと持続する痛みは、傷口に火でも点《つ》けられているかのようだ。

その燃え上がる痛みが、炎の向こうに見た記憶を蘇《よみがえ》らせた。

そうだ。バラスタインの小娘とそのメイドが使う妙な魔導武具で、右腕と右眼を奪われたのだ。

いや、奪われたのは肉体だけではない。

我が友——アンドレ・エスタンマークを、奴《やつ》らは奪った。

あれから一体どうなったのだ……？

リチャードは無事な左眼で自身が置かれている状況を把握しようとするが、周囲には闇だけが広がっている。吐いた息がすぐに跳ね返ってくる事から、狭い箱か何かに詰め込まれているのは判《わか》った。加えて全身の関節に冷たい感触。つまり箱の底板に金属で身体を固定されているのだ。助けを呼ぼうにも、口には猿轡《さるぐつわ》を噛《か》まされているせいで思うように声を上げられない。

ふと、リチャードを包む闇に一筋の光が差した。眼前の板が左右に開いたのだ。ガラスが嵌《は》め込まれた窓の向こうに、石造りの地下蔵が広がる。そこにひょっこりと、リチャードがよく知る顔が現れた。

『おはよう、リチャード。よく眠れたかい？』

ジェフリー・エッドフォード。リチャードの二つ上の兄の顔だった。

ジェフリーは猿轡をしているため答えられないリチャードへ、念話で語りかける。

『ごめんなぁ。暴れられても困るから棺《ひつぎ》に入れて閉じ込めさせてもらってるんだ。リチャードは昏睡《こんすい》状態って事にしておかないと、エッドフォード家の立場が危なくてね』

状況が呑《の》み込めず黙っていると、ジェフリーは眉をひそめた。

『なんだい、まだ寝ぼけているのか？』と言って、リチャードが押し込められている箱を軽く叩《たた》く。寝ぼけているわけではないのだが。

仕方ない。窓の向こうでニッコリと笑う兄へ、リチャードは問う。

『それで、貴様は誰だ』

リチャードの言葉に、兄ジェフリーの顔をした何者かは笑顔を曇らせた。

『兄に誰だとは、随分な言い草じゃないか』

『知らないのなら教えてやろう。我が兄、ジェフリー・エッドフォードは騎士としての才覚はそこそこだが、こと個魔力《オド》の扱い方に関しては誰よりも劣る。念話など、魔導具を利用したところで飛ばせはしない』

途端、覗《のぞ》き窓の向こうの何者かは口元を歪《ゆが》ませる。

『――まいったな。どうりで簡単に喰《く》えたわけだ。とんだ欠陥騎士だね』

『喰えた、だと……？』

『ああ大丈夫ですよ。リチャード様とは仲良くしたいと思っています。実は仲間が皇帝を喰い損ねまして、色々と計画を変更する必要が出てきましてね』

そう嗤《わら》う口元は耳まで裂け、まるで三日月のようだった。

人類種ではあり得ない笑みを浮かべたまま、その何者かはリチャードへ顔を近づける。

『ところでリチャード様、仇《かたき》を討ちたくはありませんか？』

次回予告《あとがき》

――講和会議は血に染まった。王都ロムルシアに迫る帝国軍第一〇二航空竜騎兵大隊と連合艦隊。迎え撃つ王国近衛騎士団《ロイヤル・ガーズ》。広がる戦禍を前に、エリザは民草を保護すべく動き出す。だがその力なき理想は、メイドに〝命を除く全ての犠牲〟を決意させた。

次回、『武装メイドに魔法は要らない』第七話――《メイド服を着た悪魔》――

（ご意見ご感想は巻末宛先 or お問い合わせまで）

以下、謝辞となります。まずイラストレーターの大熊《おおくま》まい様。今回もラフの時点からワクワクさせて頂きました。素晴らしいお仕事ありがとうございます。続いて担当編集者様。忍野《おしの》の細かい要請に応えて頂き誠に感謝致します。そして出版にご協力頂いた関係者の皆様。お一人ずつお礼を申し上げられず恐縮ですが、本当にありがとうございました。

最後に本作を応援して頂いている読者の皆様。皆様の応援のお陰で二巻を出すことができました。今回も楽しんで頂けたのなら、これに勝る喜びはありません。本文を執筆時には三巻が出るか未定ですが、その時が来れば全力を尽くさせて頂きます。それでは、また。

忍野佐輔《さすけ》

富士見ファンタジア文庫

武装《ぶそう》メイドに魔法《まほう》は要《い》らないII

令和4年1月20日　初版発行

著者――忍野佐輔《おしのさすけ》

発行者――青柳昌行

発　行――株式会社KADOKAWA
〒102-8177
東京都千代田区富士見2-13-3
0570-002-301（ナビダイヤル）

印刷所――株式会社暁印刷

製本所――本間製本株式会社

※定価はカバーに表示してあります。
●お問い合わせ
https://www.kadokawa.co.jp/（「お問い合わせ」へお進みください）
※内容によっては、お答えできない場合があります。
※サポートは日本国内のみとさせていただきます。
※Japanese text only

ISBN978-4-04-074289-2 C0193 ◇◇◇

切り拓け！キミだけの王道
ファンタジア大賞
原稿募集中！
賞金
《大賞》300万円
《金賞》50万円
《銀賞》30万円
選考委員
細音啓「キミと僕の最後の戦場、あるいは世界が始まる聖戦」
橘公司「デート・ア・ライブ」
羊太郎「ロクでなし魔術講師と禁忌教典《アカシックレコード》」
ファンタジア文庫編集長
前期締切 8月末日
後期締切 2月末日
公式サイトはこちら！ https://www.fantasiataisho.com/
イラスト／つなこ、猫鍋蒼、三嶋くろね